BVT

Ljudmila Petruschewskaja schreibt beeindruckend präzise, genialisch düstere Prosatexte, die oftmals den Alltag hinter sich lassen, ohne je ganz den Kontakt mit der Realität zu verlieren. In der Titelgeschichte blitzt das Geheimnisvolle im Alltäglichen auf, als das junge Mädchen mit dem schwarzen Mantel für einen kurzen Moment dem leibhaftigen Tod zu begegnen scheint. Petruschewskaja beobachtet ihre Protagonisten genau, protokolliert ihr einsames Treiben in der Menge, die kleinen tragikomischen Inszenierungen, mit denen sie sich aus der Isolation zu befreien versuchen.

Ljudmila Petruschewskaja, 1938 geboren, ausgezeichnet mit dem Puschkin-Preis und seit 1997 ständiges Mitglied der Bayerischen Akademie der Künste, ist eine der bekanntesten russischen Autorinnen. Sie lebt mit ihren zwei Kindern in Moskau.

Ljudmila Petruschewskaja

Der schwarze Mantel

Erzählungen
ausgewählt und aus dem Russischen übertragen
von Antje Leetz

Berliner Taschenbuch Verlag

März 2002
BvT Berliner Taschenbuch Verlags GmbH, Berlin,
ein Unternehmen der Verlagsgruppe Random House GmbH

Umschlaggestaltung:
Nina Rothfos und Patrick Gabler, Hamburg,
unter Verwendung einer Illustration von Paola Piglia
Druck und Bindung: Elsnerdruck, Berlin
Printed in Germany · ISBN 3-442-76031-3

INHALT

DAS KLEID

Endlich kommt der Moment, wo diese Unglücksfrau, diese Alewtina, ihr berühmtes Kleid mit der abknöpfbaren Chemisette anzieht und dorthin geht, wohin sie eingeladen wurde oder selbst zu gehen plant. Sie trägt das gewisse Kleid, das dunkelrote, das mit schillernder schwarzer Spitze bestickte und mit dieser komischen Brosche an der Brust, in Form einer Schleife, die sie immer in einem bestimmten Augenblick, als sei ihr zu heiß geworden, scheinbar gedankenversunken abknöpft und irgendwohin tut, vielleicht in die Handtasche. Aber sie macht das mit einer solchen Selbstverständlichkeit und mit einem solchen Automatismus, wie Menschen, denen zu heiß ist, sonst ihren Kragen aufknöpfen. So knöpft auch sie ganz unschuldig ihre Chemisette in Form einer Schleife ab, damit in einem schönen Moment, wenn tatsächlich allen heiß ist, die Leute Alewtinas blendendweißes Dekolleté sehen können, das sie zuvor unter der Chemisette versteckt hat, die die Form einer riesigen, unwahrscheinlich in die Breite gezogenen Schleife besitzt und wegen ihrer gigantischen Größe schon nicht mehr als Schleife bezeichnet werden kann, sondern als merkwürdiges Geflecht riesiger, strahlenförmiger Stoffalten. Diese vielgestaltigen Stoffalten muß Alewtina tragen, bis der Zeitpunkt herangerückt ist, das Kleid zu verwandeln, indem sie es von dem naiven, faltigen Ungetüm befreit, das die Funktion hat, das schillernde, einfache und tief ausgeschnittene Kleid bis zu einem bestimmten Augenblick zu bedecken.

Wenn die Verwandlung passiert ist, kennt Alewtina keine Hemmungen mehr und geht nach ein und demselben Schema vor, dessen Krönung das besonders kunstvolle Zerschlagen eines Weinglases ist, Folge angeblicher Zerstreutheit und Schwäche der Finger. Diese Krönungsnummer ihres Programms führt Alewtina nicht immer vor, sie richtet sich nach den Umständen und wählt nur günstige Momente aus, wenn alles tanzt und auf dem Tisch Chaos herrscht. Just in diesem Augenblick, wenn sie allein ist, vollführt sie ihre berühmte Handlung mit dem Weinglas, sie läßt es fallen, und es zerspringt unter allgemeinem Lärm und Gelächter klirrend auf dem Boden.

Doch manchmal kommt es nicht so weit, da benimmt sich Alewtina wie alle anderen – wie beispielsweise auf jenem skandalösen Bankett im kleinen Saal des Restaurants, wohin sie solo ging und sich langweilen mußte, da sie von der ganzen versammelten Gesellschaft höchstens zwei, drei Leute kannte. Ungeachtet dessen knöpfte sie in dem gewissen Augenblick, als sie einsam am Tisch saß und alle anderen tanzten, ihre monströse Schleife ab und saß einige Zeit so da, halb abgewandt. Vielleicht konnte sie sich einfach nicht vorstellen, was sie noch mit sich tun sollte, da stand sie plötzlich auf und ging mit dem Weinglas in der einen und der Handtasche in der anderen Hand los. Man sah sie dann zwischen den Tanzenden, wo sie Gott weiß was mit ihren Beinen anstellte, immer noch mit Handtasche und Weinglas. Dann hängte sie sich an ihre alte Freundin mit der Bitte, sie dem jungen Mann vorzustellen, die Bekanntschaft fand statt, und eine Minute später tanzten sie bereits wie verrückt im allgemeinen Gedränge. Der junge Mann legte all seine Gefühle in diesen Tanz, er war schweißüberströmt, als sie später an der Bar etwas tranken. Aber die dumme Alewtina zerstörte den Zauber des Augenblicks und benahm sich wie ein verwöhnter Filmstar, wie Cleopatra, der die gesamte Welt zu Füßen liegt und deren Wünsche auf der Stelle in Erfüllung gehen. Alewtina fing aus heiterem Himmel mit diesem jungen Mann zu reden an, und zwar im Befehlston, was allein schon heftigen Widerstand seinerseits hervorrufen mußte. Ausgerechnet im Befehlston, so, wie es sich nur verwöhnte Schönheiten leisten können, die mit allgemeiner Verehrung überschüttet werden und sich Vergnügungen besonderer Art gestatten. Alewtina erkundigte sich, wie der junge Mann hieße, so als habe sie vergessen, daß sie bereits vorgestellt wurden, und sie sagte zu diesem Kolja, der völlig außer Atem und mit nassem Kragen vor ihr stand – sie sagte wörtlich folgendes: »Kolja – Junge – ich will dich.« Sie sagte es übrigens nicht direkt zu ihm, sondern irgendwie in den Raum, was an der Sache nichts änderte. Kolja zuckte zusammen, und da wandte sich Alewtina direkt an ihn mit dem Vorschlag, zu ihr nach Hause zu fahren. Kolja antwortete wütend, er habe Gott sei Dank eine Frau, Tatjana, und er liebe sie Gott sei Dank noch. Alewtina schüttete ihm zur Antwort Rotwein ins Gesicht, und Kolja blieb naß an der Bar zurück, während die wackere Alewtina bereits in der Menge der Tanzenden hüpfte und sich im Gedränge an Gott weiß wem festklammerte.

Aber bereits eine Minute später hat sie heulend im Foyer nach einem Telefon gesucht, und ihr Handtäschchen hat sie bei sich gehabt, und sie hat die ganze Zeit ohne Erfolg jemanden anzurufen versucht, dann ihre Chemisette angeknöpft, den Mantel übergeworfen und ist spurlos in der dunklen Nacht verschwunden.

WATERLOO BRIDGE

Alle sagten schon »Oma« oder »Muttchen« zu ihr, im Stadtverkehr und auf der Straße. Für ihre Enkel war sie ja auch eine Großmutter, Großmutter Olja, ihre Tochter allerdings, eine erwachsene Schulgeographin, dickleibig und groß, hockte noch immer bei der Mutter, und der Mann der Tochter, ein armseliger Fotograf aus dem Fotostudio (eine Mißheirat, Ergebnis einer Kur) – mal kam er heim, dieser Mann, mal nicht.

Großmutter Olja war schon seit langem ohne, ihrer war ständig dienstlich unterwegs gewesen und dann für immer zurückgekehrt, aber nicht nach Hause, er hatte auf alles gepfiffen, alles stehen- und liegenlassen: Eigentum, Anzüge, Schuhe und die Filmbücher; die Sachen fielen ohne Sinn und Zweck Großmutter Olja zu.

Sie und die Tochter fanden sich mit ihrem Schicksal ab und unternahmen nichts, um dem Flüchtigen seine Sachen zu geben, es tat weh, wo anzurufen und wen ans Telefon zu bitten, und erst recht, sich mit jemandem zu treffen. Der Papa selbst wollte das offensichtlich auch nicht, es war ihm, dem jung und glücklich verheirateten Vater eines kleinen Sohnes, peinlich, die Sachen in der Wohnung abzuholen, in der seine Enkel und seine flügellahme großmütterliche Ehefrau hockten.

Möglicherweise, so dachte Großmutter Olja, hat die andere zu ihm gesagt: »Spuck drauf. Was du brauchst, kaufen wir morgen früh.«

Möglicherweise war *sie* reich. Im Unterschied zu Großmutter Olja, die an Rote-Bete-Salat und Sonnenblumenöl gewöhnt war und ihre Schuhe in einer orthopädischen Werkstatt für arme Invaliden kaufen mußte, mit Schnürsenkeln wie bei Kinderschuhen, breiter als normal, wegen der Beulen an den Füßen.

Fast kahl war Großmutter Olja, sanfter, starrer Blick hinter dicken Brillengläsern, ein Federhut auf dem Kopf, mächtiger Leib, breite Füße.

Gleichwohl war sie ein selten gutherziges Geschöpf, ständig kümmerte sie sich um jemanden, schleppte Einkaufstaschen zu allen möglichen vor sich hin schimmelnden Verwandten, fuhr von einem Krankenhaus zum nächsten und pflegte sogar die Gräber, und zwar allein.

Ihre Geographinnentochter unterstützte die Mutter nicht, obwohl sie bereit war, sich für ihre sogenannten Freundinnen in Stücke reißen zu lassen, sie ernährte, auf sie hörte, aber doch nicht auf Großmutter Olja!

Kurz, Großmutter Olja flüchtete aus dem Haus, wenn sie mit ihrem Rote-Bete-Salat und billigen Fisch fertig war. War sie weg, überredete die Geographinnentochter, unbeweglich wie viele Leute mit Familie, ihre Freundinnen, zu ihr zu kommen, und dann wurde anhand von Beispielen aus der persönlichen Praxis lang und breit über das Leben diskutiert.

Der Ehegatte der Geographin war meist abwesend, dieser Foto-Gemahl führte in seinem Fotolabor aus alter Gewohnheit ein Rotlichtleben, wer weiß, was dort alles passierte, die Geographinnentochter hatte selbst einst dieses Rotlicht durchlaufen, als sie in einem furchtbaren Zustand von der Kur zurückkam, eine junge Bohnenstange mit Brille und hervorquellenden Augen, der Mund wie eingefroren. Danach hatte sie den Fotolaboranten (dazu Alimentezahler ohne Unterkunft) angeschleppt, zur ehrenwerten Mama und zum Herrn Papa damals noch, in die winzige Dreizimmerprofessorenwohnung, die blöde Kuh.

Doch das war Vergangenheit und viel Zeit seitdem verstrichen, Großmutter Olja, die nach dem Weggang des Professors nichts mehr hatte, keine Arbeit, keine Hoffnung auf Pension und keine Kopeke zu beißen, und außerdem im Durchgangszimmer hauste (Der Fotograf und die Geographin hatten nach dem Weggang des Vaters augenblicklich das isolierte Zimmer besetzt, das sogenannte Arbeitszimmer. Früher hatten sie mit den Kindern im Zimmer vor dem Durchgangszimmer gewohnt, jetzt vergrößerten sie sich, was ja das Familienleben fördern soll, und Großmutter Olja, die sowieso schon immer im Wohnzimmer auf dem Sofa schlafen mußte, saß nun endgültig dort fest.), Großmutter Olja, wie gesagt, mußte nun ihres neuen Berufs als Versicherungsvertreterin wegen viel durch Pfützen latschen, an fremde Türen klopfen, um Einlaß bitten, an Küchentischen Versicherungspolicen ausfüllen, gutherzig, mit ewig dicker Einkaufstasche, Schweißperlen auf der Nase und einem Kropf wie eine Gänsemutter.

Unansehnlich, redselig, ergeben, vertrauenswürdig (für Fremde, nicht für die eigene Tochter, für die war die Mutter keinen Heller wert, und sie rechtfertigte voll und ganz den Weggang des Herrn Papa), das war Großmutter Olja, die kein bißchen für sich selbst lebte, den Kopf immer voll fremder Sorgen hatte und bei jeder neuen Bekanntschaft, die sie schloß, ganz beiläufig ihre eigene Geschichte erzählte, die Geschichte der glänzenden Sängerin aus dem Konservatorium, die geheiratet hat und mit ihrem Mann in den finstersten Krähwinkel, in ein Naturschutzgebiet gezogen ist. Dort hat er seine Doktorarbeit geschrieben und sie ein Kind gekriegt usw., und zum Beweis sang Großmutter Olja sogar einen Satz aus der Romanze »Meine Stimme klingt zärtlich und schmachtend für dich« und kicherte gemeinsam mit den verdutzten Zuhörern, die eine so gewaltige Wirkung nicht erwartet hatten, denn im Geschirrschrank klirrten die Gläser, und von den Fenstersimsen flogen die Tauben auf.

Die Tochter allerdings und auch die Enkel konnten Großmutter Oljas Gesang natürlich auf den Tod nicht ausstehen, denn im Konservatorium war sie zur Opernsängerin und nicht zur Kammersängerin ausgebildet worden, dazu noch zu einer Sängerin mit dem seltenen Timbre einer dramatischen Sopranistin.

Jedoch, auch eine Alte kann mal ausflippen, und in unserem Fall war es Großmutter Olja, die ihre Bürde und die Scherereien mit dem fruchtlosen Klopfen an fremden Toren nicht mehr aushielt und aus heiterem Himmel einfach ins Kino stiefelte, ganz allein und für sich. Dort war es warm, es gab ein Buffet, der Film kam aus dem Ausland, und was das Tollste war, vor dem Eingang stand ein Haufen Altersgenossinnen, genau-solche Tanten und Muttchen mit Einkaufstaschen wie sie.

Ein regelrechter Hexensabbat brodelte vor dem kleinen Kino, und Großmutter Olja, die sich mit Gewissensbissen zu überreden versuchte, doch auch mal zu verschnaufen, stampfte unaufhaltsam und von seltsamen Gefühlen bedrängt zur Kasse, kaufte sich eine Karte und trat in die fremde Wärme des Foyers.

Vor dem Buffet drängelten sich Leute, auch Jugendliche waren dabei, in Form von Pärchen, und Großmutter Olja verlangte ebenfalls für wahnsinnig viel Geld eine süßliche Brause zweifelhafter Herkunft, ein belegtes Brötchen und ein Stückchen, das angeblich Kuchen sein sollte. Wenn schon feiern, dann richtig. Und nachdem sie sich mit dem karierten Taschentuch ihres Mannes Mund und Hände abgewischt hatte, ging sie in einem ihr unverständlichen Erregungszustand mit der Menschenmenge in den Saal, setzte sich, nahm die Lammfellmütze mit Gummiband ab, den Schal, knöpfte den verschlissenen, einst eleganten Wintermantel auf – blauer Gabardine mit Schwarzfuchspelz, lieber nicht in den Spiegel schauen –, und da erlosch auch schon das Licht, und das Paradies brach an.

Großmutter Olja sah auf der Leinwand all ihre Träume, sich selbst als junges, schlankes Mädchen, wie ein Schilfrohr in einem Naturschutzgebiet, mit hellem Gesicht, und sie sah auch ihren Mann, wie er hätte sein sollen, und das Leben, das sie aus unerfindlichen Gründen nicht gelebt hatte.

Es war voller Liebe, die Heldin starb, wie wir alle sterben, arm und krank, aber unterwegs tanzte sie einen Walzer bei Kerzenschein.

Am Ende weinte Großmutter Olja, und alle um sie herum schneuzten sich ebenfalls, dann machte sie sich mit weichen Knien erneut auf, ihren Tribut einzufordern, wie eine Arbeitsbiene, sie küßte wieder einmal zwei verschlossene Türen und kroch, auf dem Feld der Arbeit zusammengebrochen, auf allen vieren nach Hause.

Der Autobus mit den schwitzenden Fensterscheiben, die überhitzte Metro, eine Station zu Fuß, zweiter Stock, der ihr entgegenschlagende Wohnungsgeruch, zarte Kinderstimmen in der Küche, Verwandtes, Geliebtes, Bekanntes – stop.

Plötzlich sah Großmutter Olja, als sei es Wirklichkeit, das Gesicht von Robert Taylor vor sich, voller Zärtlichkeit und Mitgefühl.

Am nächsten Tag rannte sie gleich frühmorgens wieder in den Stadtbezirk von gestern, traf diesmal ihre Kunden an, sammelte das Geld ein, machte in den Küchen der Gemeinschaftswohnungen ihrer Klienten Bekanntschaft mit einer Reihe neuer Leute, die sie aufforderte, ihr Leben vorteilhaft zu versichern und schon unterwegs, das war ja das Verführerische an der Sache, eine Wiedergutmachung für alle Verletzungen, Brüche und Operationen in Form eines Gewinns zu kassieren, die Leute hörten ihr bereitwillig zu, sannen über das Schicksal nach, Großmutter Olja kam mit ihnen ins Geschäft, und stürzte dann Hals über Kopf ins Filmtheater von gestern, zur Frühvorstellung.

Aber dort lief bereits ein anderer, ein Kinderfilm.

Ungeachtet dessen traf Großmutter Olja vor der Kasse eine Frau, die ihr bekannt vorkam, die Oma von gestern, die noch ziemlich jung aussah, die mit der hohen Persianermütze. Diese Oma war ebenfalls am frühen Morgen ins Kino gerannt und fragte nun ganz niedergeschlagen nach dem Filmprogramm, bestimmt, um den Kintopp rauszukriegen, in dem ihr Lieblingsfilm lief.

Großmutter Olja spitzte die Ohren, fragte selbst noch einmal nach, erfaßte den Kern der Sache, trippelte am nächsten Tag – leider erst am nächsten – einsam zum Rendezvous mit dem Geliebten und kehrte in die Zauberwelt ihres anderen Lebens zurück.

Sie schämte sich nicht mehr vor den anderen Großmüttern, auch nicht vor sich selbst, am Ausgang sah sie glückliche, verheulte Gesichter und wischte sich selbst die Tränen mit dem großen Männertaschentuch ab, das ihr als Andenken geblieben war, so wie die wollene Männerunterwäsche, die sogenannte Jägerleibwäsche, die sie bei Kälte anzog, und die langen Männerunterhosen zur Nacht, die Tochter trug in der Schule die karierten Hemden vom Vater unter ihrem Kleiderrock: Das Leben geht weiter!

Mein Gott! dachte die rechtschaffene und wie ein Bergkristall so reine Großmutter Olja. Was ist los mit mir? Eine regelrechte Sinnesverwirrung! Und das Schärfste – diese alten Frauen rennen von Vorstellung zu Vorstellung, entsetzlich …

Sie selbst fühlte sich nicht als alte Frau, viel lag noch vor ihr, wer weiß, was noch alles: Großmutter Olja wurde auf der Arbeit geschätzt, die Kunden achteten sie, sie war die Ernährerin der Familie, hatte sogar für die Kinder ein Aquarium gekauft und war mit ihnen auf den Vogelmarkt gefahren, um Fische zu holen, hauptsächlich in der Hoffnung, die ganze Sache zu vergessen. (Ihre Gefühle hatte Großmutter Olja in der Gewalt, sie konnte sich aufopfern, wie zum Beispiel damals im finsteren Naturschutzgebiet.)

Aber es hilft verdammt wenig, sagte sich Großmutter Olja nach einem ihrer Hausbesuche. Worüber sie auch redete, immer und immer wieder drängte sich der geliebte Name »Robert« auf ihre Lippen, der Titel des Films (»Waterloo Bridge«) und Einzelheiten aus dem Leben der Schauspieler.

Die Leute erzählten ihr von sich, Großmutter Olja aber hatte nur die Vorstellung von vorgestern und das Kino im Kopf, in dem der Film das nächste Mal lief.

Sie merkte ja selbst schon, daß sie immer tiefer sank, vor allem in den Augen der Kunden, daß sie nicht mehr so eifrig deren Geschichten lauschte, daß sie nicht mehr so teilnahmsvoll wie früher Wohnungsintrigen, Gerichtsprozesse, Ehebrüche und

Pläne mit ihnen erörterte, daß sie alles ganz mechanisch aufnahm, mit dem Kopf nickte, mit der Nase schniefte und nach dem Taschentuch suchte; aber all dieses Gelaber und Gerede wurde vom Wichtigsten übertönt: von *seinen* Leiden. Und verbunden damit auch von *ihren.*

Schließlich stand für Großmutter Olja die Bestimmung ihres Lebens endgültig fest.

Sie pfiff auf alle Konventionen.

Ihre hauptsächliche Aufgabe sah sie nun nicht mehr im Versichern und Beiträgekassieren, sondern darin, daß sie den in irdischen Staub geworfenen Kunden die Idee eines anderen Lebens eingeben konnte, eines überirdischen, erhabenen, zum Beispiel die Vorstellungen um 19 und 21 Uhr im Filmtheater »Leinwand des Lebens« am Gartenring.

Ihre Augen strahlten dabei durch die dicken Brillengläser.

Warum und weshalb sie das tat, wußte Großmutter Olja nicht, doch sie brauchte das, den Leuten Glück bringen, ein neues Glück, sie brauchte das, immer mehr Fans von »Robby« zu werben, einigen Neugeworbenen gegenüber empfand sie sogar mütterliche Zärtlichkeit – andererseits aber auch mütterliche Strenge, in jener anderen Welt war sie Begleiterin und Wächterin, die auf die Regeln und Traditionen achtete. Ihr Heft mit Artikeln über Robert Taylor und Vivien Leigh, die sie aus Zeitungen herausgeschrieben hatte, war schon dick.

In dasselbe Heft hatte sie auch Porträts und Szenenfotos aus dem Film geklebt. Der Taugenichts von Schwiegersohn hatte sich in seinem zweifelhaften Fotolabor unter der roten Laterne abrackern müssen, wenigstens dazu war er nütze!

Großmutter Olja konnte nicht mit ansehen, wie sich ganze Heerscharen von alten Mütterchen zur heiligen Handlung

einfanden, das reinste Sodom und Gomorrha – Geheul, hysterisches Geschrei, Poeme gingen von Hand zu Hand.
»Robbys« Geburtstag wurde festgesetzt, und die Omas zelebrierten ihre geweihte Nacht in den Kinofoyers, tranken französischen Rotwein und Weißwein und machten Krawall vor den Vorstellungen, während Großmutter Olja wie eine strenge Priesterin allein zu Hause in der Küche feierte.
Trafen sie sich wieder, erzählten sie einander, wie es war, Großmutter Olja aber verschloß vor solchem Gewäsch die Ohren, behielt ihr Geheimnis für sich, schrieb jedoch in der Stille der Nacht selbst Gedichte und vertraute sie hemmungslos und im passenden Moment ihren Kunden an.
Sie konnte sie ja schließlich nicht den Mütterchen vortragen, aus Rache hätten die gleich solch hohles Zeug wie »Und viele Mädchen hat er so süß betastet« aufgesagt, pfui!
Großmutter Olja murmelte ihre erhabenen Gedichte auserwählten Kunden vor, hastig, schniefend, die Brillengläser tränentrüb.
Die Zuhörer schauten gequält zur Seite, wie damals, als Großmutter Olja im Zustand tiefster Rührung lauthals sang. Ihr war ihre peinliche Lage wohl bewußt, sie kam aber nicht dagegen an.
Wenn einen Menschen die Leidenschaft packt, ist er blind, und später ist er nicht mehr fähig, sich zu beherrschen, mit Vernunft zu urteilen und die Folgen zu bedenken, er unterwirft sich ergeben, weil er endlich seinen Weg gefunden hat, egal wie dieser aussieht.
»Alles harmlos«, sagte sich Großmutter Olja immer und immer wieder, wenn sie glücklich und zufrieden einschlief, »ich bin eine kluge Frau, und es geht niemanden was an, das ist ganz allein meine Sache.«

Und sie entschwebte in ihre Traumwelt, in der sie einmal sogar mit Robert Taylor in einem Cabriolet spazierenfuhr, sie saßen beide auf dem Rücksitz, im Cabrio war niemand außer ihnen, nicht mal ein Chauffeur, und *er* hatte seinen Arm um Großmutter Olja gelegt und saß hingebungsvoll neben ihr.
Wem konnte sie das erzählen!
Nur ein einziges Mal kam es zu einem peinlichen Zwischenfall, denn (so die Geographinnentochter): Warum treibst du dich auch nachts auf der Straße rum!
Großmutter Olja war nach der Vorstellung irgendwo am Rande der Stadt herumgeirrt – Leidenschaft gar oft viel Leiden schafft –, und ein junger Mann war ihr gefolgt, hochgewachsen, beleibt, Fellmütze mit heruntergelassenen Ohrenklappen. Großmutter Olja dagegen war jugendlich gekleidet, die Lammfellmütze hatte sie verwegen auf dem Kopf sitzen, und sie summte »Ich öffne dir das Fenster« vor sich hin. Und dieser junge Mann sagte, als er Großmutter Olja einholte: »Was für entzückende Füßchen Sie haben!«
»Waaas?« fragte Großmutter Olja.
Er blieb stehen und fragte seinerseits: »Welche Schuhgröße?«
»39«, antwortete Großmutter Olja verwundert.
»Entzückend«, erwiderte der junge Mann traurig, da rannte Großmutter Olja schon an ihm vorbei nach Hause, nur schnell nach Hause, zur Straßenbahn, und ihre Tasche klapperte.
Aber dann, in der Nacht, als sie die Sache nüchtern betrachtete, war die Arme verwirrt von dem armseligen und kranken Anblick des jungen Mannes, von seinen schlurfenden Schritten, seinem unrasierten, verwilderten Gesicht mit dem dunklen Schnurrbart: Wer war das?
Sie versuchte, sich die bekannten Geschichten vom Typ,

Mutter gestorben, Nervenzusammenbruch, entlassen worden, Schwester samt Familie kümmert sich nicht um mich und ekelt mich aus dem Haus und so weiter, zurechtzuspinnen, aber etwas paßte hier nicht ins Bild.

Ungeachtet der warnenden Rufe der Tochter fuhr Großmutter Olja am folgenden Abend wieder dorthin, zur gleichen Vorstellung.

Und als sie sich Robert Taylor noch einmal ansah, begann sie zu begreifen, wem sie nach dem Film auf der dunklen Straße begegnet war, wer der kranke und verwahrloste Mann gewesen war, trauernd, unrasiert, aber mit Schnurrbart.

In der Tat, wer sonst hätte sich auch auf der Straße herumtreiben sollen, nach der Geliebten suchend, die von der ganzen Welt verlassen worden war. Wer sonst hätte an einem solch finsteren Ort im Jahr 1954 herumirren sollen, welcher arme und kranke, von allen vergessene Geist im zu engen Mantel. Herumirren, um auf der Waterloo-Brücke der nichtswürdigsten, von allen im Stich gelassenen, als Putzlumpen oder Fußabtreter benutzten Seele zu erscheinen, und das buchstäblich in ihrem letzten Lebensabschnitt, wo sie sich zur Abreise fertig machte …

DAS LABYRINTH

Im selben Moment, als die Erde zu atmen anfing, ging auch der Mond wie eine bleiche Schuppe am noch hellen Himmel auf, das Gras war schon gesprossen, kurz, eines Abends im April gelangte das Mädchen D. endlich zu den Grundstücken der Gartengenossenschaft »Labyrinth«, deren Häuschen verstreut zwischen Obstbäumen standen, auf denen ebenfalls schon ein Hauch von zartem Grün lag.

Das Haus der gerade beerdigten, uralten armen Tante war vom Regen schwarz, aber noch recht stabil.

Drinnen sah es staubig aus und roch nach faulen Äpfeln (auf dem geräumigen Dachboden lagen, in Zeitung eingewickelt, verschrumpelte, braune Äpfelchen vom Vorjahr, die Tante hatte es nicht mehr geschafft, sie wegzubringen, sie wurde selbst ins Krankenhaus gebracht). Zwei Zimmer und die Terrasse aber taugten durchaus zum Leben, nur daß es dort furchtbar schmutzig war, alles ausgeräumt von postumen Besuchern, alles verschüttet, wie aus dem Füllhorn hingestreut. Der Schrank allerdings und das eine oder andere kleine Möbelstück waren nicht weggeschleppt worden, so gab es etwas, worauf man essen und schlafen konnte. Zum Glück hatte das Häuschen eine Gasheizung und einen Elektrokocher, die Tante hatte sich gut auf ein langes Alter eingerichtet. Sie war nie rausgekommen, lebte einsam, ohne jemandem zur Last zu fallen, der Idealfall, obwohl sie offensichtlich nicht mehr ganz richtig im Kopf war, denn die Nachbarinnen erzählten, sie hätten sie zu Beginn des Frühjahrs, als sie herkamen, um Radieschen im Schnee zu pflanzen (es gibt so eine Methode), auf ihrem Grundstück gesehen (in ihrem letzten Lebensjahr) und sie gefragt, wie sie es denn hier allein ausgehalten habe, da habe sie geantwortet, ich bin nicht allein, Alexander Blok ist bei mir, da drin, er besucht mich, und sie habe mit dem Kopf auf das Haus gedeutet. Sie habe schon schlecht ausgesehen, aber irgendwie glücklich.

Nach diesen Erzählungen (D. hatte von der Nachbarin erfahren, wie man die Gasheizung anstellt) – nach diesem Vorwort ging D. entschlossen ans Fußbodenwischen und machte bald darauf Feuer aus Papierabfällen, zum Sortieren hatte sie keine Kraft, Briefe flammten auf, Gedichte, Rechnungen, vollgeschriebene Hefte, Notizen, wichtige Spuren eines fremden Lebens, alles brannte lichterloh! Die Gedichte hatte sie in die Hand genommen, um sie sich genauer anzusehen – es waren tatsächlich Zeilen von Blok. »Ich träum vom Zauberufer« – mit verblichener Tinte und dem alten russischen Buchstaben ѣ, irgendeine merkwürdige Botschaft.

Später erinnerte sie sich an diese Hefte, schade, daß sie sie verbrannt hatte, vielleicht konnte ihr die Tante von dort, aus dem Sarg, etwas mitteilen, Niederschriften sind schließlich Erfahrungen aus Fehlern anderer, ein Schlupfloch aus dem Labyrinth, eine Wissenschaft für Dummköpfe usw.

Aber verbrannt ist verbrannt, damals liebte D. ihre Tante noch nicht so wie später.

Doch zurück: Bis spät in die Nacht richtete sich D. häuslich ein, sie mußte so schnell wie möglich wenigstens ein Zimmer frei kriegen, aber unter der Wirkung des Rauschgifts Arbeit fand sie nicht eher Ruhe, als bis sie das ganze Haus aufgeräumt und saubergeleckt hatte. Das Feuer des fremden Geistes brannte mit heller Flamme im Garten, süßer Rauch stieg auf, nasse Lappen vom Bodenwischen und Fensterputzen hingen an den unteren Ästen, D. fand eine Dose mit durchaus brauchbarer weißer Farbe und strich gleich noch die Fensterrahmen von innen (von außen morgen), wobei sie vor Müdigkeit fast umfiel.

Das war eine richtige Arbeitssucht, anscheinend der Instinkt der Arbeitsbiene, der viele, viele Frauen durchs Leben führt, wie süß ist es, im Frühling an einem neuen Platz Ordnung zu schaffen!

Das Häuschen strahlte.

D. war glücklich wie noch nie.

* * *

Das Haus hatte die Tante ausschließlich ihr vermacht, und D. wollte keinerlei Papas und Mamas einladen, weder zu Besuch und erst recht nicht zur Einquartierung, ihre Familie war laut, offen, sogar zynisch, D. wollte weg aus dieser stinkenden Menschenwärme – hierher, wo niemand das unverheiratete Mädchen zum Weinen unterm Kopfkissen brachte, vor allem nicht nach den rückhaltlosen und besorgten Ausrufen des Vaters, es sei halb so schlimm, daß seine Tochter keine Jungfrau mehr sei, das kleben wir mit Papier wieder zu und verheiraten sie! Worauf die Mutter »ekelhafter Idiot« schrie und der gewohnte Familienwirbel begann, warm, dick wie Suppe, alltäglich, obligatorisch, entwaffnend, denn der Vater litt, verletzt davon, daß ein gewisser Mischa seine Tochter nicht

geheiratet hatte, er hatte einfach zwei Monate bei ihnen gewohnt, sechzigmal zu Abend gegessen, war im Familienkessel zwischen den zynischen, offenen Worten des von vornherein verdrossenen Vaters (»Wer ist er denn? Soll er doch weiterziehen!«) und den lauten, nicht weniger zynischen Einwänden der Mutter gegart worden; in dieser Zeit hatte Mischa regelmäßig seinen Daunenschlafsack abgesucht, mit dem er zu seiner Braut gekommen war, jeden Abend hatte er ihn geduldig aufgerollt und Flöckchen für Flöckchen durchforscht und dann seine Sachen einzeln in Seifenschaum gewaschen, er hatte alles selbst vorbereitet, die Waschschüssel, den Spüleimer, dann hatte er die getrocknete Wäsche auf dem Fußboden ausgebreitet, alles, ohne etwas zu sagen, mit großen Steppstichen geheftet, zusammengerollt, seine Siebensachen eingepackt und war fort, zum Nachtzug, ein Tourist, ein Wanderer, ein Mann, wie er sein muß, der nicht viel Worte macht.
Ein Kind hatte sich nicht festgesetzt, D. schämte sich sowieso diese zwei Monate ganz entsetzlich vor Vater und Mutter, die hinter der dünnen Wand lagen, sie verließen das Haus kein einziges Mal, gingen weder ins Kino noch zu Besuch oder einfach spazieren, als ob sie Wache hielten.
Der durch die Lappen gegangene Schwiegersohn, der die ganze Zeit einsam auf dem Fußboden geschlafen hatte, fuhr angeblich nur für kurze Zeit weg, er schnürte seinen Ranzen, schnallte obendrauf den Schlafsack, höher als der Kopf, um dann, nachdem er sich flüchtig von der weinenden D. verabschiedet hatte – sie lag wie in Trance auf ihrem Bett –, in die Ewigkeit zu entschwinden, ohne etwas von dieser sehr offenen Familienatmosphäre kapiert oder akzeptiert zu haben, Mischa fuhr nach Hause, irgendwo hinter die Hügelketten des Urals, wo er eine eigene, noch gar nicht alte Mutter besaß, ebenfalls

offen bis zum Gehtnichtmehr, die D. am Telefon ohne Umschweife sagte: »Hier brauchst du nicht mehr anzurufen, kapiert? Er hat hier eine hübsche Braut.«

* * *

D. beschloß, auf dem Fußboden zu schlafen, auf ihren mitgebrachten Decken, die Liege und den rippenharten Diwan vorerst nur abzuwischen und sich über das Ausklopfen des Staubes morgen den Kopf zu zerbrechen, wie sie alles auf den Hof kriegt.

Dann trank sie Tee und dachte immerzu an ihre Tante. Warum hatte sie das Haus ausgerechnet ihr vererbt, dazu heimlich, sie hatte sie zu ihrem Bahnhof bestellt, ihr ein Papier überreicht und kurz mit ihr gesprochen, wobei sie D. mit runden, sehr hellen, braunen (teefarbenen) Augen im rosigen, wie ein Bratapfel so dunklen, schmalen Gesicht ansah. Angeblich hatte sie es eilig (wohin?) und mußte schnell auf ihren Bahnsteig, obwohl die Züge hin und zurück alle Stunde verkehrten.

Wobei es als Wunder zu bezeichnen war, als die Tante vorsichtig ihren selbstgestrickten braunen Wollhandschuh abstreifte und am Mittelfinger der rechten Hand ein Ring mit einem runden, gewölbten, hellbraunen Stein zum Vorschein kam, haargenau in der Farbe ihrer Augen. Warum hatte die Tante ihn zum Bahnhof angesteckt? Wozu diese Eitelkeit?

Dieser Ring tauchte später wieder auf, D. entdeckte ihn wieder, das heißt, sie wunderte sich, als sie ihn sah, aber später.

Die Beziehungen zwischen der Tante und ihrer jüngeren Schwester, D.s Mutter, waren schon seit langem, seit der Kindheit, nicht gut gewesen, D.s Mutter wurde geboren, als die Tante schon acht war, und Eifersucht setzte sich in ihrem Herzen fest, Eifersucht und Neid, besonders als D.s Mutter heiratete, der Tante gefiel Mamas Bräutigam offensichtlich. Diese Familienlegende hatte die Mutter nicht nur einmal erzählt, und der Vater hatte es nicht bestritten und gelacht. Die Tante selbst blieb als alte Jungfer bei den Eltern wohnen, bis zu deren Tod, und sie gab den beiden Invaliden nebst Krankheiten und steifen Gliedern das letzte Geleit auf den Dorffriedhof, die Arme. Sie hatte immerzu angerufen und ihre Schwester aufgefordert, sich von den noch Lebenden zu verabschieden, aber wozu voreilig Lebewohl sagen, unke nicht, Schwelgerin, hatte der Vater gescherzt. Er nannte seine Schwägerin immer »Schwelgerin« und sagte oft: »Schwelgerin, vererbe alles *mir*, du bist doch allein, beerdigen werde *ich* dich.«

* * *

D. trank den Tee in Freiheit, in Tantes geerbter Ungebundenheit, hinter den sauberen Fensterscheiben leuchtete die untergehende Aprilsonne, die nicht verlöschen wollte.

In der Kindheit hatte sie hier einmal einen Sommer verbracht, schon nach dem Tod von Oma und Opa, aus einem sehr wichtigen Grund: D.s Mama kam ins Krankenhaus, und der Vater mußte gleich auf Dienstreise, so war die Tante gezwungen, die kleine D. auf ihre Datscha zu holen. Das kleine Mädchen wurde bald krank und weinte jeden Abend vor dem Einschlafen, es sehnte sich nach Papa und Mama, da kam die Tante zu ihm, wickelte es wie ein Baby in die Decke und nahm es auf den Arm, sie nähte ihm sogar eine Puppe, den Jungen Pyramidon, damit es Pyramidontabletten schluckte. Die Tante sagte ihm irgendwelche unverständlichen Gedichte auf, wobei sie geradezu in Leidenschaft entbrannte und mit großem Ausdruck rezitierte, D. aber war eigensinnig und wollte nicht zuhören. Dann heilten alle Seelenwunden. Ein Kind ist wie eine Katze, es muß sich mit der Einsamkeit abfinden, wenn es im Stich gelassen wird, was bleibt ihm übrig, D. gewöhnte sich also an die Tante, wich ihr nicht mehr von der Seite und ging mit ihr in den Laden und zur Bahnstation, einmal fuhren sie sogar mit dem Vorortzug und dem Bus zur Post in die Kreisstadt zum Telefonieren. Die Tante meldete das Gespräch an, nahm den Hörer ab, hörte eine Stimme, sagte aber nichts, sie kam gleich wieder aus der Kabine und forderte mit großem Geschrei ihr Geld zurück für ein nicht genutztes Gespräch. Zu diesem Zeitpunkt wohnten sie schon zwei Monate zusammen, doch als sie ins »Labyrinth« zurückkehrten, packte die Tante plötzlich D.s Sachen, brachte sie mit dem Vorortzug nach Moskau und reichte sie schweigend dem Vater durch die Tür, die Mutter war ebenfalls zu Hause, es stellte sich heraus, daß sie nur drei Tage im Krankenhaus gelegen hatte und auch der Vater gleich zurückgekommen war, die Dienstreise hatte nicht lange gedauert, doch die beiden Schlitzohren hatten die Tante gezwungen, die kleine D. zu sich ins Sommerhaus zu nehmen! Ein Kind braucht frische Luft! Sie verfluchten die Tante bis in alle Ewigkeit, sie hatten darauf spekuliert, in einem Militärsanatorium Urlaub zu machen, wohin Kinder nicht mitdurften. Die Einweisung hatten sie schon in der Tasche. Da half alles nichts, der eine Platz mußte wieder zurückgegeben werden, und die Mutter fuhr schimpfend mit D. ebenfalls nach Sudak auf die Krim, mietete dort für viel Geld ein Zimmerchen für zwei Personen, und sie verbrachten dort unbefriedigende 24 Tage, dabei hätten sie so gern ohne Kind, in Freiheit, im Militärsanatorium verschnauft. Der Vater kam ständig zu spät in sein Heimzimmer, verließ die Mutter sehr ungern, kletterte nach dem Zapfenstreich durchs Fenster im Parterre und traf sich unzufrieden mit der Familie am nächsten Morgen, und er und Mutter schimpften pausenlos auf Tante Ljolja.

D.s Erinnerungen an die Tante waren also nicht die besten, und warum sie plötzlich beschlossen hatte, D. ihre Datscha zu vermachen, war unbegreiflich.

Aber Fakt ist Fakt, das Telefon hatte geklingelt, eine ferne Stimme laut gerufen »Moskau, ein Gespräch für Sie aus Rusa«, und die kaum vernehmbare Stimme der Tante hatte mit D. ein Treffen auf dem Bahnhof, Gleis sechs, an der Treppe verabredet, morgen um drei.

Wie bereits erwähnt, hatte die Tante nach zwei Stunden Wegs in einem ungesunden Rot geleuchtet, ihre Augen waren durchsichtig wie poliertes Mahagoni, und sie schob D. ein in der Mitte gefaltetes frisches Papier mit den Worten in die Hand: »Du bist der einzige Mensch, den ich habe. Ich erinnere mich an dich, mein Schatz, wie du geweint hast und ich dich in den Schlaf gesungen habe. Ich habe zu deinen Gunsten ein Testament gemacht, über mein Haus im »Labyrinth«, du wirst angerufen. Unter der Regentonne im Garten ist einen Spatenstich tief ein Einweckglas mit einem kleinen Geschenk vergraben. Mein Zug geht gleich, lauf, du kommst sonst zu spät, du bist groß geworden, hübsch.«

Auf dem Heimweg wunderte D. sich sehr, nie hatte jemand zu ihr gesagt, sie sei hübsch geworden, die Mutter sah sie im Gegenteil immer kritisch und war unzufrieden mit ihrer Größe und Rundlichkeit, ihrem rosigen Gesicht, sie schrie, iß im Institut nicht so viel Brötchen, dick sein ist jetzt nicht modern, friß wenigstens abends nichts mehr, du hast wieder alle Pralinen vernichtet! Und erwachsen war D. schon lange, sie arbeitete das achte Jahr im Institut im Informationsbüro, füllte verstaubte Formulare aus, ordnete Zeitungen und Zeitschriften nach Themen und heftete sie ab und ging mit den Frauen aus der Bibliothek ins Schwimmbad, sonntags früh um acht. Sie hatte einen runden Rücken. Die Mutter schrie in hilfloser Verzweiflung, geh grade, du Unglückskind!

In der Metro las D. das von der Tante aufgesetzte Testament, wobei ihr einfiel, daß Mutter nach Großvaters Tod lange Zeit darauf bestanden hatte, Ljolja solle D. bei sich in der Stadtwohnung polizeilich melden oder wenigstens mit ihnen, den am Leben gebliebenen Verwandten, zusammenziehen, aber Tante Ljolja wollte nicht einmal mit ihnen reden, sie knallte den Hörer auf.

D. hatte die Alte nicht gefragt, was mit der Wohnung wird.

Jetzt, wo sie nach so vielen Jahren auf dem Grundstück in Tante Ljoljas Häuschen saß, fragte sie sich erneut, was wohl mit der Wohnung geschehen war, das wäre für sie, die älter und älter werdende Bibliotheksratte, ein großer Reichtum gewesen, das Leben mit den Eltern war unerträglich geworden, sie saßen alle drei wie in einer Gemeinschaftszelle, in dem verfluchten engen Kreis ihrer zwei Zimmer, wobei die Alten die Angewohnheit hatten, sich zu streiten, und D. bei sich auf dem Diwan lag, in die Röhre guckte und irgend etwas knabberte.

Aber die Wohnung war offenbar verloren, Mutter und Vater waren nach der Meldung von Ljoljas Tod gemeinsam irgendwohin gefahren und finster wiedergekehrt, zu D. kein Wort. Mit der Wohnung mußte ja etwas passieren, wenn Tante Ljolja das ganze Jahr über auf ihrem Papplandgut, in diesen Sperrholzwänden gelebt und sich in Moskau nie hatte blicken lassen. Irgendwas war passiert. Wenn es Vater und Mutter gelungen wäre, was zu ergattern, hätte D. das gleich an ihrer Fröhlichkeit gemerkt, an Vaters Gesang in der Küche. Die Mutter war die einzige Erbin von Tante Ljoljas Stadtwohnung, und D. war sich fast sicher, daß unverzüglich alles verkauft und »fürs Alter« aufs Sparbuch gelegt worden wäre.

Übrigens hatte D., als sie damals vom Bahnhof nach Hause kam, den Alten gleich selbst erzählt, daß sie von Tante Ljolja die Datscha als Erbe bekommen habe, die beiden rochen Lunte, wollten beteiligt werden, ereiferten sich, bekamen es mit der Angst zu tun, aber Ljolja sagte fest, die »Tante« lebe ja noch.

Als Ljolja aber im Kreiskrankenhaus gestorben war und sie angerufen wurden, fuhr nur D. los und brachte Geld hin, das sie bei einer Freundin geliehen hatte, aber in der Provinz war alles viel billiger als in der Stadt, sie bestellte den Sarg, den Laster, die Grube, alles. Als sie von jenem ersten Mal nach Hause gekommen war, hatten die Eltern, wie gesagt, ein finsteres Gesicht gemacht, gemurrt und gebockt wie kleine Kinder, es dann aber nicht ausgehalten und ihr Urteil gesprochen: Wir fahren nicht dorthin! Prinzipiell nicht! Auch im Sommer nicht! Obwohl es nicht nur dir gehört, ich bin auch Erbin, hatte die Mutter, vorab beleidigt, verkündet.

Der Vater hatte geschrien, er würde in den Garten kommen, wann er wolle, das Sommerhaus gehört der ganzen Familie, das verhinderst du nicht, den eigenen Vater jagst du nicht raus, worauf D. schüchtern einwandte »den eigenen?«, die Mutter schrie, der Vater fluchte, nichts Neues, ein normales Gespräch.

* * *

Vorbei. D. war allein zurechtgekommen, vom Friedhof war sie mit dem Bus zur Bahnstation zurück, dann noch mit dem Vorortzug zwei Haltestellen, hatte ihren riesigen Rucksack drei Kilometer durch den Wald zum »Labyrinth« gebuckelt, die notdürftig mit einer Latte zugenagelte Tür geöffnet (das Schloß hatten die Diebe abgerissen) und den Geruch von verfaulten Äpfeln, Feuchtigkeit und beißendem Staub geatmet …

Im Rucksack hatte sie den ganzen beschwerlichen Weg alte Decken geschleppt, ein Kopfkissen, Wäsche, zwei Konservendosen, ein halbes Weißbrot und alte Klamotten für die Gartenarbeit – mit diesem Krempel war sie direkt zur Beerdigung gekommen, auch am Grab hatte sie so gestanden, den Rucksack zu ihren Füßen… Kaum war der Sarg abgeladen, fuhr der Lastwagen gleich davon, zurück mußte sie also laufen, auf den Bus warten und dann wieder mit ihren Gummistiefeln die Meilen messen …

Und jetzt diese Belohnung, das saubere, warme Haus, die Heizkörper voll mit heißem Wasser, heißes Wasser im Teekessel, und wenn du vors Haus trittst – eine dünne Eisschicht auf der Erde, kalte, ganz frische Luft, die in der Kehle nicht schlechter prickelt als Selterswasser, der Atem stockt dir bei diesem Himmel, der Stille, dem Mond …

Das Brot und die Konserven zermalmte D. wie ein Fleischwolf, na und, für morgen hatte sie noch mehr.

Es war nämlich folgendes passiert: D. hatte bei der Tante Einweckgläser mit Buchweizen gefunden, sie standen alle im Keller, und über jedes dieser Dreilitergläser war eine leere Aluminiumdose gestülpt, wegen der Ratten, und mit einem Stein beschwert. Diesen Keller hatten die Diebe nicht ausfindig gemacht, dort aber stand allerhand, Eingewecktes, Eingesalzenes, sie hatten den anderen Keller entdeckt und dessen Tür erbarmungslos aufgebrochen, aber der Eingang in diesen lag hinter dem Schrank, Tante Ljolja hatte D. seinerzeit das Geheimnis gezeigt, das kleine Versteck.

Dort bewahrte die Tante auch ihr Porzellangeschirr auf, einen Stapel Teller, ein uraltes Sahnekännchen mit Zuckerdose, außerdem nagelneue Läufer, eine Nähmaschine, gut geölt, Werkzeug und Kisten, da müßte sie mit der Zange nachsehen. D. verbarrikadierte wohlweislich alles wieder mit dem Schrank, sah sich das Haus an, ging überall herum und richtete ihr Bett plötzlich auf dem der Tante.

Da aber fielen ihr Tante Ljoljas Worte ein, daß unter der Tonne im Garten ein Einweckglas mit einem Geschenk vergraben sei, und sie nahm den Spaten und ging hinaus. Vielleicht das Geld für Tantes Wohnung?

Augenblicklich stellte D. sich vor, wie sie sich für dieses Geld selbst eine Wohnung kauft, sie konnte ja schließlich nicht ewig in dieser Hütte hier hausen. Sie kauft sich eine Wohnung, Möbel ... Schreibt an Mischa ... Komme sofort anläßlich veränderter Lebensumstände.

Die Tonne war halbvoll mit Wasser und Eis, D. mußte sie mit einem Eimer ausschöpfen, umkippen und wegrollen, erst dann konnte sie mit dem Graben beginnen. Der Spaten knirschte gleich beim ersten Stich, und D. zog aus der Erde ein schmutziges Glas, das leer aussah, nur auf dem Boden rollte etwas hin und her.

Noch im Garten schraubte sie den Plastikdeckel auf, stürzte das Glas auf ihre Handfläche und erblickte den besagten Silberring mit dem hellbraunen Stein: ein schöner Schatz!

Dennoch zog D. den Handschuh aus und steckte den Ring an den Finger der rechten Hand.

Und mit diesem nußbraunen Ring ging sie im bereits dunkelnden Abendrot in den Garten hinaus, in dem schon das erste Grün sproß, und öffnete die Pforte.

Sie blieb unterm Himmel stehen und war froh, ihre Seele blühte förmlich auf, und viele Jahre der Freiheit und Ruhe breiteten sich vor ihr aus, schillernd wie ein Regenbogen.

Gleich darauf erschrak D., als sie schwere Schritte hörte.

Ein seltsamer Mensch kam auf sie zu.

Er trug hohe Lederstiefel, einen merkwürdigen Halbmantel und eine Schaffellmütze, in der Hand aber hielt er einen dünnen Stock. Wie der Stab eines Blinden.

Der Mann blieb stehen und fragte D., ob sie hier in der Gegend nicht ein genauso gelbes Haus gesehen habe. Dort wohne ein so schönes Mädchen ganz allein, ohne Eltern. Ihr Name sei Olja.

Er schwieg und sagte dann zu D., er sei Olja hinterhergegangen, als sie plötzlich aus dem Haus verschwunden war, er sei sie suchen gegangen – und nun finde er nicht einmal mehr das Haus. Er sei ihr immer hinterhergegangen und irre nun schon über einen Monat herum.

»Über einen Monat!« überlegte D. »Wie der lügt!«

»Ich kenne hier niemanden«, antwortete sie offenherzig, schloß die Pforte und ging zurück, da ging auch er, aber dann, als sie die Spuren ihres Grabens verwischt und die Tonne auf ihren Platz zurückgerollt hatte, erblickte sie den Unbekannten abermals, wie er zurückkam, und ging diesmal selbst zu ihm hin. Sie überlegten beide, was der Unbekannte tun könne, das heißt, am meisten redete D., sie sagte, er könne drei Kilometer zur Bahnstation laufen, zwei Stunden – und er sei in Moskau. Sie wolle im Fahrplan nachschauen. Es müsse noch einen Zug geben.

Er aber entgegnete, er sei nicht aus Moskau gekommen, in Moskau habe er niemanden mehr, jetzt nicht mehr.

Da schaute sie sich ihn genauer an, das dunkle Gesicht, die hellen, irgendwie überirdischen Augen, die ständig nach oben blickten, als suchten sie im ebenfalls hellen Himmel das gelbe Haus, aber vielleicht war es ihm auch unangenehm, die dicke D. anzusehen, die rosige, gesunde, mit dem zerzausten Zopf, den vom eisigen Wasser roten Händen, dazu noch in einer alten Jacke und schmutzigen Trainingshosen.

Sein Gesicht war länglich, schmal, trug Spuren ungleichmäßiger Bräune. Er war älter als D, das heißt etwas über vierzig, fast ein alter Mann.

Er sagte, er habe geglaubt, dieses gelbe Haus sei das, was er suche, nun sei er wieder falsch gegangen. Ein richtiges Labyrinth.

»Die Genossenschaft heißt ja auch so – Labyrinth«, sagte D. fröhlich und lief mit ihrem neuen Bekannten die Häuser ab, um nach einem anderen gelben Gebäude zu suchen.

Die Datschensiedlungen gingen in dieser Gegend ineinander über, sie zogen sich Dutzende von Kilometern an der Bahnstrecke hin, der neue Bekannte aber wußte nichts außer »Olja« und »M.«.

Es war immer noch nicht Nacht geworden, D. hatte sich nun selbst in diesem Netz stiller Sandwege verirrt. Der Mond leuchtete über den Gärten, Nachtigallen sangen, und D. fand nur mit Mühe ihr eigenes Haus wieder, in dem Licht brannte.

»Die Eltern sind gekommen!« dachte sie erschrocken und sagte ungehobelt zu dem armen Wanderer: »Gestatten Sie, daß ich mich verabschiede!«

Und rannte mit fliegendem Zopf zu sich in den Garten.

Er blieb vor dem Zaun stehen und schlug mit dem Stock gegen seinen Stiefelschaft, ein recht leichtsinniges Schlagen für einen, der sich im Labyrinth verirrt hat, D. aber stieg mit klopfendem Herzen die Vortreppe hoch und stieß die Tür auf – sie war nicht verschlossen, aber das Haus war leer.

Im Zimmer brannte eine Glühbirne völlig umsonst bei diesem Abendsonnenschein, der hell ins Fenster strahlte. D. fiel ein, daß sie tatsächlich für alle Fälle das Licht hatte brennen lassen, um sich nicht zu verirren.

Der Stock klopfte nirgends mehr.

D. entkleidete sich, streifte das riesige Leinenhemd der Tante über und legte sich hin. Eine Nachtigall sang aus voller Kehle. Irgendwo irrte in nassen Stiefeln der hungrige und unbehauste, ruhelose Mann umher. D.s Herz schlug nicht mehr so zornig, es hatte sich beruhigt, die Gefahr eines Überfalls seitens der Eltern war vorüber, wenigstens für heute – und D. wurde vom Gefühl eines Verlustes, eines traurig stimmenden Mitleids buchstäblich gezwickt. Ja, Tante Ljolja war gestorben. Aber die Hauptsache war, daß ganz in der Nähe, im Netz der Straßen, ein Mann umherging. Ihn zu suchen war sinnlos, das hier war ein Labyrinth! Hier konnte man monatelang aneinander vorbeilaufen.

Und plötzlich, als sie in der Tante Bett lag und im Licht der Nacht auf die Eisenkugeln blickte, vernahm sie ein Stampfen, als ob jemand mit schwerem Schritt zum Haus gerannt käme. Schwer, aber bedächtig, wie ein Langstreckenläufer, tap, tap, tap, tap. Als er vorbeigelaufen war, blieb er stehen. Dann schlug die Gartentür, und unsichere Schritte näherten sich.

»Verzeihen Sie«, rief eine dumpfe Stimme, »wohnt hier M.?«

»Nicht schon wieder«, rief D. »Gleich! Sie sind falsch!«

Sie zog schnell Hose, Pullover und Jacke an, alles übers Nachthemd, und rannte aus dem Haus.

Es war niemand da.
D. schaute aus der Gartentür.
Links konnte sie in der Ferne auf der Kreuzung die dunkle Silhouette mit der Schaffellmütze erahnen.
D. stand unbeweglich da. Was tun? Es war bereits elf, und der arme Mann lief und lief.
»Kommen Sie her!« rief D.
Und sah, wie er um die Ecke bog und wie eine geschnitzte Schießbudenfigur wieder verschwand.
»Ein Moment! Monsieur!« entfuhr es ihr aus irgendeinem Grund, und sie wurde verlegen. Was für ein Monsieur?
Da stand er bereits neben ihr, die Augen zum Himmel gerichtet, wo hell der Mond schien.
»Monsieur, Sie können wenigstens auf eine Tasse Tee zu mir reinkommen«, sagte D., während sie sein schmales, dunkles Gesicht betrachtete.
Sie ging, er folgte ihr, trat ins Haus, wischte sich die Stiefel an einem nassen Lappen ab, zog die Jacke aus, setzte die Mütze ab, wusch sich die Hände, trocknete sich am Linnentuch der Tante ab und setzte sich an den Tisch.
Er trug einen hochgeschlossenen schwarzen Gehrock, seine Haare kringelten sich wie Schafswolle.
Am Ringfinger der rechten Hand leuchtete ein durchsichtiger dunkler Stein, haargenau der gleiche wie bei Tante Ljolja und jetzt bei D.
D. schenkte dem Unbekannten Tee ein, nach Konfitüre hätte sie ins Versteck krauchen und den Schrank zur Seite schieben müssen, deshalb sagte sie: »Bin gerade erst gekommen, seien Sie nicht böse, ich habe nichts da, keinerlei Lebensmittel.«
»Das bin ich gewohnt«, entgegnete der »Monsieur« irgendwie abgespannt und trank gierig den lauwarmen Tee.

D. griff sich plötzlich an den Kopf und öffnete eine der Konservendosen, irgendein billiger Fisch in Tomatensoße. Monsieur wartete, bis D. ihm einen Berg rostig aussehender Fischchen auf den Teller gelegt hatte, und begann ohne Eile zu essen.

D. stellte inzwischen den Teekessel auf.

»Wo ist Olja?« fragte der Unbekannte.

»Wissen Sie denn nicht? Ich habe sie heute beerdigt«, antwortete D.

»Mein Gott«, entgegnete er und bekreuzigte sich.

»Haben Sie sie gekannt?«

»Ich war manchmal hier. Ich habe Ihnen doch gesagt, das gelbe Haus, das Mädchen Olja M.«

M.! Tante Ljoljas Familienname fing ja mit »M« an! Olja!

Er aß langsam und angestrengt kauend, sehr vornehm. Die schmale Hand hielt die Aluminiumgabel mit schlichter Grazie. Mit den Handgelenken stützte er sich auf den Tischrand. Aus den Ärmeln schauten tadellos weiße Manschetten hervor.

D. schämte sich plötzlich und ging ins Zimmer, sie wollte sich umziehen, hatte aber nichts, statt dessen zog sie die Hose und den Pullover aus und stand im Nachthemd der Tante da, dem großen, linnenen, mit den Spitzen am Kragen.

In diesem Aufzug trat sie mit dem Zopf auf der Brust und in Socken in die Küche und setzte sich an den Tisch.

Der Fremde aber lag schon auf dem alten Diwan, atmete gleichmäßig, die Hände auf der Brust, seine großen Augenlider waren geschlossen, aber nicht fest.

D. holte aus dem Zimmer der Tante ihre Decke, um ihm die Beine einzuhüllen.

Das Wasser im Teekessel brodelte.

D. setzte sich wieder an den Tisch und betrachtete den Fremden, er kam ihr immer bekannter vor.

»Alexander Alexandrowitsch«, sagte sie, »ich richte Ihnen das Bett im Zimmer. Bleiben Sie so lange hier liegen, und dann kommen Sie rüber.«
Sie ging ins Zimmer, legte frisches Bettzeug auf die Liege, ein Glück, daß sie Wechselwäsche mitgenommen hatte, packte ihr Kissen und die letzte Decke obendrauf, mehr hatte sie nicht.
»Ich decke mich mit meiner Jacke zu, halb so schlimm«, dachte D.
Im Versteck der Tante lag in den Kisten bestimmt alles mögliche, morgen müßte sie es auslüften, trocknen und waschen. Vielleicht fänden sich noch mehr Wäsche und eine Decke.
Dann nahm D. den Kessel vom Kocher, löschte das Licht, schloß die Haustür ab, ging wieder ins andere Zimmer hinüber und nahm sich vor dem Schlafengehen vom Tischchen der Tante ein altes, klammes Buch: »Alexander Blok. Gedichte«.

> Und jeden Abend zur bestimmten Stunde
> (Oder hab ich das nur geträumt?)
> Bewegt sich vor dem Nebelfenster dunkel
> Eine Mädchengestalt in Seide.
>
> Und langsam, still durch die Betrunknen gehend,
> Ohne Begleiter stets, allein,
> Parfüme atmend und Geruch von Nebel,
> Setzt sie zum Fenster sich und schweigt.*

D.s Augen waren voller Tränen. Ihr unerfüllt gebliebenes Schicksal lag vor ihr, leuchtete im abendlichen Feuer, wehte

* Alexander Blok, *Die Unbekannte*, Nachdichtung Rainer Kirsch

als feiner Parfümduft zu ihr, auf dem Kopf saß fest ein leichter, großer Hut, das Kleid aus lila Seide, an der Hüfte zusammengerafft, raschelte. Handschuhe umfingen ihre Hände, der Spiegel warf ein zartes, rosiges Gesicht mit großen, nußbraunen Augen, gelocktem, vollem Haar unterm Hut, glänzenden, braunen Brauen und schmalen Lippen zurück.

Und von uralten Aberglauben wehen
Ihrer geschmeidigen Seiden Band
Und weht der Hut mit dichten Trauerfedern
Und die beringte schmale Hand …

Es war ein Fehler, daß ich alle Papiere verbrannt habe, dachte D., vielleicht hätte ich dort irgendwelche Erklärungen gefunden. Obwohl, was gab es schon großartig zu deuten. Nachdem die Tante ins Krankenhaus gebracht worden war, hatte Alexander Alexandrowitsch einen Schreck bekommen, war verschwunden, hatte sich verirrt, aber der Ring der Tante hatte seine Wirkung getan. Einen Monat später war er doch zum gelben Haus gelangt, zu dem Haus, wo auf dem Nachttisch das zerlesene Buch mit seinen Gedichten lag, zu seinem Haus auf der Welt …

DAS WUNDER

Der Sohn einer Frau hängte sich auf.
Das heißt, als sie vom Nachtdienst kam, lag der Junge auf dem Fußboden, neben dem Hocker, und an der Lampe baumelte ein dünner Nylonstrick.
Der Mund des Jungen war blutig, und am Hals war ganz deutlich ein roter Striemen zu sehen.
Er war bewußtlos, aber sein Herz klopfte schwach, so daß der Notarzt sagte, es sei nur ein Selbstmordversuch gewesen.
Auf dem Tisch lag dazu ein Zettel: »Mama, verzeih mir, ich liebe dich.«
Erst als sie den Sohn auf einer Trage über den Krankenhauskorridor weggebracht hatten (die Mutter war mit ihm im Krankenwagen zur Notaufnahme gefahren und hatte ihn nicht allein gelassen, bis er hinter der Tür zur Intensivstation verschwunden war, sie hatte die ganze Zeit seine Hand gehalten), erst als sie wieder zu Hause war, entdeckte sie, daß der Wollstrumpf ganz unten im Koffer leer war.
Eigentlich hätten dort zwei Eheringe, das ganze Geld, Dollarnoten und goldene Ohrringe mit Rubinen liegen müssen.
Später vermißte die arme Frau auch noch das Tonbandgerät, den einzigen Wertgegenstand, den sie für ihren Sohn angeschafft hatte, damit er wieder zur Schule ging.

Dann entdeckte sie unter dem Bett und in der Küche massenweise leere Flaschen, im Spülbecken einen ganzen Berg schmutzigen Geschirrs, und auf dem Klo Spuren von Erbrochenem und anderen abscheulichen Dingen.

Eigentlich hatte sie schon früh am Morgen, als sie vom Nachtdienst heimkam, noch auf der Schwelle, gedacht, hier hat wohl eine Fete stattgefunden. (Der Sohn mußte zur Armee und hatte gesagt, er wolle Freunde einladen, die Mutter aber war die ganze Zeit dagegen gewesen.)

Als sie aber in die Wohnung trat, in das einzige Zimmer, und die schiefhängende Lampe erblickte, den zur Seite gerückten Tisch, den umgekippten Hocker und, noch schrecklicher, den Strick und den Körper auf dem Fußboden, war auf der Stelle ihr Zorn verflogen.

Erst als sie aus dem Krankenhaus wiederkam, holte sie sich alles ins Gedächtnis zurück und zog, gleich nachdem sie den Hocker aufgehoben hatte, den Koffer unterm Bett hervor.

Er war nur flüchtig zugemacht worden, nur das eine Schloß, das zweite war aufgesprungen.

Dieses aufgesprungene Schloß sagte ihr viel, mit angehaltenem Atem und ohne jegliche Hoffnung öffnete sie den Koffer. Der Strumpf lag auf seinem Platz in der Ecke unter den Kleidern, aber leer.

In diesem Strumpf hatte sie all ihre Hoffnungen auf Rettung aufbewahrt, sie hatte verschiedene Pläne geschmiedet, mal wollte sie einen Fernseher kaufen, mal Geld bezahlen, damit der Junge extern zu den Aufnahmeprüfungen in die Mittelschule zugelassen würde, die alte Schule hatte er mitten im Jahr geschmissen.

Oder sie träumte davon, die Wohnung zu tauschen, sich noch ein bißchen anzustrengen und zu sparen und dann die Einzimmerwohnung gegen eine Zweizimmerwohnung zu tauschen, von ihr aus in einem schlechten Bezirk, damit der Junge ein eigenes Zimmer bekam. Auch wenn das Zusammenleben mit ihm schwer war, er war ihr einziger Verwandter, sie hatte weiter niemanden, ihre gesamte Familie war gestorben, ihre ganze Sippe, die Eltern, Tanten und Onkel, ihr Mann kam in jungen Jahren um, sie war unter einem unglücklichen Stern geboren. Nun wollte auch noch der Junge gehen.

Übrigens hatte er schon seit langem davon gesprochen, der Armeedienst rückte langsam, aber sicher heran, und er war immer ein weiches, gutherziges Kind gewesen, hatte sich nie gern gekabbelt, hatte immer gesagt, er könne keinem was zuleide tun, deshalb wurde er in der Schule häufig geschlagen, drei Jungen aus der Nachbarklasse verfolgten ihn und lachten ihn aus, weil er sich nicht wehrte, dieser Schlappschwanz, und sie leerten seine Hosentaschen, einschließlich Taschentuch, er aber schwieg.

Was ihn jetzt nicht daran hinderte, im betrunkenen Zustand die Hand gegen die Mutter zu erheben. Überhaupt waren schreckliche Veränderungen mit ihm vorgegangen, als er sich mit den älteren Jungen vom Hof einließ.

Sie nahmen ihn in Schutz, wie er der Mutter bekannte, er kam nach Hause und sagte, so, jetzt rührt mich keiner mehr an, und war fröhlich, sogar ziemlich fröhlich.

Damals, mit vierzehn, hatte er angefangen, die Mutter um einen Kassettenrecorder zu bitten, die Jungs gaben ihm Kassetten zum Überspielen, und er traute sich nicht, ihnen zu verraten, daß er gar kein Gerät besaß, er hockte nur da und blickte die Kassetten an.

Wahrscheinlich hatte er vor ihnen angegeben, er habe einen Recorder, der Wunsch war für ihn Realität.

Er wußte, daß die Mutter Geld besaß, das sie hütete, sie sparte, arbeitete, wo sie konnte, sagte ihm jedoch immer und immer wieder, Taschengeld verderbe ihn, er werde nur anfangen zu trinken und zu rauchen.

Er begann auch ziemlich schnell zu trinken und zu rauchen, offenbar gaben ihm die anderen was; außerdem entdeckte er die heimlichen Rücklagen der Mutter und nahm sich immer nur ein bißchen, sie war zerstreut und wußte nie, wieviel und was sie besaß.

Einmal hatte er sie wegen des Kassettenrecorders ziemlich lange angeschrien, geweint und war sogar krank geworden, er hatte Fieber und sagte, er lege sich nicht ins Bett, sondern gehe weg.

Er fing an zu phantasieren und verweigerte beharrlich das Essen, da wurde ihr Herz weich, sie ging los, ihm einen Recorder kaufen, den billigsten, aber noch teuer genug.

Der Sohn kam schnell wieder zu Kräften, betrachtete mit weit aufgerissenen Augen das Gerät, sie weinte vor Glück, als sie sah, wie verblüfft er war, doch da legte er sich wieder hin, drehte sich zur Wand und sagte, das sei nicht der richtige.

Am nächsten Tag gingen sie beide in den Billigladen, um den Recorder umzutauschen, zahlten wahnsinnig viel Geld drauf, wobei sie eindeutig betrogen wurden, logisch beim Anblick einer Mutter, die zu allem bereit ist.

Danach hörte er ohne Pause Tag und Nacht wie ein Verrückter Musik, überspielte die Kassetten (auch die mußte sie bezahlen), und bald war von einer Lederjacke, von Levi's und Nike-Turnschuhen die Rede.

Die Mutter weigerte sich entschieden, dieser Strick konnte endlos werden.

Sie sagte ihm: Wenn du nicht zur Schule gehst, dann schaffe

wie ich. Dir zuliebe bin ich zu jeder Arbeit bereit. Er jedoch sagte, er würde niemals im Leben seinen Rücken für jeden Taler krumm machen wie die Mutter.

Er war sich zu schade für das, was viele Jungen in einer solchen Situation tun, nämlich Zeitungen verkaufen oder Autoscheiben vor den Ampeln waschen. Vielleicht, so dachte die Mutter, fürchtet er, daß man ihn wegjagt und schlägt usw. Sie selbst war nicht eine der mutigsten, hatte vor allem Angst, weinte beim geringsten Anlaß, und ohne Vater wurde er genauso.

Bald nach ihrem Streit ging es sogar so weit, daß er nicht mehr seine alten Hosen und die Jacke anziehen wollte, schwermütig wurde, seine Hausaufgaben nicht machte, demzufolge keinen Grund hatte, in die Schule zu trotten und sich dort vor der ganzen Klasse zu blamieren, dafür gab es wahrhaftig keinen Grund. Wozu sich anschnauzen lassen?

Er haßte Moralpredigten, er haßte sie wie die Pest.

Immer mehr Zeit verbrachte er mit seinen Beschützern, den Jungs vom Hof, und die, so dachte die Mutter, neben dem ausgeraubten Koffer sitzend, haben getrunken und geraucht und gegessen, und er hat sich auf ihre Kosten bedient. Und nun, so dachte sie, haben sie ihn wohl daran erinnert, daß er ihr Geld vertrunken und verfressen hat und die Zeit gekommen ist, nun sie zu bewirten.

Deshalb hatte er immer gesagt, daß er vor der Einberufung seinen Abschied feiern muß, und sie hatte immer darüber gelacht, es sei noch zu früh, noch zwei Monate.

Natürlich weiß jedes Kind, wo was im Haus versteckt ist, wo die Mutter ihr Geld hat.

Die Mutter kann es vergessen, aber das Kind weiß es genau, es gab einen Fall, da konnte Nadja (die Mutter) ihre Rücklagen nicht finden, die sie für Wolodjas Schuhe versteckt hatte, und

Wolodja hatte unter den Schrank gezeigt, damals war er acht und jetzt siebzehn.
Mit einem Wort, die Mutter saß inmitten dieser ganzen Verwüstung, dieser Beleidigung (an der Wand im Klo stand ein schmutziges Wort, der Reis war aus den Gläsern geschüttet, als hätte jemand was gesucht) – sie saß da und dachte, daß sie am Ende sei.
Der Arzt in der Notaufnahme hatte ihr gesagt, der Sohn atme und lebe, er käme nur sicherheitshalber auf die Intensivstation, ordnungshalber, dann werde er auf die psychiatrische Abteilung verlegt.
Wenn sie ihn im Krankenhaus für unzurechnungsfähig erklärten, dann träfe das ein, was er am meisten befürchtet hatte, denn insgeheim hatte er sich später mal ein Auto anschaffen wollen, Verrückte aber kriegen keinen Führerschein.
In diesem Fall müßte er nicht zur Armee, und sie hätte ihn wie früher auf dem Hals und er würde immer tiefer sinken.
Wird er nicht für verrückt erklärt, was auch möglich war – denn er würde den Selbstmord hundertprozentig negieren, sich mit Händen und Füßen dagegen sträuben und sagen, er habe seiner Mutter nur einen Schreck einjagen wollen –, dann blühte ihm die Armee und dort ganz bestimmt der Selbstmord, der Zinksarg. Das hatte er auch seiner Mutter gesagt: Erniedrigung ertrage ich nicht, kannst gleich auf mich warten und mich begraben.
Sie war am Ende. Nadja wartete den Abend, die Nacht und den Morgen ab und ging dann schwankend ins Krankenhaus. Die Ärztin von der psychiatrischen Abteilung empfing sie freundlich und sagte, der Selbstmord sei mit Hilfe von Freunden vorgetäuscht gewesen, der Junge habe es selbst zugegeben. »Aber am Hals waren rote Striemen«, rief Nadja.

»Der Strick war zu dünn, er hat sich die Striemen selbst beigebracht«, entgegnete die Ärztin. »Er hat gesagt, wenn er sich wirklich hätte erhängen wollen, dann hätte er einen anderen Strick genommen. Dann hat er uns alles erzählt, was Sie der Schwester im Krankenwagen gesagt haben und was die Schwester gesagt hat, wie das Mädchen ausgesehen hat, was sie anhatte. Er hat Ihnen was vorgemacht.«
»Und der blutige Schaum vorm Mund?« wollte Nadja einwenden, aber die Ärztin hörte ihr nicht mehr zu und sagte, der Junge leide sehr und wolle seine Mutter nicht sehen, er wolle nicht mehr nach Hause zurück nach diesem Quatsch, den er angestellt hat.
Er hat mich bestohlen, wollte Nadja rufen, weinte aber nur jämmerlich. »Sie müssen selbst in Behandlung«, riet ihr die Ärztin.
Nadja schlich nach Hause und rief ihre Bekannten und Freunde an, um sich Rat zu holen.
Dann ging sie in den Hof hinunter, wo die alten Frauen auf der Bank saßen, und beriet sich mit denen ebenfalls.
Sie benahm sich wie eine echte Verrückte, das heißt, sie konnte ihre Zunge nicht im Zaum halten.
Sie hielt in ihrer Gasse sogar Leute an, die sie nur flüchtig kannte, und erzählte ihnen alles wie bei einer Beichte.
Man warf schon neugierige Blicke auf sie, stachelte sie an, stellte ihr Fragen.
Eine ehemalige Nachbarin kam ihr zu Hilfe, eine Großmutter, die sie zufällig auf der Straße traf und die jetzt woanders wohnte, bei ihrer Schwester, die sei todkrank, wie sie sagte, habe nur noch zwei Wochen zu leben und deshalb habe Nadja sie lange nicht gesehen (es gab eine Zeit, da war Nadja für sie einkaufen gegangen, und die Großmutter hatte ihr alles erzählt: wie sie

die Wohnung ihrem geliebten Enkelsohn als Schenkung vermacht hatte, um ihr Leben in aller Ruhe mit der Sicherheit beenden zu können, daß der Junge versorgt sei – und wie dieser Enkel, als er die Schenkung erhalten hatte, beschloß, die Wohnung von Grund auf zu renovieren, neues Parkett zu legen, und die Großmutter vorübergehend zu ihrer Schwester brachte, damit sie ihre Ruhe habe, und wie er dann verschwunden sei und jetzt wildfremde Leute in der Wohnung wohnten, die sie ihrem Enkel ganz legal abgekauft hatten, so standen die Dinge – von dieser Geschichte wußten alle im Haus).

Bis vor kurzem hatte die betrogene Oma ihre Nachbarn noch besucht und geweint, jetzt aber hatte sie sich offensichtlich beruhigt, weil sie sich nicht mehr beschweren kam, ihr gehe es ganz gut, sagte sie (»Mit der Schwester?« fragte Nadja, und die Alte antwortete, jetzt ohne Schwester, und Nadja hatte Angst, weiter zu fragen), ihr gehe es ganz gut, sie habe viele Blumen angepflanzt (»Auf dem Balkon?« fragte Nadja wieder, aber die Alte sagte, nein, auf dem Kopf, merkwürdige Antwort, und Nadja fragte nicht, wo), sie wollte sich selbst aussprechen, und sie erzählte alles der Reihe nach.

Die Alte sagte ihr:

»Suche Onkel Kornil.«

Das war alles.

Dann hatte sie es plötzlich eilig und verschwand buchstäblich wie ein Blitz hinter ihrem früheren Haus.

Nadja schaute verblüfft um die Ecke, ging noch um eine zweite, aber selbst im Hof war die Alte nicht mehr zu sehen.

Da war nichts zu machen: Nadja rief wieder alle an und fragte, wen sie konnte, und auf der Post sagte ihr eine Frau in der Warteschlange, Onkel Kornil wohne in der Schlosserei am Krankenhaus neben der Metro.

Er stehe selbst am Rande des Grabs, er dürfe keinen Schluck mehr saufen.

Aber ohne Flasche ließen die Schlosser sie nicht rein.

Damit nicht genug, ohne Flasche würde Onkel Kornil ihr kein Wort sagen.

Sie müsse das und das tun, ein sauberes Handtuch unterlegen, den Wodka draufstellen und so weiter.

Die Frau erklärte ihr alles, auch wo das Krankenhaus lag.

Sie sah nicht gut aus, bleich, als ob sie gerade selbst aus dem Krankenhaus käme, dazu ganz in Schwarz, auch die Haare auf dem Kopf sahen wie eine schwarze Diwandecke aus, schöne Augen, irgendwie gutmütig.

Wie besinnungslos rannte Nadja Wodka kaufen, suchte alles zusammen und packte es in die Tasche.

Am Krankenhaus zeigte man ihr schließlich die Schlosserwerkstatt, ein gewöhnlicher Krankenhauskeller, richtiger, eine gewöhnliche Saufbude.

Offenbar trafen sich hier die Alkoholiker der ganzen Umgebung.

Vor dem Eingang sah sie drei Männer stehen, entweder warteten sie auf jemanden, oder sie schnappten einfach frische Luft.

In der Angst, man könne ihr die Flasche wegnehmen, ging Nadja wie ein Panzer auf die Tür zu, sie walzte buchstäblich jeglichen Widerstand nieder (die Tür wurde nur auf ihr lautes Klopfzeichen hin geöffnet, aber nur einen Spalt, Nadja jedoch, die die Flasche in der Tasche vorzeigte, zwängte sich in den Keller, und hinter ihr drängten auch jene drei von der Straße herein, es gab ein Handgemenge, und sie hörte Schreie in ihrem Rücken).

Die Flasche wurde ihr sofort abgenommen.

Wobei der Mann, dem sie den Schnaps gab, den Kopf schüttelte und sagte, Onkel Kornil käme gerade zu sich und dürfe nichts trinken.

Trotzdem zeigten sie ihr die Ecke, wo neben einem Schrank ohne Tür direkt auf dem Fußboden ein Mann lag, mit ausgebreiteten Armen, der aussah, als käme er vom Müll.

Nadja machte alles, was die Frau auf der Post ihr gesagt hatte – sie breitete das Handtuch aus, stellte die saubere, volle Flasche mit einem Glas darauf, schnitt Brot, legte Salzgurken zur Stärkung auf ein Stück Papier und daneben Geld.

Onkel Kornil lag bereits da wie tot, mit offenem Mund, auf der Stirn waren Schrammen eingetrocknet, in der Mitte war ein Ritz so groß wie eine Wunde.

Auf seinen Handflächen sah Nadja Geschwüre, so etwas wie allergische Beulen.

Sie saß da und wartete, dann öffnete sie die Flasche und goß Wodka ins Glas.

Onkel Kornil kam zu sich, öffnete die Augen, bekreuzigte sich (Nadja ebenfalls) und flüsterte:

»Nadja« (sie zuckte zusammen). »Hast du ein Foto dabei?«

Nadja hatte kein Foto von ihrem Sohn mit. Sie wurde ganz starr vor Kummer.

»Hast du irgendwas anderes von ihm dabei?«

Nadja kramte in ihrer Tasche, legte eine Geldbörse auf den Boden, eine Milchtüte und ein schmutziges Taschentuch.

Mehr hatte sie nicht.

Mit dem Taschentuch hatte sie sich die Tränen abgewischt, als sie das erste Mal bei ihrem Sohn im Krankenhaus war.

Nadja reichte dem Liegenden das volle Glas.

Da stützte sich Onkel Kornil auf den Ellenbogen, trank, aß ein Stück Gurke und legte sich wieder hin mit den Worten:

»Gib mir das Taschentuch.«

Und dann sagte er noch, mit dem Taschentuch in der Hand (auf seinem Handrücken konnte Nadja eine schmutzige, eitrige Wunde sehen):

»Noch ein Glas, und es ist aus mit mir.«

Nadja erschrak und nickte.

Sie kniete vor ihm nieder, bereit, sich alles anzuhören.

An dem Taschentuch hafteten die Spuren ihres Leids, ihre getrockneten Tränen, vielleicht war das auch eine Spur ihres Sohnes, so hoffte sie.

»Was willst du von mir«, murmelte Onkel Kornil. »Sag es mir, Sünderin.«

Nadja weinte.

»Warum soll ich eine Sünderin sein, ich habe nichts verbrochen.«

Hinter ihrem Rücken, am Tisch, ertönte lautes, heiseres Lachen, offenbar hatte einer der Alkoholiker einen Witz gerissen.

»Dein Großvater väterlicherseits hat 107 Menschen umgebracht«, röchelte Onkel Kornil. »Und du bringst mich um.«

Nadja nickte wieder und wischte die heißen Tränen ab.

Onkel Kornil schwieg.

Er lag da und schwieg, die Zeit verrann.

Offensichtlich mußte er etwas trinken, um weiterreden zu können.

Von ihrem Großvater väterlicherseits wußte Nadja fast gar nichts, angeblich war er verschollen – Kriege hatte es genug gegeben, in denen sich die Menschen, ob sie wollten oder nicht, gegenseitig umbrachten!

Du bekommst einen Befehl und erschlägst entweder jemanden oder wirst selbst erschlagen wegen Befehlsverweigerung.

»Mein Großvater, sein Urgroßvater, war Soldat. Aber er ist ein

Junge. Wieso ist er schuldig?« murmelte Nadja gekränkt. »Dann soll lieber ich leiden, warum trifft es ausgerechnet ihn! Wer hat nicht alles schon einen anderen umgebracht?«

Onkel Kornil schwieg und lag da wie tot.

Über seine Stirn kroch ein lebendiger Blutstropfen.

»Oh«, sagte Nadja und schaute mit Schrecken auf die Blutspur.

Sie hätte das Blut abwischen müssen, aber womit, doch nicht mit dem Rock, dann hätte sie mit einem beschmierten Rock durch die Stadt gehen müssen. Das Taschentuch hielt Onkel Kornil in der Hand.

Ohne dieses Tuch würde er ihr nichts sagen.

Da wurde wieder gelacht.

Nadja wandte sich um und erblickte die grinsenden Fratzen der Leute am Tisch. Niemand beachtete sie.

»Ich habe keine Hoffnung mehr«, brach es plötzlich aus Nadja heraus. »Das weißt du selbst, Onkel Kornil.«

Die Zeit verrann.

Die Blutspur auf der Stirn trocknete.

Der Mann auf dem Fußboden sah schrecklich aus, schmutzig, spindeldürr, er roch unangenehm. Wahrscheinlich war er schon tagelang nicht mehr aufgestanden.

Im Schrank ohne Tür lagen leere Flaschen.

Offenbar hatte dieser Kornil heute schon vielen Leuten gewahrsagt, was zu tun sei.

Und gewartet, daß man ihm nachschenkt.

Die Frau hatte ja gesagt, daß er ohne Flasche nicht spricht.

Nadja goß nach.

Mit dem vollen Glas in der Hand sagte sie:

»Du hast gefragt, was ich will. Ich will Glück für meinen Sohn. Mehr nicht.«

Sie verstummte schnell, als sie sich vorstellte, daß dieser abscheuliche Onkel Kornil ihrem Sohn gleich Glück prophezeihen sollte, für ihren Sohn bestand Glück aber in Saufgelagen, Partys, lustigem Leben und Motorrädern.

»Aber so, daß er lernt, daß er wieder zur Schule geht und lernt.«

Sie hielt wieder inne, nachdem ihr eingefallen war, daß ihr Sohn noch zwei Jahre zur Schule gehen würde, und diese zwei Jahre müßte sie wieder den Rücken krumm machen auf drei Stellen und ihn ernähren, aber sie hatte keine Kraft mehr.

»Er soll mich unterstützen«, sagte Nadja, »er soll auch was tun und Geld verdienen, er soll lernen zu arbeiten.«

Doch dann überlegte sie, daß er bald zur Armee muß und von dort in einem Zinksarg zurückkehrt, wie er selbst prophezeit hatte.

»Er soll studieren und nicht zur Armee gehen müssen«, sagte Nadja fest entschlossen.

Aber die Perspektive, noch sieben Jahre schuften zu müssen und vor jeder Prüfung nicht schlafen zu können, bereitete ihr ernste Sorge. Sie wußte, wie das ist, sie wurde jedesmal wahnsinnig, wenn Wolodja nicht rechtzeitig nach Hause kam, weinte, schimpfte, wenn sie in die Schule zitiert wurde wegen seiner schlechten Noten, vergessenen Schulbücher, Schlägereien und Einträge im Hausaufgabenheft.

»So«, sagte sie schließlich zu Onkel Kornil, »er soll ein guter Schüler sein und gut arbeiten, auf mich hören, rechtzeitig nach Hause kommen und ... keine Saufgelage und Partys mehr, nicht mehr seine Kumpel ... vor allem die Freundinnen nicht mehr ... die bringen ihn ins Gefängnis, und dann ist es aus! Wenn die liebe Sonne aufgeht, soll er aufstehen und gehen, und wenn er wiederkommt, alles tun und mir helfen ...«

Da überlegte die arme Nadja plötzlich, daß es das beste sei, ihr Söhnchen ist am Leben, ist gesund, lernt, verdient Geld, aber zu Hause soll er lieber nicht sein.

Wenn er zu Hause war, bedeutete das Krach, Musik, Unordnung, Telefongespräche bis in die Nacht, Essen im Stehen, wie ein Pferd, er schreit, wirft der Mutter Geiz vor, verlangt heulend Geld von ihr …

Ihr fiel ein, was sie wegen ihres einzigen Sohnes alles ertragen mußte, und sie sagte bitter:

»Du sagst, ich sei eine Sünderin, doch wann soll ich sündigen? Wo? Ich lebe nicht für mich, nur für ihn … Alles gebe ich ihm … Ich zerbreche mir den Kopf, was ich für ihn kaufen kann. Was er anziehen kann. Was am billigsten ist. Ich habe gespart und gespart, und jetzt hat er das ganze Geld geklaut … Er soll nie wieder klauen … In unserer Familie hat nie jemand geklaut … Und er soll nicht trinken. Um seine Gesundheit ist es nicht gut bestellt, eine Allergie, chronische Bronchitis. Er soll an die Uni gehen. Und wenn er fertig ist, soll er ein nettes Mädchen heiraten. Und zu ihr ziehen. Er soll mit Gott gehen, aber endlich gehen. Jetzt ist er allein, aber mit zweien auf dem Hals … Und dazu noch ein Kind … Ich habe keine Kraft mehr… Die Psychiaterin hat mir geraten, ich soll selbst in Behandlung. Wann, wann soll ich mein eigenes Leben leben … Nur seinetwegen, buchstäblich nur seinetwegen weine ich Tag und Nacht. Was bin ich für eine Sünderin …«

Sie kniete mit dem Glas in der Hand nieder, die Tränen flossen in Strömen über ihre Wangen, so daß sie nichts mehr sehen konnte.

»Mach, daß ein Wunder geschieht, Onkel Kornil«, sagte sie. »Ich bin keine Sünderin, auf mir lastet keine Sünde. Hilf mir.

Mach irgendwas, ich weiß nicht, was. Ich bin schon ganz durcheinander.«

Onkel Kornil lag unbeweglich da und atmete kaum noch.

Nadja hielt vorsichtig das volle Glas an seine halbgeöffneten Lippen und überlegte, wie sie am besten den Wodka in seinen Mund gießen könnte, ohne daß ein Tropfen danebenging.

Sie müßte seinen Kopf hochheben, dann würde es gehen.

Alles geschah so, wie sie es wollte – mit der einen Hand stützte sie den Hinterkopf von Onkel Kornil, mit der anderen führte sie das Glas an die schmalen, ausgetrockneten Lippen. Dabei weinte sie heiße Tränen, damit ihre Bitten, sie wußte selbst nicht welche, in Erfüllung gingen.

»Jetzt trinken wir ein Schlückchen …«, murmelte sie fürsorglich. »Dann wird alles gut.«

Im selben Augenblick öffneten sich seine Augen wie bei einem Toten, Nadja kannte diesen starren Blick, der in eine Ecke der Decke gerichtet war, wo etwas sehr Wichtiges zu sein schien.

Sie begriff, daß sich ihre Erwartungen nicht erfüllen, daß Onkel Kornil jeden Moment sterben könnte, ohne etwas getan zu haben.

Ihre letzte Hoffnung war der Wodka.

Wenn sie es schaffte, diesen Wodka in ihn zu gießen, würde er vielleicht für kurze Zeit wieder lebendig werden – danach könnte er ruhig sterben, er hatte ja selbst gesagt, noch ein Glas, und es ist zu Ende.

Aber dieses Glas, sie hatte es noch nicht in ihn gekippt!

So was, Onkel Kornil hatte es doch versprochen!

Für die anderen hatte er alles gemacht, für sie gar nichts. Massen von Flaschen lagen im Schrank, von denen, die vor ihr da waren.

Im selben Augenblick fingen die Männer mit verschiedenen Stimmen zu reden an:
»Ach, da kommt die Andrejewna angewackelt, da ist sie ja … Macht der Andrejewna auf, der Andrejewna. Onkel Kornil, deine Mutter naht. Oh, sie hat die Flasche gerochen …«
Im Fenster tauchte das Gesicht einer Frau auf.
Nadja erstarrte verwirrt mit dem Glas in der Hand.
Sie mußte die Sache so schnell wie möglich zu Ende bringen, solange Kornils Mutter sie nicht erwischt hatte.
»Immer ist es so«, dachte Nadja, »die anderen schaffen's, nur ich nicht.«
Auf ihrer Hand lag der schwere Kopf des Sterbenden, der unverwandt zur Decke blickte.
»Onkel Kornil«, rief Nadja. »Lieber Onkel Kornil, trink doch bitte!«
Sein Mund war weit geöffnet, der Unterkiefer hing kraftlos herab.
Schon wurde an die Tür geklopft, jemand ging öffnen.
»Wenn ich nur nichts verschütte«, dachte Nadja fieberhaft, »sonst ist alles zum Teufel.«
Aus irgendeinem Grund dachte sie, wenn kein Tropfen danebenginge, erfüllten sich ihre Wünsche.
Dann wäre diese Fron tagaus, tagein vorbei.
Sie hob Onkel Kornils Kopf noch höher.
»So, jetzt trinken wir ein Schlückchen«, murmelte Nadja und preßte den Rand des vollen Glases an seinen Mund. »Ham!«
So hatte sie ihr kleines Söhnchen mit Milch gefüttert.
Das war auf dem Lande gewesen, wo sie lebten, als Wolodja noch ein Kind war und ihr Mann am Wochenende immer zu ihnen kam …
Wolodja hatte seinen kleinen Mund mit den beiden Zähnen

immer so ungeschickt aufgerissen und die Milch verschüttet.

Da knallte die Tür zu, und eine laute, betrunkene Frauenstimme war zu hören:

»Was zu saufen da, Chroniker?«

»Das ist seine Mutter«, dachte Nadja erschrocken. »Ich hab's nicht geschafft.«

Das Glas in ihrer Hand fing an zu zittern. Gleich würde die Mutter zu ihnen kommen und dazwischenfunken.

»Andrejewna, kannst schon Geld für den Sarg und die Musik sammeln«, grölten die Männer fröhlich, »dein Kornilow wird gerade zum letzten Schluck überredet.«

»Was zum Teufel braucht der 'nen Sarg, wir verkaufen ihn an die Pathologie!« entgegnete die Frau pfiffig. »Wir versaufen ihn!«

Die Antwort war ein zustimmendes Lachen.

»Los, Nadja«, sagte die Frau, »mach ihn fertig, den Jungen. Der will und will nicht abkratzen. Das Glas heute ist sein letztes.«

»Woher kennt sie meinen Namen?« überlegte Nadja erschrocken.

»Verdammter Teufel, was läßt du uns warten«, fuhr die Frau fort. »Gib ihm den Rest, er hat nur auf dich gewartet. Der hat die Schnauze voll, alle lieben ihn, alle bringen ihm was. Ablehnen kann er nicht, sonst sind die Leute eingeschnappt. Er kann niemandem weh tun, so ist er.«

Die Männer lachten zufrieden. Nadja hatte Angst, sich umzudrehen. Nach den Geräuschen zu urteilen, hatte sich die Frau an den Tisch gesetzt, es gluckerte.

»Er hat nur auf sie gewartet, der letzte Tropfen im Becher, hat er gesagt.«

Nadja war völlig durcheinander, ihre Hände zitterten.
»Er erfüllt alles, was du willst, keine Bange«, rief Kornils Mutter. »Er hat immer alles gemacht, was die Leute wollten, er hat Wunder vollbracht, Blinde wieder sehend gemacht, Beinlose gehend. Einen sterbenden Juden hat er wieder zum Leben erweckt, Lasar Moissejewitsch. Dabei waren die Kinder von diesem Lasar schon vor Gericht gegangen, wegen dem Erbschein! Als er wieder lebendig war, haben sie Kornil belagert. ›Wer hat Sie darum gebeten?‹ haben sie gesagt. Gebeten hat ihn Lasars zweite Frau, sie ist zu ihm gezogen, als er Witwer wurde, und hat seine Kinder großgezogen. Als er im Sterben lag, haben die Kinder sie gleich vor Gericht gezerrt, sie soll sich aus der Wohnung scheren und ihnen das Geld geben, zwei Kinder waren es. Diese Frau ist zu Kornil gekommen und hat ihm zwei Flaschen hingestellt. Lasar wurde wieder lebendig und war wie vor den Kopf gestoßen. Weiter: Ein Blinder mit Stock hat auf dem Bahnhof gebettelt, Kornil hat seine Qualen gesehen und gesagt: ›Öffne die Augen und gehe.‹ Der Mann nahm die Brille ab und ging, aber wie der geschimpft hat, weil ihm nun niemand mehr was gegeben hat. Weiter: Kornil machte, daß ein Beinloser wieder gehen konnte, da ist seine Mutter zu ihm gekommen, ob er ihn nicht wieder zurückverwandeln kann. Der Mann war im Bett schon ganz verfault. Kornil hat ihn wieder gesund gemacht, doch als der Mann wieder zu saufen anfing, ist er auf seinen beiden Beinen wie früher der Mutter hinterhergerannt, mit dem Messer durch die ganze Wohnung. Da ist sie mit der Flasche zu uns gekommen, Kornil soll ihn wieder zurückverwandeln.«
Das gruselige Lachen der Männer erschallte.
Die Mutter nahm einen Schluck, hustete und fuhr fort:
»Was du träumst, das erfüllt sich, glaub mir, Nadja! Reich

ihm auch was, tu das deine. Er hat dich auserwählt. Erinnerst du dich an das Weib auf der Post? Das war ich. Er hat mich geschickt, dich zu holen. Erinnerst du dich noch an die Alte? Er hat gesagt, Nadja geht aufs Ganze, sie schreckt vor nichts zurück, sie muß sich endgültig entscheiden wegen Wolodja. Nur keine Bange. Du hast es schwer mit deinem Sohn, aber mein Sohn hat es auch nicht leicht. Es war ein Fehler, daß er heute hergekommen ist, ein Fehler, nun wartet er, daß ihn jemand ins Jenseits befördert. Allein schafft er's nicht, so was gehört sich nicht, jemand muß ihm helfen.«

Ohne auf sie zu hören, schaute Nadja auf Onkel Kornil, der mit dem Kopf auf ihrer Hand lag, dann nickte sie, stellte das Glas vorsichtig auf den Boden und sagte:

»Nein, nein, vielen Dank, wir kommen mit unserem Kummer schon allein zurecht, Ihr Sohn ist viel zu krank, sind Sie nicht gescheit, so einem was zu trinken zu geben. Was denken Sie sich, Frau. Wirklich. Er gehört ins Krankenhaus, was denken Sie sich. Ich sehe doch, er stirbt, mein Mann ist in meinen Armen gestorben, ich weiß Bescheid.«

Sie stupste sogar vorsichtig mit dem Finger gegen das Glas, es wackelte und fiel um, der Wodka lief aus, alles hüllte sich in Rauch.

Nadja fand sich auf der Straße wieder, auf dem Nachhauseweg, ihr Kopf war völlig leer, sie schwankte sogar ein bißchen. Aber aus irgendeinem Grund ging sie leicht und glücklich, sie weinte nicht, dachte nicht an die Zukunft, spürte keine Sorgen.

Als ob das Schrecklichste im Leben hinter ihr lag.

DER SCHWARZE MANTEL

Ein Mädchen stand plötzlich im Winter an einem unbekannten Ort am Ende des Weges; mehr noch, sie hatte einen fremden schwarzen Mantel an.

Unter dem Mantel – sie schaute nach – trug sie einen Trainingsanzug.

An den Füßen hatte sie Lederturnschuhe.

Das Mädchen erinnerte sich nicht, wer sie war und wie sie hieß.Sie stand frierend auf einer unbekannten Chaussee, im Winter, gegen Abend.

Ringsum war Wald, es dunkelte.

Das Mädchen dachte, daß sie irgendwohin gehen müsse, denn es war kalt, der schwarze Mantel wärmte kein bißchen.

Sie ging die Straße auf und ab.

Im selben Augenblick tauchte ein Lastwagen hinter der Kurve auf. Das Mädchen hob die Hand, und der Lastwagen hielt. Der Fahrer öffnete die Tür. Im Fahrerhaus saß schon ein Passagier.

»Wohin willst du?«

Das Mädchen entgegnete das erstbeste, was ihr in den Sinn kam: »Und wohin wollen Sie?«

»Zur Bahnstation«, antwortete grinsend der Fahrer.

»Ich will auch zur Bahnstation.« (Sie erinnerte sich: Stimmt, wenn man sich im Wald verlaufen hat, muß man die nächste Station suchen.)

»Steig ein«, sagte der Fahrer, immer noch grinsend. »Dann fahren wir eben zum Bahnhof.«

»Ich passe nicht mehr rein«, sagte das Mädchen.

»Keine Bange«, sagte der Fahrer. »Mein Kamerad ist nur noch Haut und Knochen.«

Das Mädchen kletterte ins Fahrerhaus, und der Lastwagen fuhr los.

Der zweite Mann rückte mürrisch zur Seite.

Sein Gesicht war unter der heruntergezogenen Kapuze nicht zu sehen.

Sie rasten über die dunkle, dunkle Straße durch Schnee, der Fahrer grinste schweigend, das Mädchen schwieg ebenfalls, sie wollte nichts fragen, damit die beiden nicht merkten, daß sie alles vergessen hatte.

Schließlich erreichten sie einen beleuchteten Bahnsteig, das Mädchen kletterte hinaus, die Tür fiel hinter ihr zu, und der Lastwagen brauste los.

Das Mädchen stieg die Treppe zum Bahnsteig hoch, setzte sich in den nächsten Vorortzug, der kam, und fuhr ab.

Sie erinnerte sich, daß man eine Fahrkarte lösen mußte, aber sie merkte, daß in den Manteltaschen kein Geld war, nur Streichhölzer, irgendein Zettel und ein Schlüssel.

Sie genierte sich zu fragen, wohin der Zug fuhr, es war auch niemand da, den sie hätte fragen können, der Wagen war völlig leer und schlecht beleuchtet.

Schließlich hielt der Zug und fuhr nicht weiter, das Mädchen mußte aussteigen.

Offenbar war sie auf einem großen Bahnhof angekommen, zu dieser Stunde menschenleer, die Lichter gelöscht.

Ringsum war alles aufgewühlt, häßliche frische Gruben klafften, der Schnee hatte sie noch nicht zugedeckt.
Es gab nur einen einzigen Ausgang, einen Tunnel, und das Mädchen trat hinein.
Der Tunnel war dunkel, mit unebenem Boden, er führte nach unten, einzig von den weißen Kachelwänden ging Licht aus.
Das Mädchen lief leichtfüßig immer tiefer in den Tunnel, sie berührte kaum den Boden, sie rannte wie im Schlaf an Gruben, Spaten und merkwürdigen Tragbahren vorbei, offenbar wurde auch hier gebaut.
Dann war der Tunnel zu Ende, vor ihr lag eine Straße, und das Mädchen stieg schwer atmend an die Luft.
Die Straße war ebenfalls leer und halb zerstört.
In den Häusern brannte kein Licht, einige hatten nicht einmal Dächer und Fenster, nur Löcher, und in der Mitte des Fahrdamms versperrten provisorische Zäune den Weg: dort war auch alles aufgebuddelt.
Das Mädchen stand frierend in ihrem schwarzen Mantel am Rand des Bürgersteigs.
Da fuhr plötzlich ein kleiner Lastwagen heran, der Fahrer öffnete die Tür: »Steig ein, ich bring dich nach Hause.«
Es war derselbe Lastwagen wie zuvor, und neben dem Fahrer saß der Mann im schwarzen Kapuzenmantel, den sie schon kannte.
Aber in der Zeit, in der sie sich nicht gesehen hatten, schien der Passagier dicker geworden zu sein, im Fahrerhaus war es jetzt sehr eng.
»Hier ist kein Platz mehr«, sagte das Mädchen, als sie einsteigen wollte.
Im tiefsten Innern war sie froh, daß sie auf wunderbare Weise ihre alten Bekannten wiedergetroffen hatte.

Es waren die einzigen ihr bekannten Menschen in der neuen, merkwürdigen Welt, in der sie jetzt lebte.
»Paßt schon rein.« Der lustige Fahrer wandte ihr sein Gesicht zu und lachte.
Sie fand tatsächlich Platz. Es blieb sogar noch ein Zwischenraum zwischen ihr und dem finsteren Nachbarn, er erwies sich als ganz dünn, nur sein Mantel war so dick.
Das Mädchen dachte: Ich sage jetzt einfach, daß ich nichts mehr weiß.
Auch der Fahrer war sehr dünn, anderenfalls hätten sie in diesem engen Fahrerhaus des kleinen Lastwagens nicht so viel Platz gehabt.
Der Fahrer war einfach spindeldürr und hatte eine extreme Stupsnase, das heißt, er war grundhäßlich, mit völlig kahlem Schädel, dabei aber sehr lustig: er lachte unaufhörlich und bleckte alle seine Zähne.
Man kann sogar sagen, daß er die ganze Zeit mit aufgerissenem Mund lautlos lachte.
Der Mitfahrer versteckte noch immer sein Gesicht in den Falten der Kapuze und sprach kein einziges Wort.
Das Mädchen schwieg ebenfalls. Worüber sollte sie auch reden?
Sie fuhren über völlig leere und aufgegrabene nächtliche Straßen, die Leute schliefen bestimmt schon lange in ihren Häusern.
»Wo willst du hin?« fragte der Spaßvogel, übers ganze Gesicht grinsend.
»Ich will nach Hause«, antwortete das Mädchen.
»Wo ist das?« wollte der Fahrer lautlos lachend wissen.
»Also ... Bis zum Ende der Straße und dann nach rechts«, sagte das Mädchen unsicher.

»Und dann?« fragte der Fahrer, der nicht aufhörte, die Zähne zu blecken.

»Dann immer geradeaus.«

So antwortete das Mädchen, im tiefsten Innern befürchtend, daß die beiden ihre Adresse wissen wollten.

Der Lastwagen fuhr völlig geräuschlos, obwohl die Straße entsetzlich war, voller Schlaglöcher.

»Wohin?« fragte der Spaßvogel.

»Danke, hier«, sagte das Mädchen und machte die Tür auf.

»Und bezahlen?« rief der Fahrer, der seinen lachenden Rachen unmäßig weit aufriß.

Das Mädchen kramte in den Manteltaschen und fand wieder nur den Zettel, die Streichhölzer und den Schlüssel.

»Ich habe kein Geld«, gestand sie.

»Wenn du kein Geld hast, hättest du nicht einsteigen dürfen«, lachte der Fahrer laut. »Das erste Mal haben wir nichts verlangt, das hat dir offensichtlich gefallen, was? Los, geh nach Hause und hol Geld. Oder wir fressen dich, wir sind dünn und hungrig, los! Stimmt's, unser Kopf ist leer?« wandte er sich lachend an seinen Kameraden. »Wir ernähren uns von solchen wie dir. Das war natürlich ein Scherz.«

Sie stiegen alle drei auf einem Platz aus, auf dem verstreut noch offensichtlich unbewohnte Häuser standen, die wie neu aussahen.

Jedenfalls war kein Licht zu sehen.

Nur die Laternen brannten und beleuchteten die dunklen, toten Fenster.

Das Mädchen ging, immer noch auf etwas hoffend, bis zum allerletzten Haus und blieb stehen.

Ihre Begleiter blieben ebenfalls stehen.

»Ist es hier?« fragte der lachende Fahrer.

»Vielleicht«, entgegnete scherzhaft das Mädchen und erstarrte vor Verlegenheit: Spätestens jetzt würden sie merken, daß sie alles vergessen hatte.

Sie gingen ins Haus und stiegen die dunkle Treppe hoch.

Zum Glück leuchteten die Laternen ins Fenster, so daß man die Stufen sehen konnte.

Im Treppenhaus war es totenstill.

Als sie irgendein Stockwerk erreicht hatten, holte das Mädchen vor der erstbesten Tür den Schlüssel aus der Manteltasche, und zu ihrer Verwunderung ließ er sich ganz leicht im Schloß drehen.

Der Flur war leer, sie gingen weiter, das erste Zimmer war ebenfalls leer, aber im zweiten lag ganz hinten in der Ecke ein Haufen mit merkwürdigem Krempel.

»Sie sehen selbst, ich habe kein Geld, nehmen Sie die Sachen«, sagte das Mädchen, an die Gäste gewandt.

Dabei sah sie, daß der Fahrer noch immer übers ganze Gesicht grinste und der Mann mit der Kapuze immer noch sein abgewandtes Gesicht versteckte.

»Und was sind das für Sachen?« fragte der Fahrer.

»Meine, ich brauche sie nicht mehr«, antwortete das Mädchen.

»Meinst du?« fragte der Fahrer.

»Bestimmt nicht«, sagte das Mädchen.

»Na gut«, entgegnete der Fahrer und beugte sich über den Haufen.

Mit dem anderen Passagier wühlte er darin herum, einiges davon steckten sie sogar in den Mund.

Das Mädchen aber wich langsam in den Flur zurück.

»Ich komme gleich wieder«, rief sie, als sie sah, daß die beiden die Köpfe hoben und ihr nachblickten.

Im Flur ging sie auf Zehenspitzen mit großen Schritten zur Tür und trat ins Treppenhaus.
Ihr Herz klopfte laut, es pochte in der trockenen Kehle.
Das Mädchen rang nach Luft.
»Was für ein Glück, daß mein Schlüssel in die erstbeste Wohnungstür gepaßt hat«, dachte sie. »Niemand hat gemerkt, daß ich mich an nichts mehr erinnern kann.«
Sie ging ein Stockwerk tiefer und vernahm oben auf der Treppe schnelle Schritte.
Da kam sie auf die Idee, den Schlüssel noch einmal zu benutzen.
Und merkwürdig, wieder ging das Schloß auf, das sie probierte, das Mädchen schlüpfte in die Wohnung und schlug die Tür hinter sich zu.
Es war dunkel und still.
Niemand verfolgte sie, niemand klopfte, vielleicht waren die unbekannten Männer schon die Treppe hinuntergegangen, hatten die Sachen mitgenommen und ließen nun das arme Mädchen gehen.
Jetzt konnte sie in Ruhe über ihre Lage nachdenken.
In der Wohnung war es nicht sehr kalt, das war schon ein Plus.
Endlich hatte sie eine Zuflucht gefunden, wenn auch nur vorübergehend, und sie konnte sich in irgendeine Ecke legen.
Rücken und Nacken schmerzten vor Müdigkeit.
Das Mädchen lief leise durch die Wohnung, in die Fenster schien grell das Licht der Straßenlaternen, die Zimmer waren absolut leer.
Als sie jedoch durch die letzte Tür ging, fing ihr Herz laut zu klopfen an: in der Ecke lag ein Haufen fremder Sachen.
In der gleichen Ecke wie ein Stockwerk höher.
Das Mädchen blieb stehen und wartete, doch nichts ge-

schah, da ging sie zu dem Haufen und setzte sich auf die Lumpen.

»Mensch, bist du verrückt?« schrie eine dumpfe Stimme, und sie merkte, daß sich die Kleider unter ihr wie lebendig bewegten, wie Schlangen.

An der Seite kamen zwei Köpfe zum Vorschein und vier Arme, ihre beiden alten Bekannten wühlten sich eifrig durch den Haufen und kletterten schließlich heraus.

Das Mädchen rannte ins Treppenhaus.

Ihre Knie waren weich wie Watte.

Hinter ihrem Rücken lief jemand durch die Wohnung.

Da sah sie einen Lichtschein unter der nächsten Tür.

Wieder öffnete das Mädchen mit ihrem Schlüssel ganz leicht die gegenüberliegende Wohnungstür.

Vor ihr stand eine Frau auf der Schwelle, mit einem brennenden Streichholz in der Hand.

»Retten Sie mich um Himmels willen«, flüsterte das Mädchen.

Hinter ihrem Rücken war bereits ein leises Rascheln zu hören, so als krieche jemand über den Boden.

»Komm rein«, sagte die Frau und hielt das Streichholz hoch, das kurz vorm Verlöschen war.

Das Mädchen trat schnell ein und schloß die Tür hinter sich.

Im Treppenhaus war es still, als ob jemand stehengeblieben sei und überlege.

»Was dringst du nachts gewaltsam in fremde Wohnungen ein?« fragte die Frau mit dem Streichholz grob.

»Lassen Sie uns weiter nach hinten gehen«, flüsterte das Mädchen, »irgendwohin, ich erkläre Ihnen alles.«

»Das kann ich nicht«, sagte die Frau sehr leise. »Das Streichholz wird unterwegs verlöschen. Wir kriegen nur zehn Stück.«

»Ich habe Streichhölzer«, sagte das Mädchen froh, »hier.«
Sie tastete nach der Schachtel in der Manteltasche und hielt sie der Frau hin.
»Zünde es selber an«, forderte die Frau.
Das Mädchen zündete ein Streichholz an, und beide gingen mit dem flackernden Licht durch den Flur.
»Wieviel hast du?« fragte die Frau mit einem Blick auf die Schachtel.
Das Mädchen schüttelte die Streichhölzer.
»Nicht viel«, sagte die Frau. »Jetzt sicher nur noch neun.«
»Wie kommt man hier raus?« flüsterte das Mädchen.
»Indem man aufwacht«, antwortete die Frau, »doch das gelingt nicht immer. Ich zum Beispiel wache nicht mehr auf. Meine Streichhölzer sind alle, Sense.«
Und sie lachte, wobei sie ihre großen Zähne entblößte. Sie lachte sehr leise, ja lautlos, als wolle sie einfach nur den Mund so weit wie möglich öffnen, wie beim Gähnen.
»Ich will aufwachen«, sagte das Mädchen. »Lassen Sie uns diesen schrecklichen Traum beenden.«
»Solange das Streichholz brennt, kannst du dich noch retten«, sagte die Frau. »Ich habe mein letztes gerade eben aufgebraucht, ich wollte dir helfen. Jetzt ist mir alles einerlei. Ich möchte sogar, daß du hierbleibst. Weißt du, es ist alles sehr einfach, du darfst bloß nicht atmen. Dann kannst du fliegen, wohin du willst. Du brauchst kein Licht, mußt nicht essen. Der schwarze Mantel erlöst dich von allem Leid. Ich werde bald losfliegen und nachschauen, was meine Kinder machen. Sie waren ganz schön wild und haben mir nicht gehorcht. Einmal hat mein Jüngster mich angespuckt, als ich ihnen gesagt habe, daß der Papa nicht mehr kommt. Er hat geweint und gespuckt. Jetzt kann ich sie nicht mehr lieben. Und dann

träume ich noch davon nachzuschauen, wie es meinem Mann und seiner Freundin geht. Sie sind mir jetzt ebenfalls ganz egal. Ich habe sehr viel begriffen. Ich war eine große Närrin!«
Und sie lachte wieder.
»Mit dem letzten Streichholz ist der Gedächtnisschwund vorbei. Jetzt kann ich mich wieder an mein ganzes Leben erinnern und glaube, daß ich im Unrecht war. Ich muß über mich lachen.«
Sie lachte tatsächlich übers ganze Gesicht, aber lautlos.
»Wo sind wir?« fragte das Mädchen.
»Auf diese Frage gibt es keine Antwort, bald wirst du es selbst sehen. Es wird riechen.«
»Wer bin ich?« fragte das Mädchen.
»Du wirst es erfahren.«
»Wann?«
»Wenn das zehnte Streichholz abgebrannt ist.«
Das Streichholz des Mädchens brannte bereits herunter.
»Solange ein Streichholz brennt, kannst du aufwachen. Aber ich weiß nicht, wie. Ich habe es nicht geschafft.«
»Wie heißt du?« fragte das Mädchen.
»Mein Name wird bald mit Ölfarbe auf ein Eisenschild geschrieben. Und in einen kleinen Erdhügel gesteckt. Dann werde ich ihn lesen können. Die Farbbüchse und das Schild stehen schon bereit. Aber das weiß nur ich, die anderen haben noch keine Ahnung. Weder mein Mann noch seine Freundin, noch meine Kinder. Wie öde das alles ist!« sagte die Frau. »Bald fliege ich weg und sehe mich von oben.«
»Flieg nicht weg, ich bitte dich«, sagte das Mädchen. »Willst du meine Streichhölzer haben?«
Die Frau dachte nach und sagte: »Gut, eins nehme ich. Mir ist, als ob mich meine Kinder noch lieben. Als ob sie weinen.

Als ob niemand auf der Welt sie haben will, weder ihr Vater noch seine neue Frau.«

Das Mädchen steckte ihre freie Hand in die Manteltasche und holte statt der Streichholzschachtel den Zettel heraus.

»Guck mal, was hier steht: ›Ich bitte niemandem die Schuld zu geben, Mama, verzeih.‹ Vorhin war der Zettel noch leer.«

»Ach, so hast du es geschrieben! Und ich habe geschrieben: ›Ich kann nicht mehr, Kinder, ich liebe euch.‹ Die Schrift ist erst vor kurzem sichtbar geworden.«

Die Frau holte aus der Tasche ihres schwarzen Mantels ihren Zettel.

Sie las ihn und rief: »Guck mal, die Buchstaben lösen sich auf! Wahrscheinlich liest die Nachricht schon jemand! Den Zettel hat schon jemand gefunden ... Der Buchstabe »I« und der Buchstabe »c« fehlen! Und der Buchstabe »h« verschwindet gerade!«

Da fragte das Mädchen: »Weißt du, warum wir hier sind?«

»Ich weiß es. Aber ich sag's dir nicht. Du erfährst es noch früh genug. Du hast noch genug Streichhölzer.«

Da zog das Mädchen aus der Manteltasche die Schachtel und hielt sie der Frau hin. »Nimm sie alle! Aber sag es mir!«

Die Frau schüttete die Hälfte der Streichhölzer in ihre Hand und sagte: »Für wen hast du den Zettel geschrieben? Weißt du das noch?«

»Nein.«

»Zünde noch ein Streichholz an, das hier geht gleich aus. Mit jedem neuen Streichholz konnte ich mich an mehr erinnern.«

Da zündete das Mädchen alle vier Streichhölzer auf einmal an.

Plötzlich war vor ihr alles hell, und sie sah, wie sie auf einem Hocker unter der Glühbirne stand und auf dem Tisch der kleine Zettel lag: »Ich bitte niemandem die Schuld zu geben.« Draußen die nächtliche Stadt, und in dieser Stadt eine Wohnung, in der ihr Geliebter, ihr Bräutigam, lebte und nicht mehr ans Telefon ging …

Das letzte Streichholz brannte ab, aber das Mädchen wollte allzugern wissen, wer im Nachbarzimmer lag und schnarchte und stöhnte, während sie auf dem Hocker stand und ihren hauchdünnen Schal an die Rohrleitung an der Decke knotete …

Wer schlief im Nachbarzimmer – und wer schlief nicht? Sondern lag da und schaute mit wunden Augen ins Leere und weinte …

Wer?

Das Streichholz war fast abgebrannt.

Noch ein bißchen – und das Mädchen hatte alles begriffen.

Da nahm sie im fremden dunklen Haus, in der fremden Wohnung, ihren zerknüllten Zettel und zündete ihn an!

Und sie sah, daß dort, in dem anderen Leben, hinter der Wand, ihr Großvater schnarchte und neben ihm die Mutter auf der Campingliege lag, denn er war sehr krank und verlangte ständig zu trinken.

Aber es war noch jemand da, dessen Anwesenheit sie ganz deutlich spürte und der sie liebte – der Zettel in ihrer Hand brannte schnell ab.

Dieser Jemand stand still vor ihr und hatte Mitleid mit ihr und wollte sie stützen, aber sie konnte ihn nicht sehen und hören und wollte nicht mit ihm sprechen, ihr Herz tat weh, sie liebte ihren Bräutigam und nur ihn, weder Mutter noch Großvater, noch den, der vor ihr stand in jener Nacht und sie zu trösten versuchte.

Und im letzten Augenblick, als die letzte Flamme verlosch,

wollte sie plötzlich mit dem Menschen sprechen, der unter ihr stand und dessen Augen merkwürdigerweise auf der gleichen Höhe waren wie ihre.

Aber der kleine Zettel verlosch wie der Rest ihres Lebens im Zimmer mit der Glühbirne.

Da warf das Mädchen den schwarzen Mantel ab und berührte, sich die Finger verbrennend, mit der letzten kleinen Flamme den trockenen schwarzen Stoff.

Etwas knallte, es roch versengt, und hinter der Tür heulten zwei Stimmen auf.

»Zieh schnell deinen Mantel aus!« schrie das Mädchen der Frau zu, aber die lächelte bereits sanft mit breitem, offenem Mund, in ihrer Hand brannte das letzte Streichholz ab …

Da berührte das Mädchen, das sowohl hier, im dunklen Flur, vor dem rauchenden schwarzen Mantel, als auch dort, bei sich zu Hause, unter der Glühbirne stand, vor sich die zärtlichen, liebevollen Augen – sie berührte mit seinem rauchenden Ärmel den schwarzen Ärmel der Frau, und da ertönte erneut ein zweistimmiges Heulen im Treppenhaus, von dem Mantel der Frau stieg stinkender Qualm auf, die Frau riß sich ihn in Panik vom Leib.

Und es verschwand alles ringsum.

Im selben Augenblick stand das Mädchen auf dem Hocker, mit dem Schal um den Hals, und blickte schluckend auf den Tisch, wo der Zettel lag. Sie sah rote Kreise.

Im Nachbarzimmer stöhnte und hustete es, und die verschlafene Stimme der Mutter sagte: »Komm trinken, Vater!«

Das Mädchen lockerte den Schal, so schnell sie konnte, löste mit unsicheren Fingern den Knoten am Rohr unter der Decke, sprang vom Hocker, zerknüllte den Zettel, warf sich aufs Bett und deckte sich zu.

Gerade zur rechten Zeit.

Geblendet vom Licht, schaute die Mutter ins Zimmer und sagte klagend: »Mein Gott, was für einen schrecklichen Traum ich hatte ... Ein großer Klumpen Erde lag in der Ecke und Wurzeln guckten raus ... Und deine Hand ... Sie streckte sich mir entgegen, als wollte sie sagen, hilf mir ... Warum schläfst du mit Schal, tut dir der Hals weh? Komm, ich decke dich zu, meine Kleine ... Ich habe geweint im Traum ...«

»Ach, Mama«, antwortete die Tochter wie immer. »Du mit deinen Träumen! Kannst du mich nicht wenigstens nachts in Ruhe lassen! Es ist drei Uhr!«

Und das Mädchen dachte, was wäre wohl mit ihrer Mutter passiert, wäre sie zehn Minuten früher aufgewacht ...

Irgendwo am anderen Ende der Stadt spuckte eine Frau eine Handvoll Tabletten aus und spülte gründlich den Mund.

Dann ging sie ins Kinderzimmer, in dem ihre schon recht großen Söhne von zehn und zwölf Jahren schliefen, zog die verrutschten Decken zurecht und kniete nieder.

SICH HÄUSLICH EINRICHTEN

Es lebte eine junge Witwe, allerdings nicht mehr sehr jung, dreiunddreißig und so weiter, die bekam all die Jahre hindurch immer Besuch von einem geschiedenen Mann, es war ein Bekannter ihres Gatten, und er kam immer mit der Absicht zu übernachten – er wohnte außerhalb, das war der Grund.

Die Witwe gestattete ihm jedoch nicht zu bleiben, sie hatte keinen Platz oder was anderes, sie wimmelte ihn ab.

Er seinerseits klagte über Schmerzen in den Knien und daß es schon spät sei.

Immer brachte er eine Flasche Wein mit, trank sie allein aus, die Witwe legte in dieser Zeit das Kind ins Bett, machte einen einfachen Salat an, mit dem, was sie gerade zur Hand hatte, oder kochte ein Ei, kurz, sie gab sich Mühe, aber nicht allzusehr.

Er hielt ihr mit blitzenden Brillengläsern lange Vorträge, er war irgendwie seltsam, originell, sprach zwei Fremdsprachen, arbeitete aber als Wächter in einer Behörde oder kümmerte sich um die Heizung, jedenfalls nachts.

Geld hatte er keins, machte aber immer folgendes: Er lieh sich bei jemandem eine kleine Summe, kaufte dann, fröhlich und frei, seine Flasche, und mit dieser Flasche in der Hand, so

schlußfolgerte er mit gesundem Menschenverstand, war er überall ein willkommener Gast, um so mehr bei der Witwe seines Freundes, die eine freie Wohnung hatte.
So kam er denn angefahren von Gott weiß woher, geschäftig mit seiner Flasche und dem gesunden Bewußtsein seines eigenen Wertes, den er vor allem für diese einsame Witwe hatte.
Die Witwe ihrerseits öffnete ihm die Tür, eingedenk der Tatsache, daß er ein Freund ihres Mannes war und ihr Mann immer gesagt hatte, Sanja sei ein guter Mensch, aber eigentlich war dieser Sanja zu Lebzeiten ihres Mannes selten am Horizont erschienen, eigentlich nur bei großen Feiern wie Hochzeiten, wo jeder reingelassen wird, zu Geburtstagen und anderen Feiern wie Silvester jedoch war er nie eingeladen worden, ganz zu schweigen von zufälligen Zusammenkünften und Partys, das beste, was es in ihrem Leben gegeben hatte – Gespräche bis zum Morgengrauen und so weiter, gegenseitige Hilfe, gemeinsame Sommerferien auf dem Lande, danach die Freundschaft zwischen den Kindern und die Feste der Kinder: ein Leben mit eigenen Freunden.
Zu alldem war Sanja nie eingeladen gewesen, denn ungeachtet des hellen Verstandes eines Mathematikers und seiner Sprachkenntnisse, betrank er sich bei jeder Gelegenheit bis zum Umfallen und fing zu schreien an, den größten Quatsch, hielt laute Monologe ohne Sinn und Verstand, schrie oder sang pausenlos den Song von Okudshawa »Was ich der Krankenschwester Maria sagte«, in dem bekanntlich die Worte vorkommen: »Weißt du, Maria, Offizierstochter schauen Soldaten nicht an«, und dieses sein Credo des Ausgestoßenen sang er stürmisch, wenn auch ohne Melodie, er schrie wie ein Esel, bis die Jungs sich der Sache annahmen und ihn tatsächlich aus der Wohnung stießen.

Offenbar wußte er selbst nicht, was er machen sollte, trotz der Filmrisse blitzten anscheinend manchmal fetzenhaft einige schreckliche Bilder auf, irgendwelche fürchterlichen Erinnerungen, und so verschwand im weiteren dieser Sanja aus dem Blickfeld, heiratete jemanden, eine Frau aus Sibirien, die Schwester eines Freundes aus dem Studentenheim oder so ähnlich, sie begab sich unter seine Fittiche, das junge Provinzfräulein, die beiden bekamen gleich eine Wohnung, allerdings in einer fernen kleinen Wissenschaftlerstadt, aber immerhin bei Moskau.

Er wurde Vater, begann, wie man hörte, ein neues Leben als Nachwuchswissenschaftler, als sein eigener und der Familie Herr, und in der Hauptstadt hörte man immer weniger von ihm, bis er plötzlich – plauz! – anruft.

Anruft aus diesem und jenem Grund, will unbedingt was bereden, na gut, dann pumpt er sich erst noch Geld oder erscheint gleich mit der Flasche in der Familie, im warmen Nest, wo es Kinder gibt und Omas und Betten – mit der Flasche wie ein Aggressor, doch Aggressor nur deshalb, weil man ihn nicht will.

Wenn sie ihn gewollt hätten, eingeladen hätten, an den Tisch gesetzt hätten, ihm gut zugeredet hätten, dann hätte er sich beruhigt und vielleicht was Gescheites gesagt, sogar geschwiegen, sogar geweint über sich, denn es war klar, daß ihn seine Frau ebenfalls nicht mehr haben wollte, vorbei mit dem Zauber des hochgewachsenen, schlanken Hauptstädters und Intellektuellen mit Brille, vorbei mit seinem Englisch und Deutsch, mit seiner Universitätsbildung und seinen Universitätsfreunden – sie, die junge, einfache Frau aus der Provinz mit dem einfachen Beruf einer Lehrerin war offenbar gereift, hatte den ganzen Schrecken ihrer Situation begriffen, einfache Frauen begreifen sehr schnell, und ihn ebenfalls weggestoßen.

Alle Hoffnungen auf den Spruch »Mein Haus ist meine Festung« waren zusammengebrochen, dabei ist das das einzige, was dem Menschen bleibt, Haus und Familie, Haus und Kinder, das eigene Haus, das eigene Bett, das eigene Kind!

Das Kind gehört dir und keinem anderen, es hört dir mit aufgerissenem, feuchtem Mündchen zu, ißt gehorsam und legt sich zum Schlafen ins Bettchen, das du ihm gebaut hast, es umarmt dich vor dem Einschlafen, schmiegt sich wie ein Vögelchen an dich, wie ein Fischlein und liebt gerade diesen, seinen Papa.

Doch die Frau steht wie ein Tiger daneben und erlaubt dem betrunkenen Vater nicht, sein Kind zu lieben, das ist das Problem, sie trennt sie, schreit das alte Lied – du trägst nicht zum Unterhalt bei usw.

Das hat sie von der Schwiegermutter, das Schreien, erklärte Sanja. Die Schwiegermutter hat ihr den Weg geebnet.

Das ist ein Leben.

Und es war kein Wunder, daß Sanja wegfuhr, wegfuhr aus seinem Wissenschaftlerstädtchen, und wohin – in die Hauptstadt, und hier wiederholte sich die bekannte Geschichte, auch hier wollte ihn niemand.

Gut, er hat gekündigt, ist von seiner Frau weggegangen, Schluß, Feierabend, er ist aus dem Städtchen weg und hat eine Arbeit in Moskau gefunden, an einem warmen Ort, als Diensthabender im Kesselhaus.

Und dort begann das Leben, zu dem er fähig, für das er offenbar geboren war, obwohl er aus einer angesehenen Familie mit strengen Regeln stammte und in der Kindheit immer Klassenbester war.

Aber wie wir feststellen, sind Vernunft und Seele zwei verschiedene Dinge, man kann ein vollkommener Esel sein und eine gescheite, starke Seele haben – dann werden dich alle achten, und du kannst sogar Oberhaupt unseres Staates werden, was bereits vorgekommen ist.

Oder du wirst als regelrechtes Genie geboren, aber mit unsicherer, schwankender, leerer Seele, und gehst buchstäblich für weniger als einen Groschen zugrunde, wie es ebenfalls nicht nur einmal mit unseren Genies der Feder, des Pinsels und der Gitarre passiert ist.

Sanja war auch so ein Genie, auf seiner Arbeit aber wurde er nicht akzeptiert, blieb unverstanden, mit der Arbeit ging er immer in die falsche Richtung und nie termingerecht, nie nach den richtigen Plänen, nie nach dem Willen des Chefs, er machte sich wichtig, ohne von irgendwelchen Anordnungen eine Ahnung zu haben, und dann warf er endgültig die Flinte ins Korn, und es verschwand sein (nach der Familie) zweiter Rettungsanker – nämlich jemanden mit seiner Arbeit zu begeistern, wenigstens einem einzigen Menschen seine Bedeutung in dieser Welt, seinen Nutzen, sein Talent verständlich zu machen.

Nein, alles brach zusammen und war im Eimer, niemand geriet in Begeisterung, niemand half, niemand brauchte seine Arbeit, jeder hatte seine eigene kleine Beschäftigung, ein Mitkämpfer fand sich nicht. Was für einen Mitkämpfer kann ein Schwätzer und Schreihals auch schon haben, fragen wir, dabei hat er möglicherweise was Richtiges geschrien, wie bei dem Lied von Okudshawa, er hat es genau angedeutet, nicht direkt: Offizierstöchter beachten Soldaten nicht.

Aber ohne Mitstreiter ist sogar der genialste Mensch eine Null.

Alle hatten wenigstens einen Anhänger, alle Genies, wenn es nur der Bruder war, die Mutter, der Schutzengel, der Freund, der an dich glaubt, oder die Geliebte oder eine fremde Alte, die Mitleid hat und dich bei sich übernachten läßt, aber mit Sanja hatte niemand Mitleid.

Und Sanja fand in der Gesellschaft genau solche schwankenden, schwachen Seelen, wie er selbst eine war, Arbeiter aus Kesselhäusern, Kellern und Krankenhäusern, Schlosser, Reparaturarbeiter und Nachtwächter.

Ihre Zeit war dunkel, unsichtbar, niemand bemerkte sie, nachts schlafen alle Menschen, nur Unmenschen treiben sich herum und jagen einer Flasche hinterher, treffen sich, trinken, schreien ihr hohles Zeug, schlagen sich, sterben sogar – dort unten.

Alle hatten einmal etwas, was jetzt verschwunden war, nur eines blieb – die Flasche und die Freunde, und es kam vor, daß Sanja mit ihnen die Nacht durchmachte und sich dann unterm Wasserhahn wusch und säuberte – und geschniegelt und gebügelt wieder auferstand, mit Brille, sauber rasiert, alle aus den Kellern halten es für ihre Pflicht, sich zu rasieren, Bärte werden verachtet, außerdem wird man mit Bart nicht zur Kellerarbeit genommen, offenbar glaubt man, daß einer, der sich nicht rasieren kann, auch kein Ventil festschraubt und kein Rohr zudreht, vielleicht das Erbe von Peter dem Großen, das Mißtrauen gegenüber Bärten inmitten von Schrauben und Ventilen.

Sanja ist rasiert, gewaschen, die Augen funkeln durch unbeabsichtigte Nässe hinter den Brillengläsern, und er telefoniert nach dem gewohnten Ritual.

Sagen wir, er ruft die Witwe an, daß er jetzt kommt.

Sie wimmelt ihn ab. Sie wimmeln ihn alle ab, wen juckt's

Da macht er folgendes: Er klingelt einfach an ihrer Tür.
Die Witwe macht auf, und hinter ihr stehen Mutter und Kind.
Was soll's, die Tür ist offen, und Sanja verkündet auf der Schwelle, daß er mit dem Taxi gekommen ist und ob sie nicht soundsoviel Geld haben, auf die Kopeke genau.
Die junge Witwe knausert, sie hat selber nichts, warum kommt er ausgerechnet zu ihnen, und warum mit dem Taxi, denkt sie, wozu diese Eile, aber die alte Mutter kramt bereitwillig in ihren Taschen, und obwohl die geforderte Summe nicht zusammenkommt (Sanja braucht eine Summe mit der Endziffer 47), kriegt er immerhin etwas, verbeugt sich ehrerbietig und geht munter zum Aufzug.
15 Minuten später kommt er mit Flasche und Torte zurück.
Die Witwe erstarrt – Sanja wird nun den ganzen Abend bei ihr hocken, aber dafür ist die alte Mutter zufrieden und sogar angenehm erregt vom Anblick dieses Mannes mit Torte und Flasche, frohe Ahnungen steigen in ihr auf.
Die alte Mutter wohnt nicht hier, sie hat eine eigene Hütte, und sie besitzt, welch ein Zufall, ebenfalls eine leichte Seele, leicht und unbeständig, Geschrei und Tränen beim geringsten Anlaß, gutmütig und nicht nachtragend im selben Augenblick, gibt alles her und verschenkt alles, die Heilige, kommt zu jeder beliebigen Zeit und zu jedem, die Seele einer Pilgerin.
Nur äußerlich ist sie eine alte Oma, doch im Innern sitzt die ewige Vagabundin mit Umhängetasche – mein ganzes Hab und Gut trage ich bei mir, alle Gas- und Wasserquittungen –, dazu die trostlose, tiefe Traurigkeit und Einsamkeit, der Durst nach Licht und Wärme, und sie fährt zur Tochter, wenn sie gerüstet ist.

Doch die ist in Panik, denn mit den Jahren wird die Alte immer verwahrloster, geschwätziger, sagt im Ton einer Staatsanwältin, alle hätten sie im Stich gelassen, fordert und verflucht, aber in Wirklichkeit will sie ernährt und gekleidet werden, gewaschen und gewärmt und ins Bett gebracht, ein altes Kind und eine Vollwaise.

Und das Leben wird davon verschlungen.

Also, ein Haus, eine Küche, eine Hausherrin mit Kind und diese beiden Waisen, die aufgeregt aufs Essen warten.

Die Großmutter strahlt, sie ist auch nicht gerade zur Feier geladen, sie ist von selbst gekommen, hat sich so ergeben – und feiern, das ist für sie der Lebenssinn, wie für alle einsamen Menschen.

Weiter: Die Flasche ist geöffnet von Sanjas geschickten Händen, die Eier sind gekocht, der Kohl geschnitten, die Kartoffeln garen im Topf, die beiden Flüchtlinge blitzen mit ihren Brillen, nur daß Sanja kurzsichtig ist und winzige, entzündete Augen hinter dicken Brillengläsern hat, während die riesigen Augen der Großmutter wie bei einem Uhu brennen, die Gläser plus vier.

Im Fokus steht der Tisch unter der Lampe, ein armer Haushalt, der ihnen königlich vorkommt, Licht, Wärme, Geschirr, sie werden bedient, sie werden wie teure Gäste behandelt, und die Großmutter spinnt schon eine, wie ihr scheint, ernsthafte und sogar schicksalsträchtige Unterhaltung mit Sanja an, ob seine Frau sich keine Sorgen mache.

Und es stellt sich heraus, daß Sanja bereits die Scheidung eingereicht hat!

In Wahrheit hat seine Frau sie eingereicht und ihrerseits das Geld schon bezahlt, aber für Sanja ist nicht das wichtig.

Er brummt verärgert etwas über die Rolle der Frau, etwas, was

ihn bedrückt: daß es die Erschießung fordert, wenn man in Gegenwart des Kindes einen anderen ins Haus bringt und der eigene Vater noch gemeldet ist und nicht mehr reingelassen wird.
So daß er eigentlich schon geschieden ist.
Was soll's? – denkt die Großmutter, ihr haben schon immer gerade die Bekannten ihrer Tochter gefallen, die zu nichts zu gebrauchen waren, die freundlich und höflich mit ihr, der Mutter, umgingen, wie in alten Zeiten, in erster Linie mit der Mutter – so ist es üblich bei ihnen, Achtung vor den Alten, den Bart rasieren, Krawatte tragen, ein paar einfache Regeln, solange der Wein noch nicht ausgeschenkt ist – die Tochter hatte nämlich auch andere Gäste, da bringt eine Freundin von ihr einen Freund mit, bei dem zittern die Hände, und das einzige gekochte Ei, das es im Haushalt gibt, wackelt in der einen Hand, während die andere mit dem Löffelchen zielt, eine einzige unvorsichtige Bewegung – und die ganze Wirtschaft klatscht auf die Hose, auf den Hosenschlitz, Eiweiß und Eigelb, die Tochter scheucht niemanden davon und bewirtet alle, so was Empörendes, ein einziges Ei im Haus, und das haben sie auch noch fallen lassen!
Aber Sanja schenkt allen gerecht ein, und während die Großmutter wie ein Mädchen am Glas nippt und die Hausfrau sich zwischen Vorlesen am Bett des Töchterchens, Wäschewaschen für morgen und dem Telefon zerreißt, haben sie schon – hopp! – die Flasche geleert und breitet Sanja schon mit lauter Stimme vor der Großmutter seine jüngsten Errungenschaften aus, was neueste Informationen betrifft – er ist gebildet, liebt seltsame Fakten, er ist ja ein Genie, liest unheimlich viel und will jetzt ein Computerprogramm für das Austüfteln von Kreuzworträtseln ausarbeiten, er weiß, wie-

viel man für ein Kreuzworträtsel kriegt, er hat das Geld bitter nötig, aber er braucht dazu dringend einen Computer, und er hat Pläne: nachts in einem Rechenzentrum arbeiten, dort stehen Computer in Massen.

Hurra! denkt die Großmutter, und in ihrem Bewußtsein dämmert es, daß sie ihrer einsamen Tochter gerade das Leben einrichtet, aus dem Zimmer schreit das Kind, das noch mehr vorgelesen haben will, und im Ergebnis taucht die Großmutter im Korridor auf, wo die Tochter gebeugt überm Telefon sitzt und die Alte, wie ihr scheint, als Mutter zu Recht ruft: »Mach Schluß, Menschenskind, eine halbe Stunde quasselst du schon, alles wartet aufs Essen. Völlig übergeschnappt. Das Kind weint, spinnst du.«

Die Tochter versteht nicht, was der, der ihr viel bedeutet, zu ihr sagt, zwischen beiden findet mit Herzstocken ein langer Dialog über Produktionsprobleme statt, über irgendeine Dissertation, nicht das Thema ist wichtig, der Ton.

»Spinnst du«, verkündet die Großmutter, faucht sie an, »es ist Zeit zum Essen! Die Kartoffeln sind gar! Wir müssen essen! Lies dem Kind was vor, es muß schlafen. Es ist schon spät, hör auf zu quatschen. Er geht sonst.«

Mit Betonung auf »er«.

Das Ganze endet damit, daß Sanja sitzt und, im Gegenteil, nicht geht und die Großmutter, die ebenfalls nicht nach Hause in ihre kalte Altfrauenhütte latschen will, laut »Soll er doch übernachten!« flüstert und für Sanja eine Campingliege in der Küche aufgestellt wird und auf die Großmutter das Sofa wartet, die Hausfrau jedoch kann auf der Luftmatratze schlafen, Sanja aber spuckt immer noch große Töne und streichelt seine kranken Knie und will nicht schlafen, die Nacht ist sein Reich.

Am Ende sind alle zu Bett gebracht, das Licht ist gelöscht, der Kühlschrank murmelt wie ein Bach, über die Zimmerdecke streifen von Zeit zu Zeit die Lichter der Schneeräummaschinen, selig schlafen die Vertriebenen und Vagabunden, das Töchterchen schnarcht, sie kriegt bestimmt eine Erkältung, wieder mit dem kranken Kind zu Hause sitzen und nicht zur Arbeit gehen, ich muß Großmutter zu Hause lassen, überlegt die Hausfrau auf dem Fußboden, das bedeutet zwei Wochen Feuerwerk, Vorwürfe, Tränen und Versöhnungen, was bleibt übrig?

Den beiden anderen aber träumt, daß alles in Ordnung sei, sie sind in einer warmen Wohnung, endlich haben sie eine Mutter gefunden und können von vorn anfangen zu leben, und alles wird sein, wie es sich gehört, Sauberkeit, Familie, Feste, immer nur Feste, Pasteten auf dem Tisch, jemand entscheidet für dich, so wird es sein, keine Angst, keine Einsamkeit, die Hausfrau auf dem Boden jedoch horcht auf das Röcheln des Kindes und denkt ebenfalls an die Zukunft, und die Tränen fließen ihr die Schläfen hinab.

DIE FRAU

Ein Mann hatte seine Frau begraben und war allein mit der Tochter und der alten Mutter zurückgeblieben. Die Frau war lange krank gewesen, er hatte selbst im Krankenhaus bei ihr gesessen, selbst den Schieber rein- und rausgetragen, sie gefüttert und gewaschen. Als sie gestorben war, wußte er lange nicht, wohin mit sich, doch dann begann er eine Frau in der Nachbarschaft zu besuchen, die sich gerade ein Auto kaufen wollte. Eines Abends ging er wegen irgendeiner Sache zu ihr – ein Buch holen oder abgeben – und sah auf dem Bürgersteig eine Katze sitzen. Ein Schneesturm fegte über die Straße, und die Katze wurde zugeweht. Der Mann lief vorbei, zu jener Frau, blieb ein bißchen bei ihr sitzen, trank Tee und machte sich dann auf den Nachhauseweg. Da sah er statt der Katze einen kleinen Hügel. Er schob den Schnee auseinander und nahm die Katze auf den Arm. Er wollte sie unter den Mantel stecken, doch die Katze war so voller Schnee, daß alles naß geworden wäre. Und wer weiß, ob die Katze nicht krank war, der Mann hätte sich alles mögliche holen können.

Seine alte Mutter mochte Tiere nicht, hatte aber nichts dagegen, sie badeten die Katze gemeinsam im Mülleimer und wickelten sie in einen sauberen Flickenteppich. Die Katze war ihrem neuen Besitzer derart dankbar, daß sie kein einziges Mal miaute und ihn kein einziges Mal kratzte, obwohl Katzen das Baden nicht ausstehen können. Schon als er sie nach Hause trug, noch auf der Straße, hatte sie sich an ihn geschmiegt und geschnurrt.

Am nächsten Morgen jedoch stellte sich heraus, daß die Katze tatsächlich krank war. Sie war in der Nacht aufgestanden und hatte unter den Schrank und unters Kinderbett gemacht, sie hatte alles vollgemacht und vollgestunken. Die alte Mutter stieß die Katze mit der Nase in alle Pfützen und gab ihr einen tüchtigen Klaps auf den Rücken, immerhin war die Katze erwachsen und mußte begreifen, daß sie nicht überall hinmachen durfte. Auf dem Abort wurde extra für sie ein Tablett mit Zeitungsschnipseln aufgestellt, doch sie machte weiter überall hin, sieben-, achtmal am Tag. Sie lag die ganze Zeit auf dem alten Mantel des kleinen Mädchens im Korridor, rührte sich kaum und stand nur auf, um irgendwo hinzumachen. Die alte Mutter schlief nicht, aß nicht, war ständig hinter der Katze her, wenn diese aufstand, und trug sie auf den Abort, aufs Tablett, sie wollte es ihr beibringen. Doch es war, als wäre die Katze neugeboren, sie begriff nichts, auf dem Abort versteckte sie sich unterm Rohr, und das Tablett berührte sie nicht einmal. Schließlich kam sie gar nicht mehr unterm Rohr hervor und lebte von nun an dort, sie machte neben der Tür auf den Fußboden, aber niemals aufs Tablett.

Das kleine Mädchen hatte die Katze sehr liebgewonnen und saß ebenfalls immer auf dem Abort, streichelte die Katze, küßte und fütterte sie. Die alte Mutter und ihr erwachsener Sohn jedoch wußten einfach nicht, was sie mit der Katze tun sollten. Nach einer wilden sah sie nicht aus, dafür war sie zu schwach und zu anschmiegsam, wilde Katzen sind sehr kratzbürstig, doch eine Hauskatze hätte längst begriffen, wohin sie machen soll.

So lebten sie also und plagten sich, bis die Alte, die Schlaf und Ruhe verloren hatte, eines Tages beschloß, die Katze in die Klinik zu schaffen, um zu erfahren, was mit ihr los ist. Sie setzte sie in eine tiefe Tasche und trug sie fort. Die Katze bekam einen furchtbaren Schreck und versuchte rauszuspringen, und die Alte war den Tränen nahe, denn sie glaubte, in der Klinik würde man ihr die Katze wegen Ansteckungsgefahr wegnehmen und einschläfern. Aber der Arzt untersuchte sie nur und sagte, sie sei nicht alt, eher jung, zweieinhalb Jahre, ihr Magen sei krank, Gastritis, sie müsse Tabletten kriegen und nur Gekochtes und Milchbrei, dann ginge alles vorbei.

So machten sie es auch. Die Katze aber wollte die Tabletten nicht schlucken, ihre kleine Kehle war sehr eng, sie kratzte und bekam große Angst vor der Alten und dem Mann, sie preßte sich förmlich an den Boden, wenn die beiden vorbeigingen. Vor dem Mädchen aber fürchtete sie sich nicht, es konnte passieren, daß sie den Hausschuh des Mädchens auf dem Fußboden fand, sich daran rieb und schnurrte. Das Mädchen sagte, das sei sein Kätzchen und man solle es ihm geben, es werde alles machen, aufräumen und aufwischen, aber sie erlaubten es ihm nicht, was kann man von einem Kind schon erwarten.

Indes schlief die Alte nachts überhaupt nicht mehr, sie paßte die ganze Zeit auf, ob die Katze aufsteht und irgendwo hinmacht, so satt hatte sie das Schrubben und Wischen. Und eines Tages beschloß die Alte, die Katze über Nacht auf die Treppe zu sperren – Katzen schickt man ja nachts raus.

Die Katze wollte partout nicht, doch die Alte setzte sie einfach vor die Tür. Seitdem schlief die Katze jede Nacht auf der

Treppe, und offenbar fand sie im Mülleimer etwas, was ihr guttat, wer weiß, vielleicht einfach Kartoffelschalen, sie wurde gesund – die Tabletten aber hatten ihr nicht geholfen.
Die Alte war sehr froh, daß sie auf diese Lösung gekommen war, jeden Morgen suchte sie die Katze auf der Treppe und rief sie heim, oder der Mann ging die Katze holen – aus irgendeinem Grund saß sie immer im zweiten Stock, offenbar hatten sich dort gute Leute gefunden, es stand ein Katzenklo da und lag Futter auf einem Papier. Jetzt machte die Katze keine übelriechenden Pfützen mehr, sondern ordentliche Häufchen, und wenn die Alte auf der Treppe eins fand, räumte sie es weg. So kam alles ins Lot. Die Katze wollte jetzt nachts von selbst raus, und alles wäre gut gewesen. Einmal aber kam der Mann spätabends nach Hause und ging an der Miez vorbei, die auf ihrem neuen Platz vor der Tür der guten Leute aus dem zweiten Stock saß, neben ihrer Schale. Die Miez erblickte den Mann und rannte ihm zum ersten und letzten Mal im Leben hinterher. Der Mann hörte sie miauen. Aber er beschleunigte seine Schritte, er rannte förmlich die Treppe hoch, und die Katze blieb zurück.
Früh am nächsten Morgen ging der Mann sie suchen, er klapperte die ganze Treppe ab, den ganzen Hof, die Nachbarhöfe, die Katze aber fand er nie wieder. Entweder hatte sie jemand in den Müllschlucker geworfen, wie es böse Menschen tun, oder sie einfach aus dem Treppenhaus gejagt, und sie war irgendwo im Hof erfroren, Spuren entdeckte der Mann allerdings keine. Nach dem Verschwinden der Katze weinte das Mädchen einen ganzen Monat lang, es weinte die alte Mutter, und auch der Mann wußte nicht, wohin mit sich, denn jetzt war ihm klar, daß es seine Frau gewesen war.

HÖLLENMUSIK

Wie das so ist: eine unglückliche Liebe – dann nichts wie in den Zug gesetzt und weg. Außer der unglücklichen Liebe: keine Arbeit gefunden, buchstäblich das letzte Geld in der Tasche und, was ebenfalls häufig vorkommt: dreiundzwanzig Jahre, eine Grenze, das Gefühl, alles ist zu Ende.

Also, ein Mädchen, das die Uni beendet hat, die Philfak, arbeitslos, einsam, völliger Reinfall rundum, dazu noch die Beziehungen zur Mutter (seht-seht, die junge Frau Nummer zwei, kauft zwei gleiche Kleider, aber doch verschieden: ein hübsches rosafarbenes mit Vergißmeinnicht am Saum für sich selbst, und ein braunkariertes, sackartiges für die Tochter, und warum: weil die Mutter heiratet). Daher die schlechten Beziehungen, deretwegen die dreiundzwanzigjährige Tochter beschließt zu gehen. Wegzugehen. Weggehen kann man entweder zu einem anderen Menschen oder an einen anderen Ort. Man kann nachts gehen und auf der Straße flennen, und man kann zur Freundin fahren, verheult vor ihrer Tür stehen, sich wortlos aufs Campingbett legen und übernachten und am nächsten Morgen beim Kaffeetrinken ein paar Worte rauspressen; aber bei der Freundin leben, das geht nicht: sie hat ein Kind, enge Verhältnisse, einen Ehemann, übrigens hat sie noch einen Haufen anderer Freundinnen, da kann ja jede kommen und übernachten wollen. Eine Freundschaft muß man hüten.

So setzt sich diese dreiundzwanzigjährige Obdachlose in den Zug.

Auch der Zug gehört besonders erwähnt: Waggons, in denen Häftlinge oder Kälber transportiert werden, dreißig Mann oder sieben Pferde. Ein leerer Waggon, vorne und hinten Pritschen, in der Mitte eine Schiebetür so riesig wie ein Tor. Auf den Pritschen Klamotten und Matratzen: Die Uni fährt für drei Monate zum Arbeitseinsatz in die Steppe Kasachstans, so was wie ein Arbeitssemester. Sogenannte Bauabteilungen, Erscheinen der Studenten ist Pflicht, wir schreiben die sechziger Jahre des zwanzigsten Jahrhunderts. Wer nicht mitkommt, riskiert den Ausschluß aus dem Komsomol und alles, was folgt.

Nicht die schlechteste Lösung des Problems, obwohl unser Mädchen die Uni gerade hinter sich hat, zwei Wochen schon. Nicht der schlechteste Ausweg, alles hinschmeißen, alles vergessen, wegfahren, für drei Monate verdrängen: Mama, Mamas Kavalier mit dem Schlosserköfferchen, die Schande. Entsetzlich. Der Bräutigam, kaum kennengelernt, schon ist sie mit ihm ins Bett. Höchstwahrscheinlich haben sie sich im Gorkipark kennengelernt, oh, diese Mama! Sie ist 43 und benimmt sich wie ein kleines Schulmädchen: der Onkel hat gesagt, komm mit, ich geb dir einen Bonbon, ich hab ihn in der Scheune versteckt. Weder Angst noch Scham, man sieht, daß sie es mag, wenn man ihr über den Kopf streicht und sie küßt, überhaupt beachtet endlich jemand die Waise. Der erstbeste, der Kopf wie ein Vorschlaghammer, Körpergröße wie üblich bei Schlossern, das Aussehen ebenfalls, in der Hand das

Köfferchen, so zieht er von einer zur andern, ein Schlosser mit Werkzeug, zum Reparieren der ramponierten Wasserhähne. Mamas Wasserhahn tropft, und die Tochter ist heulend ausgezogen. Mama ist durchgedreht, bei jedem Klingeln rennt sie zum Telefon, ist abgemagert, die Augen heucheln, sie flötet ohne Ende und fletscht die Zähne, wenn sie in den Spiegel schaut (die Tochter beobachtet das von weitem), macht ein kühles Gesicht und schiebt die Unterlippe vor, sie glaubt, so sieht sie schöner aus. Sie spricht widerlich am Telefon, leise und durch die Nase, heimlich. Lacht auch oft am Telefon.

So erschien die Tochter also am Sammelpunkt vor der Uni, setzte sich in den Bus zum Bahnhof und bestieg mit ebendiesem Buskollektiv den Waggon. Sogar ihr letztes Geld hat sie dem Abteilungskommandeur für die Verpflegung gegeben, völliger Bankrott. Leb wohl, geliebte Stadt, leb wohl, geliebter ER, leb wohl, Braut, du Schlossermutter, leb wohl, Mutters Bräutigam, von der Straße aufgelesen, leb wohl, Zerfall und Schande, ein neues Leben ohne Liebe beginnt.

So dachte sie, aber die Fortsetzung des Themas ließ nicht lange auf sich warten, die erste Erscheinung der hier behandelten Geschlechterfrage war, daß, als alle sich zum Schlafen auf die Pritschen legten (die Mädchen am Ende, die Jungen am Kopf des Waggons), an der Seite Ninas (unserer Tochter der mütterlichen Braut) ein Mädchen mit Brille auftauchte und seufzend seinen Kopf an Ninas Schulter legte, so wie der Onkel Schlosser bei seiner Braut, die um genau diesen Kopf größer war als er. Unschuldig schmiegte sie sich an, ganz kindlich, denn jüngere Schülerinnen neigen in der Regel zur Vergötterung der Schulabgänger (dachte Nina und wich fluchtartig zurück, ich bin für sie so was Ähnliches wie eine Abiturientin für die fünfte Klasse). Sie suchte sich einen Platz weit weg,

Matratzen lagen auf allen Pritschen, völlige Freiheit, der Wagen ruckelte, und die alten aufdringlichen Gedanken suchten Ninas armen Kopf heim, in der blassen Dämmerung des Waggons erhob sich das Problem der Rückkehr wie ein Berg vor ihr.

Wie heimkehren zum Papa Schlosser und zur Schlosserin Mama, die jegliche Selbständigkeit verloren hatte und im Zimmer hinter verschlossener Tür in Gesellschaft ihres Vorschlaghammers und einer Flasche Wodka kreischend auflachte? Mama war eindeutig verroht, primitiv, sie hatte ihre Tochter verlassen, regte sich auf, wenn der Bräutigam nicht da war und warf sich aufs Telefon wie ein Tiger auf seine Beute, weil sie Angst hatte, die Tochter könne was Freches sagen und sie erst gar nicht ans Telefon holen.

So vergingen die Nacht und noch zwei weitere Tage, hinter der Schiebetür des Waggons fuhr das ganze Land vorbei, dann wurde der Zug entladen, in einer kleinen Stadt, die sich in Pfützen spiegelte, eine neben der anderen, und überall lag wie am ersten Schöpfungstag fetter Schlamm. Ein kühler, kräftiger Wind wehte, von Zeit zu Zeit fiel Regen, die kleine Stadt war die Verkörperung tiefster Trostlosigkeit, eine Hölle, die sich russische Menschen in der Einöde schaffen.

Vor ihnen öffnete sich, wie ausgebreitet, ein riesiger Steppenhimmel mit ziehenden, zottigen, zerrissenen Wolken, es war bitterkalt, feucht, windig, manchmal leuchtete die Sonne in den Pfützen auf, die Studenten wurden in einen Bus geladen und auf einem holprigen Weg weitertransportiert, hinaus in die Steppe. Das Studentenkollektiv sang in hüpfenden, schwimmenden Tönen (die ausgefahrenen Radspuren störten) Studentenlieder, Nina aber schaute zum Fenster hinaus, wo die Steppe untertauchte und wieder hervortrat, die hüglige

Steppe, sie schloß die Augen, alles verschwand, nur eine riesige Eintönigkeit blieb, weit wie der Himmel, die Eintönigkeit des Windes im Feld.

Die Nacht verbrachten sie im Wohnheim eines weit entfernten Sowchos unter einem wunderschönen Bild mit Seemann und Mädchen im Boot, auf dem Bild war ein trauter rosa Sonnenuntergang zu sehen, und hinter dem Fluß lag als schwarzer Streifen ein glattes Waldmassiv. Das gesamte blöde Studentenvolk kam, um über dieses Bild zu lachen, Nina aber fühlte sich sehr wohl unter ihm, sie hätte es am liebsten geklaut. Auf dem Bild war Abendstille und Harmonie, hinter den nackten Fenstern aber sah man bis zum Horizont Schlamm, aus dem verrostete Maschinen und nicht untergegrabene Klettenbüsche vom Vorjahr herausspießten. In diesem Wohnheim konnte man unmöglich leben, zwischen diesen Eisenbetten und Wänden, mit graugrüner Ölfarbe gestrichen, die über dem Bild schon teilweise abblätterte.

Hier war sogar Trauer fehl am Platz, hier war alles unangebracht, und nur die Erinnerung an das letzte Gespräch mit dem Geliebten, auch an das Schlosserköfferchen und das kreischende Lachen der Mutter brachten das Mädchen Nina dazu, zu sagen: Nein. Keine Rückkehr zu den alten Zeiten. Die Kindheit erschien ihr entweiht und verraten, die Jugend ebenfalls, alle stillen Träume gemeinsam mit der Mutter von einer eigenen Wohnung ohne die unverschämte Mitbewohnerin, die ganze glückliche Geschichte, wie sie diese Wohnung dann bekamen und renovierten, alle schrecklichen Träume vom Tod der Mutter, nach denen Nina tränenüberströmt aufwachte und aufatmete, weil die Mama da war, warm, nah, lieb, lebendig – all das war zerfetzt und runtergespült, wie es im Volksmund heißt. Nina war, nebenbei, in der gleichen

Lage wie Hamlet in bezug auf Gertruds Heirat, das verheißt nichts Gutes, dachte das Mädchen, als es beim Morgengrauen aus dem nackten, schmutzigen Fenster sah.

Was die Gedanken an die eigene Liebe betrifft, so sei hier angemerkt, daß Nina einen verkrachten jungen Künstler liebte, einen Hooligan mit den Lippen eines Vampirs, der (der Künstler) Nina zwar auch malte, sie sonst aber zu allen möglichen gemütlichen Partys und Ateliers mitnahm und sich mit ihr im bereits erwähnten Gorkipark vergnügte, nur in etwas abgelegeneren Büschen – wenn die Eltern zu Hause saßen wie die Hühner im Nest. Wenn die Hühner aber auf Arbeit waren, ging's hoch her, Liebe und Laster, manchmal wälzten sie sich bei Nina im Bett rum, manchmal beim Maler, sie taten, was ihnen Spaß machte. Denn der Maler war noch Student, er wollte auf keinen Fall heiraten und hatte Nina offenbar zur vorübergehenden Benutzung angeschafft, wollte aber ansonsten hoch hinaus im Leben. Bevor Nina im Viehwagen wegfuhr, hatte sie ihren Freund angerufen und sich »für immer« von ihm verabschiedet, worauf er ihr geantwortet hatte: »Wenn du wieder da bist, ruf an.«

Mit einem ironischen Lächeln übrigens. Er hatte ihr wie einem Sklaven am Strick geantwortet, hatte sich eindeutig über sie lustig gemacht.

Weiter, das zweite Kapitel unserer Erzählung handelt davon, daß man die Studenten auch nicht in diesem Wohnheim ließ, in der Zivilisation, im Schlamm und in den Klettenbüschen, sondern die Abteilung zusammen mit staatseigenen Strohsäcken und Konservenbüchsen in die entfernteste Steppe verlud, in absolute Einöde inmitten grasbewachsener Erde, wo im Zentrum der Welt drei Wohnwagen und ein vierter, der Küchenwagen, standen, und das einzige, was an die moderne

Zeit erinnerte, Maste mit elektrischen Leitungen waren, die wie ungleich hochspießende Streichhölzer hinterm Ende der Welt verschwanden.
Diese nach den Regenfällen mit Gras bedeckte Erde sang, die Vögel sangen, und die Leitungen sangen, ein stetiger warmer Wind blies, der Himmel öffnete sich bis ins Unendliche, und die Sonne schien. Aus diesem Grund ging Nina in die Steppe hinaus, legte sich auf den Rücken ins Gras, schaute zum leeren Himmel hoch und gedachte mit sehnsüchtiger Liebe ihres Malers: Dieses Glück war ihr immerhin geblieben – die Erinnerung und die Liebe.
Aber bald war ihr nicht mehr nach Sehnsucht und nach irgendwelchen Gedanken überhaupt zumute: Der große Bau des hiesigen Kommunismus begann, die Errichtung eines Getreidespeichers, das Fundament stand schon (der Legende nach drei Jahre zuvor von den Händen billiger armenischer Gastarbeiter errichtet), Berge von Bruchsteinen und Schotterdämme waren angefahren worden, dann fing bei Sonnenaufgang der Betonmischer zu quietschen an, der einer rotierenden, verrosteten Tonne ähnlich sah, und alles ging seinen Gang.
Der Abteilungskommandeur, der Aspirant Vitja, teilte alle in Gruppen ein, und von da an waren die Mädchen, mit weißen Tüchern um den Kopf, Lastenträgerinnen und die Jungs Maurer. Die Mädchen schleppten Steine, Zement und Schotter auf Tragen, und die Jungs zogen die Wände hoch.
Eine ägyptische Sklavenhalterhitze brach aus, Wasser gab es keins, ein Kasache auf einer krummbeinigen Stute brachte manchmal salziges in einem Faß. Die Arbeit begann um sechs Uhr in der Morgenkühle und endete um sechs Uhr abends, mit einer Pause dazwischen für die Makkaroni, die mit großen

Stücken gekochten Hammelfetts verziert waren. Die Zwangsarbeit mit ihren Regeln, mit der eisernen Disziplin, tötete nach und nach alle Gedanken, jegliche Trauer, Eifersucht und Erinnerung ab. Nina wurde bald zu einem Lasttier und schlief in Sekundenschnelle ein, wenn sie neben einer Trage umfiel, während die anderen Mädchen sie vollpackten. Der Schlaf dauerte eine halbe Minute.

An den Abenden aber machten die Studenten, wie alle jungen Dachse, Lagerfeuer, die Nacht schien unendlich, und Lieder erklangen zur Gitarre. Die von der eingebildeten nächtlichen Freiheit erregten Sklaven schliefen nicht, sie tranken Tee, bewirteten einander mit Konserven und Brezeln, die sie aus Moskau mitgebracht hatten (Nina hatte nichts mit), klauten aus der Küche dicke Saatgurken, gingen in der schwarzen Steppe unter riesigen Sternen spazieren und atmeten den wunderbaren Duft der nächtlichen Gräser, und hier kamen die unterschiedlichsten Feinheiten der Zwangsarbeit zum Vorschein.

Eigentlich waren diese jungen Studenten von der Fakultät für exakte Wissenschaften ein seltsames Volk. Zwischen den Jungen und Mädchen entwickelten sich keinerlei Beziehungen, wie es nachts an frischer Luft normal gewesen wäre. Sonderbar waren die Jungen und sonderbar auch die Mädchen. Die Jungs mieden die Mädchen aus irgendeinem Grund, Nina war das gleich aufgefallen. Allerdings waren die auch unansehnliche mathematische Brillenschlangen oder Dorfputen mit dicken Schultern, zukünftige Paukerinnen eben. Jungs in diesem Alter, siebzehn, durften zwar noch Milchreisbabys sein, aber sie alle waren, wie Nina mitbekam, irgendwie Ausschuß der Natur, die Klügsten der Klugen, aber kraftlos, ohne den Willen zur Erzeugung von ihresgleichen. Aus ihnen stieß nicht die Leidenschaft, schoß kein Sperma – ohne ihre Bücher und Apparate hingen sie wie Schlafwandler auf der Baustelle herum, wendeten die Steine hin und her und schichteten sie so rationell wie möglich aufeinander.

Der Bau erinnerte bereits an die Ruinen des zerstörten Kolosseums im Endzustand, dank der Anstrengung der Maurerjungen, die jedesmal das Kamelmädchenpaar, das ihnen die nächsten Brocken brachte, ironisch begrüßten. Ironie war sowohl im Lager der Jungen als auch in dem der Mädchen vorherrschend. Die Mädchen mieden die Jungs ebenfalls. Merkwürdige, nicht einmal platonisch zu nennende Verhältnisse herrschten bei dieser Zwangsarbeit zwischen den Geschlechtern, aber Nina stand der Kopf nicht nach Beobachtung: Als sie sich recht und schlecht an die Arbeit gewöhnt hatte, fing sie wieder zu trauern an und begann in Gedanken einen Brief an den fernen Sklavenbesitzer zu schreiben, an die Mutter keine Zeile!

Im großen und ganzen aber litt Nina offenbar sehr unter ihrer Verwandlung in eine Zwangsarbeiterin, sie kränkelte, wurde schwach, dann begann das erlösende Fieber, und einen Monat darauf sackte Nina selig auf ihren Strohsack hinter dem eisernen Öfchen in der Ecke des Wagens, in Trance und drückender Hitze. Draußen in der Steppe war es noch heißer.

Aufgepaßt, das dritte Kapitel beginnt damit, daß der Abteilungskommandeur Vitja zum zentralen Sowchosgutshof fuhr und für jeden was kaufte: Zahnpasta, Fruchtbonbons, Zigaretten, Briefkuverts und Rechenhefte mit grünen Umschlägen, die wie gerufen zum Briefschreiben kamen.

Geld war noch nicht ausgezahlt worden, es herrschte wahrer Kommunismus, Vitja sagte, der Preis der gekauften Waren werde später von einem noch unbekannten Lohn abgezogen, na gut. Außerdem wurde an alle Arbeitskleidung ausgeteilt, ein Geschenk der Marine, ausrangierte Seemannshemden und weiße Matrosenhosen aus einem zeltbahnähnlichen Stoff. Lachend zogen alle die gleichen Sachen an, die Arbeit lief auf Hochtouren, Nina aber schleppte sich mit großer Mühe von Pritsche zu Pritsche durch den Wagen, ihr gesamtes Wesen (ein Paradoxon der Natur) war durchdrungen von Liebe zu dem fernen Grobian, lebendig, schön und warm, wenn auch Egoist, Geizhals und Schlitzohr sondergleichen.

Aber im Vergleich zu diesen kükenhaften Schatten, die das Kolosseum errichteten, diesen Hyperintellektuellen mit Brille, die wie Vogelscheuchen in Matrosenkleidern auf den Festungsmauern herumhampelten, erschien Nina ihr Liebster wie ein Wunder der Natur.

Das Rechenheft indes, das endlich erstandene, verführte Nina zum Schreiben von unmöglich abzusendenden Briefen, in denen sie Ironie und Selbstironie freien Lauf ließ, mit viel Humor beschrieb sie das gesamte Ballett der noch nicht ausgeschlüpften Küken und ihre eigene Krankheit inmitten dieses doch recht lebensfähigen, nicht unterzukriegenden Völkchens.

In früheren Zeiten, in der Zivilwelt, hatte Nina eigentlich von allen Seiten gehört, sie sei eine Schönheit (bist wieder mit deiner Schönen gekommen, sagten die Freunde immer zum Maler), sie paßte, wie es so schön heißt, gut in den Stil der Zeit, zierlicher Körper mit tollen Kurven, lange Beine, zart; aber bei der Zwangsarbeit vertrocknen gerade die eleganten Schönen sogar im jugendlichen Alter schnell. Nina gab sich auf und magerte ab, wurde schwarz, verwandelte sich in ein Skelett, trug wie alle das weiße Omakopftuch als Schutz vor der Sonne – für alle Mädchen waren drei Bettlaken ausgeteilt worden – und krabbelte während der Krankheit mit diesem Kopftuch, dem gestreiften Hemd und den schmutzig-weißen

Hosen als altes Matrosenweib ans Tageslicht. Das winzige Spieglein an der Wand des Wohnwagens warf eingefallene, große schwarze Augen zurück und, separat, aufgesprungene Lippen, einst voll und weich.

Machorka war vorhanden, das machte die ganze Lage freundlicher und brachte wenigstens ein gewisses Maß an fleischlicher Befriedigung, und Nina erinnerte sich gedankenversunken rauchend, im kurzen Schatten des Wohnwagens sitzend und in die heiße Steppe blickend, an ihren fernen, schlitzohrigen Freund, und das hielt sie aufrecht.

Hier fand sie einmal eines der Mädchen, das gerade zum Mittagessen kam, ein Scheusal mit Brille, jene besagte, deren begeisterter Blick damals in der ersten Nacht auf dem Strohsack im Eisenbahnwagen auf unsere Heldin gefallen war.

Das Scheusal hatte einen komplizierten Namen, so was wie Glumdalklitsch, was Asiatisches, wo die wohl herkam, war Nina ein Rätsel. Diese G. hatte schon allerhand mitgemacht, wovon die Mädchen im Wohnwagen hochachtungsvoll erzählten. G. selbst schlief an der frischen Luft in einem Zelt zwischen besonders vertrauenswürdigen Freundinnen und in Gesellschaft der schwindsüchtigen Mascha. Von Maschas Tuberkulose wußten alle, sie selbst erzählte mit blitzenden Zähnen, vollen, roten Wangen und kleinen, schwarzen Augen, sie habe die Kommission übers Ohr gehauen, von der Krankenschwester ein leeres Formular gemopst und es als Auszug aus ihrer Krankengeschichte ausgefüllt: Mascha war Veteranin der Tuberkulosebewegung, sie kannte die Fachtermini nicht schlechter als ein Mediziner. Mascha lachte immer fröhlich, sie sah blühend aus mit ihren rosigen Wangen, den dicken Backen, dem dicken schwarzen Zopf und der Haut so weiß wie Milch. Aber der Abteilungskommandeur Virja teilte Mascha nicht zum Aufladen ein, sondern zur Köchin in den Küchenwagen, weit weg von Steinen und Tragen. Das Ergebnis war, daß Mascha früher als alle anderen aufstehen mußte, um vier Uhr morgens, und noch lange nach dem Abendbrot wie eine Wilde die Kessel scheuerte und das Fett abkratzte, manchmal sogar bis 11 Uhr nachts. Das Kind erwies sich als Enthusiastin, vielleicht hing ihr aber auch das trostlose Wandern von einem Krankenhaus zum andern so zum Hals raus, daß ihr das Arbeitsleben wie ein Paradies vorkam, auch das ist möglich. So strahlte sie also dunkelrot und schlief im Zelt auf dem Erdboden, bis der Kommandeur Vitja, das bleiche gelehrte Stängelchen, der Aspirant ohne Recht auf Vaterschaft (die Studenten erzählten, er suche eine Witwe mit zwei Kindern, aus bestimmten Gründen mußte es unbedingt eine Witwe sein und unbedingt mit einem bereits fertigen Jungen und einem Mädchen, um das Problem ein für allemal hinter sich zu bringen, die Studenten wußten alles) – bis dieser kinderlose, samenlose und unfruchtbare Vitja also Mascha eines Tages veranlaßte, Fieber zu messen, und gleich darauf fuhr sie per Anhalter nach Moskau, immer noch lachend und purpurrot strahlend. Die Eltern der siebzehnjährigen Ausreißerin hatten der Fakultät die echten Analysen vorgelegt, und Maschas Weg führte nun geradewegs ins Krankenhaus.

Da es solche Freiwilligen unter den Zwangsarbeitern alles in allem nur zwei gab, nämlich Mascha und die depressive Nina, blieb Nina nun allein als Enthusiastin des Aufbaus im fernen Osten zurück.

Das nächste Kapitel berichtet davon, daß im Zelt das einzige, was blieb, Glumdalklitsch mit ihren Freundinnen war, die sie übrigens Gulja nannten, und im Zusammenhang mit der Abreise der einzigen Außenseiterin und des frei gewordenen

Strohsacks scharfe Intrigen begannen. Das Zelt und der Mädchenwagen brodelten. Alle wollten zu Glumdalklitsch, sie rissen sich förmlich darum, kehrten aber geschlagen von dort zurück, und an den Abenden sang Glumdalklitsch zur Gitarre Lieder am Lagerfeuer, und alle Mädchen sangen, angestrahlt vom hellrosa Schein des Lagerfeuers, entzückt mit und starrten mit roten Augen in die flackernden Flammen.

Nina existierte abseits von diesen Ereignissen, ein trauriges Geschöpf mit aufgesprungenen Lippen und einem ins Gesicht gezogenen weißen Tuch, allein Vitja schaute mit unverhohlener Liebe und Sorge in ihre Richtung. Allerdings schaute er alle seine Kinder so an, und Nina dachte nicht einmal im Traum daran, alte Zeiten wieder aufleben zu lassen und beim Anblick eines interessierten Mannes aufzublühen. Sie war immer noch mit ihrer Trauer um den fernen Geliebten befaßt, den untreuen Kater mit dem geschmeidigen Gang und dem obszönen, dunklen Mund. O weh.

So fand Gulja, die entfernt einem bebrillten Frosch ähnlich sah, die traurige Nina im Schatten des Wohnwagens vor, wie diese wieder einmal ins grüne Heft einen Brief schrieb, der nie abging. Glumdalklitsch kam gleich zur Sache. Sie sagte mit fester Stimme: »Kannst du mich lieben?«

Nina antwortete wie eine Lehrerin: »Hau ab mit deinen dummen Späßchen. Mir ist auch ohne dich übel genug.«

»Na-a«, sagte darauf Gulja langsam und schob ihre Brille mit dem Zeigefinger gerade, »wenn ich aber will, daß du mich liebst? Heirate mich«, sagte Glumdalklitsch und schaute durch ihre gewölbte Brille in die Steppe. Einem Fröschlein in der Tat zum Verwechseln ähnlich.

»Ich geh doch nicht mehr in die Fünfte, daß ich solche Spiele mitmache«, entgegnete Nina.

Bei diesen Worten spürte sie plötzlich einen Stich in der Magengrube. Sie erschrak, so, wie Menschen vor Verrückten erschrecken.

»Nicht doch, wieso Fünfte«, sagte Gulja lebhaft. »Das ist ein Fehler, daß du mich nicht liebst.«

Sie stand auf und ging weg, das heißt hinter den Wagen, schmutzig, in schlackernden Segeltuchhosen, auf dünnen, krummen Beinen, einen Zigarettenstummel zwischen Daumen und Zeigefinger.

»Wie kommst du nur auf so was«, antwortete Nina in Gedanken, als es in ihr aufblitzte, daß diese Psychopathin im Eisenbahnwaggon nicht zufällig an ihre Schulter geraten war.

Nina schrieb weiter an ihrem unendlichen Brief, in dem kein einziges Wort von Liebe handelte. Ihr fiel plötzlich die gemütliche Moskauer Welt ein, die Ateliers, die Besäufnisse, das Schmusen in den Parks, all die Geburtstagsfeiern der Freunde in den muffigen Datschen vor der Stadt, die mitternächtlichen Taxifahrten, der matschige Schnee auf den Boulevards unter den Laternen am Abend, der apfelgrüne Himmel in den Nächten, die schwindelerregenden Küsse auf der Straße, als sie nirgendwo Unterschlupf fanden, die Unbehaustheit und die schmutzigen Bänke, auf deren Lehnen sie gesessen hatten wie die Spatzen auf der Stange.

Einige Tage später entdeckte Nina plötzlich mit Entsetzen, daß sie ihr grünes Rechenheft verloren hatte, in das sie die Briefe schrieb. Systematisch und fieberhaft, mit zitternden Händen (vielleicht hat jemand den Brief gelesen), durchwühlte sie den Wohnwagen, als alle auf Arbeit waren – sie hatte immer noch Fieber, und Vitja ließ sie nicht auf den Bau.

Als Nina ihren Teil des Wagens abgesucht hatte, machte sie nebenan weiter und entdeckte dort auf dem Fensterbrett, ganz offen, endlich ihr Heft, sie sagte »huch«, schnappte es und flitzte zu sich zurück. Erst dort schlug sie es auf und las gleich auf der ersten Seite etwas, was nicht von ihr stammte, etwas Unglaubliches, eine halbe Seite obszönes Gejammer über die Liebe, zähneknirschend und heulend: Sie liebt mich nicht, sie hat ihre Freundin vergessen, jetzt hat sie Valentina usw. O Gulja, Gulja usw.

Nina brachte das Heft aufs Fensterbrett zurück, legte sich wieder hinter den kalten Ofen und überlegte. Ja, das Zelt – jetzt war klar, daß es Glumdalklitschs Harem war. Ja, sie weinen und zanken sich, diese Mädchen. Nina fiel ein, daß eine kleine Studentin, die einzig hübsche hier, ein typisches Lockenbaby, einem Raffaelschen Engel wie aus dem Gesicht geschnitten, am Lagerfeuer erzählt hatte, wie Glumdalklitsch aus ihrem Zimmer im Wohnheim geflohen war und sie, das Baby, ebenfalls demonstrativ mit ihr in die Dunkelheit hinausgegangen war, als man sie beide aus Babys Bett holte, und wie sie mit Gulja die ganze Nacht vor einer verschlossenen Haustür auf den Stufen gesessen hatte und dann ins Krankenhaus mußte, weil sie sich auf den kalten Steinen den Wolf geholt hatte – davon hatte Baby einmal vertrauensvoll erzählt.

Sie alle, dachte Nina, sie alle sind so, bis auf eine Rothaarige, die, kaum daß es Nacht wurde, den Wohnwagen verließ und in der Finsternis verschwand, um sich – Nina wußte das genausogut wie alle anderen – mit ihrem Freund zu treffen, dem einzigen Casanova in der Abteilung, der wie ein junger Storch aussah und ständig die Nase mit Sonnenbrille hoch trug und sein bleiches, poetisches Gesicht zur Schau stellte, das allerdings von der Steppensonne sehr schnell schwarz und ledern wurde – aber er blieb hochmütig, dieser Freund war ebenfalls ein Außenseiter unter den Jungs, spielte nicht mit ihnen

Schach und nicht das chinesische Spiel »Go« und riß nicht wie die anderen verächtliche Witze über die unerreichbaren Mädels: er hatte nämlich eins, die Rothaarige, und jede Nacht liebte er sie in der stockfinsteren, nächtlichen Steppe.

Das also war der Grund für Haß und Verachtung auf den Gesichtern der Jungs und dafür, daß es keinerlei Kontakt zu den Mädchen gab, keine Gespräche hinter dem Küchenwagen, unter vier Augen.

Nina hatte begriffen.

Das half ihr aber nicht viel, denn Gulja ließ jeden Abend ihren Harem im Stich, setzte sich zu der einsamen Nina hinter den Wohnwagen und fing mit ihr ein Gespräch über die Liebe als solche an, schenkte ihr Gurken und Zigaretten, sprach von Todessehnsucht und sagte, daß ihr auf dieser Welt nichts teuer sei, ich bin allein, allein, aus dem Heim haben sie mich rausgeschmissen, für ein Zimmer hab ich kein Geld, von meiner Mutter bin ich weg, ich muß studieren wie eine Wilde, das ist die einzige Chance, doch wo arbeiten? Ich kann doch nicht Zement abladen wie die Jungs, die zum Moskauer Güterbahnhof gehen, so viel Kraft hab ich nicht.

Nina hörte sich das alles an und schickte Gulja nicht weg, sie wollte sie nicht kränken, hatte die gleiche Angst wie damals im Waggon, nur daß sie jetzt auch noch fürchtete, einen unnormalen Menschen zu beleidigen, obwohl Gulja sich ganz normal verhielt. War nicht aufdringlich, nicht grob, faßte Nina nicht an, sie saß traurig da, zerzaust, armselig, kräftig wie ein Fels und überzeugt von ihrem Recht zu lieben, wen sie wollte.

Da geschah folgendes: Den ganzen Abend war Nina allein geblieben, Gulja war nicht hinter den Wagen gekommen, Casanova und die Rothaarige waren vorbeigegangen und in die

Finsternis getaucht, in der Ferne loderten Heuhaufen, der Horizont leuchtete rot. Jede Nacht verbrannten die Pferdehirten Stroh, damit die Pferde vor den Bremsen Ruhe hatten.

Zum Briefeschreiben war es zu dunkel, in den Wohnwagen rüsteten sie schon zur Nacht, an die Sperrholzwand in Ninas Rücken wurde gewummert und geklopft, wahrscheinlich mit Knien und Ellenbogen beim Bettenmachen und Herumwälzen auf den engen Pritschen.

Irgendwie war es heute besonders trist, und Nina ging zu ihrem Wagen. Unterwegs sah sie, daß im Zelt die Petroleumlampe brannte, im Innern leuchtete ein gemütliches Licht, es wurde leise gelacht, etwas klirrte, sicher Geschirr: sie waren beim Teetrinken. Guljas Stimme sagte: »Kusch, du Naseweis«, und Ninas Herz blieb plötzlich stehen. So war es nur damals zusammengezuckt, als sie im Telefonhörer die Stimme des Katers vernahm. »Schöne Bescherung, wie ich mich an sie gewöhnt habe«, dachte Nina. »Schöne Bescherung!«

Als ob etwas über sie gekommen sei, was sie nicht mehr kontrollieren, nicht mehr unterdrücken konnte, etwas, das nicht vom Willen abhing – na und, werden Sie sagen, eine Anhänglichkeit, wie sie in einem Zwangsarbeitslager normal ist, eine ganz gewöhnliche Zuneigung, werden Sie sagen.

Es gibt Dinge (werden Sie sagen), die man nicht kontrollieren kann, solche wie Angst vor Verlust, vor Kränkung, wie Eifersucht und Sehnsucht, wie freundschaftliche Gefühle, Mitleid und Leidenschaft.

Nina lag verstört und niedergeschlagen hinterm Öfchen und horte in die nächtliche Stille auf die gedämpften Stimmen und das zufriedene Lachen der Mädchen im Zelt, dann verstummten alle, nur eine hüstelte absichtlich, als ob sie ein Zeichen geben wollte.

Nina begriff, da wurde ein abgekartetes Spiel mit ihr gespielt, das war eine geschickt aufgestellte psychologische Falle, zuerst der Schock, dann ein fließender Übergang zu normalen menschlichen Beziehungen, regen Sie sich ab, niemand will was von Ihnen, dann folgt die Zähmung, die herzliche Freundschaft, das bedingungslose Vertrauen, wir alle sind Menschen, jeder hat seine Päckchen zu tragen, und dann die mitleidlose schnelle Trennung, das Lachen mit anderen, Freundschaft mit anderen – und fertig, der Hase sitzt in der Falle! Das Herz des Häschens klopft, wenn es nur die gewohnte Stimme hört.

Nina konnte nur schwer einschlafen.

Aber am folgenden Tag nach dem Mittagessen löste sich alles auf: Ein Arzt kam, gerufen von dem guten Menschen Vitja. Alle waren weg, das Kolosseum wuchs und wuchs in der Ferne, und der Arzt, ein junger gelehrter Holzklotz aus der Poliklinik, untersuchte Nina oberflächlich, dachte angestrengt nach, als ob sich ein Gedanke in seinem Kopf festgefressen hätte, er horchte und klopfte sie noch einmal ab, legte sie aufs Bett, drückte auf ihrem Bauch herum, trommelte aufs Schlüsselbein und sagte »Mhm«.

Nina lag keuchend da und dachte, wie angenehm, wenn dich teilnahmslose, professionelle Männerhände berühren, wenn sie so aufmerksam nach der Ursache suchen, wenn sie sich, einfach so, ohne eigensüchtiges Ziel um dich kümmern.

Der Arzt sagte »Bleiben Sie liegen« und fuhr mit seinem Jeep davon, und dann kam Vitja, der den Arzt hinausgebracht hatte. Nina schwante, woran er dachte, denn er fing an, von Mascha zu reden, daß es ihr schlecht gehe, im Krankenhaus in Moskau hätte sie Lungenblutungen bekommen.

Man sah, Vitja war schon ein gelernter Vater, er hatte sich darauf eingerichtet, fremde Kinder zu hüten, sie zu lieben, sich um sie zu kümmern. Er sorgte sich um Nina, holte ihr aus seinen eigenen Vorräten Vitamine und Antibiotika und rannte dann zum Bau. Als am Abend die Mädchen von der Arbeit zurückgekrochen kamen, wußten sie schon alles und erzählten Nina, sie würde ins Krankenhaus nach Bulajewo gebracht, sie habe entweder Rippenfell- oder Lungenentzündung.

Dann erschien Glumdalklitsch mit ihren Phrasen, leer wie eine Kartoffelschale, selbstverliebt, eigensüchtig, zuwider wie ein ungeliebter Mann, der sich aufdrängt, weil der Trieb ihn drückt – eine Gattung Mensch, die der jungen Dame, in die Nina sich nach dem Besuch des Arztes verwandelt hatte, verhaßt war. Glumdalklitsch saß auf Ninas Pritsche und redete und redete und drosch immer wieder die leeren Phrasen von Einsamkeit, Samkeit.

Nina packte indessen ihre Siebensachen und fand unter dem Strohsack das verlorene Heft, das eindeutig jemand gelesen hatte – es roch anders, freier, war völlig zerfleddert und fiel schon beinahe auseinander.

Glumdalklitsch zündete sich seelenruhig eine Zigarette an, einsam und wichtigtuerisch wie ein Mann, schwieg eine Weile und ging dann in ihr Zelt, und bis tief in die Nacht tönte von dort die Gitarre, die bekannte Stimme flehte leidenschaftlich und klagend die entschwindende Liebe an, und die Mädchen stimmten einmütig in den Refrain ein: »Sag mir, daß du mich liebst!« – der ganze Harem im Chor. Vitja war schon hingegangen und hatte irgendwas ins Zelt gebrummt, und Glumdalklitsch hatte ihm zur Antwort etwas Hitziges an den Kopf geworfen. Nina aber lag schwer atmend auf der Pritsche und wartete geduldig auf den nächsten Tag, nur weg von hier, nichts mehr sehen und hören.

Am anderen Morgen verabschiedeten sich die Mädchen aus dem Wohnwagen, bevor sie auf den Bau gingen, von Nina fast wie von einer Toten, das heißt finster, der Reihe nach. Sie, durch die Zwangsarbeit zu Kräften gekommen, blieben, auf sie wartete der Lohn, das Dampfbad, sogar ein freier Tag war versprochen worden – entweder eine Fahrt zum See oder ein gemeinsamer Kinobesuch im Zentralgutshof und wer weiß, was noch. Ein Teil der Mädchen arbeitete nicht mehr als Lastenträgerinnen, sie waren zu den Ziegeln kommandiert worden, die sie aus Lehm, Stroh und Kuhscheiße kneten mußten, alle ihre Gespräche und Träume drehten sich ums Dampfbad. Außerdem liebten sie ihre Gulja, ringsum war freie Steppe, und nichts hinderte die kleinen Leidenschaften des Harems daran, zu kochen und sich nichts verbieten zu lassen. Auf eigenmächtige Abreise vom Bau jedoch stand Ausschluß, aus allem, aus dem Komsomol und aus der Uni, sofort, Schluß, Feierabend.

Nina aber ging auf ihre eigene Reise, zuerst per Laster, dann wurde sie in einen kleinen Vorortzug gesetzt, offenbar fuhr sie auf Maschas Weg, denn bald wurde sie im Kreiskrankenhaus aufgenommen, wo man sich an Mascha erinnerte, eine Schwester sagte sogar: »Tapfer war eure Mascha, das Kind stirbt, aber verliert seine Würde nicht. Hat immer gelacht.«

Dann, als Nina wieder zu Hause war, mit dem Zug zurückgebracht von der erschrockenen und flehenden Mutter, und in der Wohnung nicht einmal mehr der Schatten des Klempners noch der seines Köfferchens war – zu Hause rief Nina ihren geliebten Maler ans Krankenbett, der besuchte sie das eine oder andere Mal auch und war fürsorglich, verdünnisierte sich dann aber wie gewohnt. Kater ist Kater.

Dann im Oktober plötzlich wie aus dem Hades eine Stimme

am Telefon, die Stimme von Glumdalklitsch. Die betrunkene Gulja, die offenbar nicht vergessen konnte, die bettelte, kommen zu dürfen, diese Einsamkeit … Samkeit … Niemand lie-ie-ie-bt mich … i-c-h. Wie aus dem Hades, sie teilte mit, man habe sie geext, ihr direkt ins Gesicht gesagt, wegen Verführung Minderjähriger, jawohl, und jetzt geht sie arbeiten, asphaltiert Straßen … Wohnt wieder im Frauenwohnheim (sie lachte unwillkürlich). Sie hat niemanden, keiner liebt sie.

Wie um das Obengesagte zu widerlegen, mischte sich gleich eine andere Stimme ins Gespräch, eine weibliche, betrunkene, böse, die vorschlug, alle können mil mal den Lücken luntertutschen, paldon. Dort spielte billige Musik, wie in der Hölle, wehmütig, aus dem Untergrund. Nina stammelte irgendwelche geheuchelten Worte, um diese Unglückliche nicht endgültig umzubringen, »ich bin krank, krank«, worauf Glumdalklitsch mit männlicher Direktheit standhaft entgegnete, ich habe keine Angst vor Ansteckung, eine Sieche holt sich keine Seuche. Wir kriegen dich wieder hoch, eine Flasche haben wir – haben wil, trompetete die andere Frauenstimme direkt in den Hörer, wil lennen jetzt los zu dil und feltig, und du leck mich am Alsch (das galt Glumdalklitsch und war offenbar mit einem Rippenstoß begleitet). Dann sang wieder Gulja ihren Part, offen wie ein Mann beschwerte sie sich, zum Vögeln habe sie jemanden, aber – die betrunkene Stimme kam wieder näher und sagte »lichtig, hat sie, komm hel« – aber die Einsamkeit, Samkeit. Überzeugt von ihrer Kraft und stark wie ein Fels, führte sie wie immer die Belagerung systematisch und unerschütterlich durch.

Nina wandte leise ein, sie brauchten nicht zu kommen, lieber nicht, aber im Hörer dröhnte als Antwort die billige, schmalzige Musik, wahrscheinlich fand dort, in der Hölle, ein ewig währendes Fest mit Feuer und Rauch statt, eine Party, die sich sehen lassen konnte, Glumdalklitsch aber sprach immer wieder hartnäckig von Einsamkeit und Sehnsucht, daß sie niemanden habe und nichts, nicht mal jemanden zum Unterhalten, und die betrunkene Stimme bekräftigte aus der Ferne, lichtig, nich mal zum Untelhalten, verdammt.

Nina hatte, so ein Zufall, auch niemanden zum Unterhalten, zu ihrer Freundin wollte sie nicht, die hatte das Haus voller Verwandtschaft – aber mit Gulja ging das unmöglich. »Tschüs«, sagte Nina, als Glumdalklitsch mit ganz schrecklichen Sachen anfing wie »Mach mir ein Kind«, sie knallte den Hörer auf, die Hölle war abgeschaltet, alles tot, aber die Hölle stirbt nicht und gibt nicht auf, und monatelang mußte Nina mit Glumdalklitsch Telefongespräche führen, immer bemüht, ihr nicht weh zu tun, sie ließ solche Sätze wie »Komm, laß uns heiraten« usw. über sich ergehen, sie hielt aus, um den Menschen nicht umzubringen, denn auch damit fing die schreckliche Gulja an, besser ich gehe, wenn ich allen nur im Weg bin.

G., das war klar, bohrte hartnäckig, auf einen Zufall und auf die Verzweiflung hoffend. Sie sprach von Armut und erzählte, betrunkene Straßenarbeiter hätten sie in der Mittagspause im Bauwagen vergewaltigt (wollten was nachprüfen, teilte sie ironisch mit), sie hatte selbst oft einen sitzen, los, ich bezahl dich auch, hab grade Lohn gekriegt, aber komm raus, komm runter zu mir, komm raus, dann seh ich dich wenigstens, sag mir, daß du mich liebst.

Unser nächstes Kapitel könnte mit der Mutmaßung beginnen, wie wohl Ninas Zukunft aussehen mochte. Junge Leute sterben weitaus häufiger, als wir denken, die Krankenhäuser sind voll von jungen Todeskandidaten, die hinter Doppelfenstern sitzen und nicht raus können, nur in den Hof zum Spazierengehen und manchmal pärchenweise in die Außenwelt, wie das die lachlustige Mascha getan hatte, bevor Nina von Glumdalklitsch erfuhr, daß sie Mascha gerade beerdigt hatten. Das ganze Studienjahr war da, alle waren gekommen. Alle mochten sie. G. hatte aus diesem Anlaß getrunken und sagte, Mascha, ja, Mascha … die kleine Maus, ich hab sie nicht angerührt … sie war krank, das wußte jeder. Sie hat die Ärzte beschummelt, hat gedacht, die Erde macht sie gesund, schwere Arbeit an frischer Luft, hat auf der Erde geschlafen, hat diese Erde fast gegessen … Jawohl, Mascha hat gekämpft. Vitja war auch zur Beerdigung gekommen, der Aspirant, der Betreuer vom Studienjahr, hat geheiratet, hat eine geschiedene Ärztin mit drei kleinen Gören gefunden. Es tutete, die Verbindung war unterbrochen.

Nina könnte leicht an Maschas Stelle sein, auch sie könnte in die Sanatoriumsabteilung des Solowjowschen Irrenhauses kommen, so warnte Mamas Freundin, als sie sah, wie das gesunde Ding mit dem Telefonhörer im Schoß dasaß und (vergeblich) auf einen Anruf wartete, jetzt ist sie dran, sie schläft nicht, ißt nicht und sucht sich keine Arbeit, obwohl Mutters Geld nicht mal fürs Essen reicht. Nina hätte auch leicht in Glumdalklitschs Lage geraten können, wäre sie vor den mütterlichen Ermahnungen geflohen und in eine Fabrik mit Wohnheim arbeiten gegangen; doch das Schicksal wollte es anders, ein Jahr später sehen wir sie bereits im Dienst (sie ist Redakteurin eines Institutsblatts), um sie herum massenhaft junge Männer durchaus irdischer Beschaffenheit, darunter auch ein Nikolai, Hochschulabsolvent, drei Jahre jünger als Nina, aber das merkt man nicht, da sie mager ist und er kräftiger und größer, er folgt Nina wie ein Schatten, arbeitet auch in der Redaktion, begleitet sie nach Hause, lädt sie zum Geburtstag ein, zu Papa und Mama, das war's, die Latte fällt, die Hürde ist genommen. Nina ist Braut. Mama ist buchstäblich verwelkt, als Nina ihr das sagte, sie hat es wie einen Schicksalsschlag aufgenommen: warum bloß, fragt sich? Ob sie sich daran erinnerte, wie sie selbst einmal Braut war? Kurz, sie trennen sich, Mama und Tochter. Nina wohnt bei ihrem Mann. Mamas rosa Kleid mit den Vergißmeinnicht hängt im Schrank, sie hütet es für den Fall, daß noch mal Einer (großgeschrieben) kommt. »Hast du Einen da?« hat sie einmal ihre Freundin am Telefon gefragt, als die nicht mit ihr reden wollte.

Nina – unsere Erzählung geht weiter – kehrte eines Tages an einem nebligen Winterabend aus der Stadt Balaschicha heim und sprang auf den Bus, als plötzlich ihr Blut vor Schreck stockte: Ganz deutlich vernahm sie Glumdalklitschs Stimme. Die Quelle der Stimme, dem Aussehen nach ein kleiner Mann mit ölverschmierter Kaninchenfellmütze, stand ganz vorn, mit dem Rücken zu Nina. Glumdalklitschs Stimme sagte, warum hast du (gemeint war die Gesprächspartnerin, eine junge Frau ebenfalls mit Kaninchenfellmütze, allerdings etwas neuer) – warum hast du damals geheiratet und bist kein einziges Mal zu mir gekommen, und diese Gesprächspartnerin – liebes Gesicht unter der Mütze, helle, ehrliche Augen und dazu schmuddelige Zottellocken unterm Fell –, sie widersprach fröhlich, ist schon wieder alles aus, bin geschieden, finito, bin von ihm weg. »Aber du hast mich verlassen«, heulte Glumdalklitsch dumpf, »ich bin aus dem Wohnheim geflogen, ich habe richtig gehungert.«

»Alles vorbei«, sagten temperamentvoll und überzeugend die

hellen Äugelchen und Löckchen immer wieder. »Alles wird gut, du wirst sehen!«

»Wirst sehen!« äffte Glumdalklitsch sie trotzig und beleidigt nach. »Du hast mich verraten und basta.«

Sie schoben sich plötzlich nach vorn und stiegen aus, beide klein und mager, Glumdalklitsch tauchte, mit Arbeitsanzug und schmieriger Fellmütze, für einen Augenblick in der Tür auf und verschwand.

Das war auch Ninas Haltestelle, sie linste vorsichtig aus der Hintertür. Die Luft war rein, sie konnte aussteigen. Weit vorn schritt Glumdalklitsch mit großen Schritten aus, eingehenkelt bei der Freundin, mit ihr verknotet zu einem engen, erbärmlichen Bündel.

Nina ging hinter ihnen, wie die Gejagte hinter dem Jäger, das heißt, immer langsamer werdend.

Das Pärchen sackte in die unterirdische Höhle der Metro und war weg.

»Sag mir, daß du mich liebst«, sang Nina im Frost leise vor sich hin, und plötzlich begann sie zu weinen, als sie sich an ihren lieben Kater und die Zeit ihrer wahnsinnigen Liebe erinnerte, wie sie wartend am Telefon saß, doch statt des Katers die nervende Glumdalklitsch in Begleitung von Chor und Gitarre anrief, immerzu anrief aus dem Feuerrauch ihrer Hölle.

»Sag mir … Daß du mich liebst …«, sang Nina unter Tränen, »Sag mir …«

DIE KLEINE LATERNE

Einmal lief ein junges Mädchen an einem Winterabend von der Bahnstation in ihr Dorf.

Sie hatte es nicht weit, der Weg führte über eine kleine Brücke und dann bergauf, übers Feld.

Als das Mädchen auf den Berg stieg, sah sie ein Licht, als brenne eine kleine Laterne in der Hand eines anderen Fußgängers, und dieses Licht schien ihr direkt in die Augen.

Sie erschrak, es war schon spät und dunkel, keine Menschenseele in der Nähe, nur dieses Licht, das immer näher kam.

Was sollte sie tun?

Umkehren war ziemlich gefährlich, es hätte wie Flucht ausgesehen, der andere hätte sie eingeholt und getötet, aber auf die Laterne zuzugehen war genauso schrecklich, in diesem Fall war es das beste, so zu tun, als sei gar nichts.

Das Mädchen holte schnell das bißchen Geld, das sie hatte, aus der Handtasche, versteckte es an ihrer Brust und ging der Laterne entgegen, als fürchte sie nichts.

Ihr Herz klopfte laut, aber sie verlangsamte ihre Schritte nicht, um nicht zu zeigen, daß sie sich fürchtete.

Die kleine Laterne aber schien und schien, kam jedoch keinen Schritt näher, und das Mädchen flog auf die Laterne zu wie die Motte ins Licht.

Sie ging bereits eine ganze Weile so, bis sie plötzlich merkte, daß sie über freies Feld lief.

Der Pfad war verschwunden, nur das Licht der Laterne brannte vor ihr.

Übers Feld zu laufen war nicht schwer, obwohl es bucklig war. Der Schnee war fest und leuchtete hell, das Mädchen konnte sich einen ebenen Weg suchen, obwohl sie nicht wußte, wohin sie lief.

Da flog etwas in der Nähe in die Luft und beleuchtete die ganze Umgebung wie ein Blitz, nur länger.

Das Mädchen drehte sich um, aber es war nichts mehr zu sehen. Dann schaute sie sich die Gegend genau an und begriff, daß sie nicht wußte, wo sie war.

Es war dunkel, still, der Schnee leuchtete, und in der Ferne stand jemand, den sie nicht erkennen konnte, und hielt eine Laterne in der Hand.

Das Mädchen ging gehorsam auf das Licht der Laterne zu; schlimmstenfalls könnte sie nach dem Weg fragen.

Obwohl sie in dieser Gegend großgeworden war. Aber es kann einem schließlich alles mögliche widerfahren.

Sie lief und lief, das Licht der kleinen Laterne führte sie zu einem bestimmten Ort, und sie verstand nichts mehr, weder warum sie über das verschneite Feld gehen mußte, noch wo ihr Zuhause und wieviel Zeit bereits vergangen war.

Manchmal fiel sie hin und sprang entsetzt wieder auf, sie erinnerte sich an die Worte ihrer Großmutter Polja, die immer von müden Menschen erzählt hatte, die sich zum Ausruhen in den Schnee legten und erfroren.

Großmutter Polja war erst kürzlich gestorben, sie hatte ihre Enkeltochter großgezogen und sich immer mit ihr unterhalten, sogar als die Kleine noch nicht sprechen konnte.

Das Mädchen kam nur langsam voran, weil sie sehr müde war. Sie lernte an einer kaufmännischen Schule, an diesem Tag hatte sie Praktikum in einem Laden gehabt und war den ganzen Tag auf den Beinen gewesen.

Normalerweise fuhr sie nicht heim, wenn es spät wurde, sie übernachtete dann immer bei einer Freundin in Moskau, doch heute hatte es nicht geklappt, bei der Freundin waren Verwandte zu Besuch.

Das Mädchen überlegte, daß Vater und Mutter ihr bestimmt entgegengegangen waren und sie nicht getroffen hatten, weil sie vom Weg abgekommen war und sich verlaufen hatte, und nun waren die Eltern bestimmt wieder zu Hause und hatten bei der Freundin in Moskau angerufen, und sie stellte sich vor, wie die Eltern die Nachricht aufgenommen hatten, daß ihre Tochter schon vor Stunden aus der Stadt weggefahren war.

Sie weinte ein wenig, aber dann lief sie wie von selbst; sie begriff, daß es keine Rettung gab, das Licht der Laterne lockte sie irgendwohin.

Ihr Herz raste, der Mund war wie ausgetrocknet, die Kehle kratzte.

Manchmal lief sie mit geschlossenen Augen, manchmal kam sie vom Weg ab, wußte aber, daß das Licht der Laterne immer vor ihr leuchtete.

Schließlich stieß sie gegen etwas Hartes und schrie auf.

Das war die Umzäunung eines Friedhofs, ein niedriger Lattenzaun.

Vor ihr lag so etwas wie ein Stück Wald auf offenem Feld, alte Bäume, in der Dunkelheit kaum zu erkennende Kreuze und Grabsteine hinter dem Zaun, schneeverweht.

Der Schein der Laterne (oder die Flamme einer Kerze) verlor sich im Dickicht der Bäume und leuchtete von fern.

Das Mädchen wußte jetzt, wo sie war, und sie begriff, daß die Laterne auf Großmutter Poljas Grab leuchtete.
Ohne zu überlegen trat das Mädchen zur Pforte, um auf den Friedhof zu gehen.
Aber mit Schrecken hörte sie, wie jemand hinter ihrem Rücken atmete und sich bewegte.
Sie drehte sich nicht um, sie beschleunigte vielmehr ihre Schritte, zog in Erwartung eines Schlages den Kopf ein und kniff die Augen zusammen.
Da berührte sie jemand ganz leicht am Handschuh, faßte sie und zog sie zur Seite.
Das Mädchen öffnete die Augen und erblickte einen kleinen, zottigen Hund, der sie lachend anschaute.
Ihr wurde gleich leichter ums Herz.
Das Mädchen schaute über den Zaun – das Licht auf dem Friedhof war verloschen.
Der Hund zog das Mädchen abermals zur Seite.
Sie stand auf einem festgetretenen, verhältnismäßig breiten Pfad, auf dem Tannenzweige lagen – offenbar von der letzten Beerdigung.
Da rannte das Mädchen, so schnell sie konnte, diesen Pfad entlang, der Hund blieb zurück.
Offenbar war es ein Friedhofshund, der die Reste von dem Essen fraß, das die Verwandten der Verstorbenen nach altem Brauch auf die Gräber legten, ein Friedhofsbettler sozusagen, der seinen Platz nie verließ.
Eine halbe Stunde später erreichte das Mädchen ihr Dorf.
Wie sich herausstellte, waren Vater und Mutter ihrer Tochter tatsächlich entgegengegangen, hatten aber auf halbem Weg eine Explosion gesehen. Die Gasleitung, die den Fußweg überquerte, war in die Luft gegangen.

Die Explosion hatte viele Bäume herausgerissen, alles brannte, und eine hohe Fackel leuchtete und pfiff.
Die Eltern des Mädchens waren zum Unglücksort gerannt, hatten alles abgesucht, aber nichts gefunden, keine Überreste. Dann waren sie zur Bahnstation gelaufen, hatten in Moskau angerufen und von der Freundin erfahren, daß ihre Tochter vor zwei Stunden abgefahren sei, sie warteten die letzte Bahn ab, aber niemand stieg aus, und so gingen sie schnell nach Hause, diesmal einen anderen Weg, in der Hoffnung, daß sie auf dem Hinweg die Tochter verfehlt hatten.
Zu Hause angekommen, riefen sie bei der Miliz an, aber ihnen wurde gesagt, alle seien am Unglücksort und niemand könne die Tochter suchen.
Die Mutter kniete vor der Ikone und betete, der Vater lag mit dem Gesicht zur Wand auf dem Sofa, als das Mädchen ins Haus trat.
Der Vater setzte sich auf und faßte sich ans Herz, die Mutter stürzte zu ihr und umarmte sie mit den Worten: »Wo warst du? Wir dachten schon, Gott hätte dich zu sich geholt. Weißt du, auf deinem Weg gab es eine Explosion. Gleich nachdem dein Zug angekommen war. Wir haben es ausgerechnet, du hättest genau in die Explosion geraten müssen. Wir haben dich dort gesucht.«
»Ja«, antwortete das Mädchen. »Ich habe eine Explosion gesehen, aber ich war weit weg. Ich war bei Großmutter Polja. Sie hat mich gerufen.«

MILGROM

Ein junges Mädchen näht sich zum ersten Mal im Leben ein Kleid, drei Meter billiger Stoff sind gekauft, ein Rubel und ein paar Kopeken der Meter, aber wunderbares Material, schwarz mit bunten Kringeln, wie ein nächtlicher Karneval.

Das Mädchen ist erstens eine arme Studentin. Und zweitens ist sie gerade der Schulhaut entschlüpft, und zwar im wahrsten Sinne des Wortes: aus den Ruinen des alten braunen Schulkleids hat sie sich einen Rock gemacht, unförmig, schief und krumm, aber mit dem Kleid ist es vorbei.

Für den Frühling ist dieser Rock gleichfalls ungeeignet, draußen ist Mai des Jahres Neunzehnhundertwirrezeit, heißer Frühling und nichts zum Anziehen.

Drittens, die kleine Studentin, die über den Seiten »Selbstgenähtes« aus der Frauenzeitschrift schwitzt (Brustumfang, irgendeine Hälfte des Vorderteils usw.), versucht, den Stoff zuzuschneiden, und erleidet ein völliges Fiasko.

Das Kleid ist hin, die Arbeit, die drei Rubel und ein paar Zerquetschte, futsch, und sie kriegt nur 23 Rubel Stipendium.

Da tritt mit mächtigem Schritt die Frau Mama in den Gang der Ereignisse, die Mama hat sich das ganze Leben alles von

einer Scheiderin nähen lassen, bis schwere Zeiten anbrachen, das Fräulein wurde 18, und die Alimente blieben aus.
Die Schneiderin entfiel also, und die Mama überlegt nun selbst, was tun, aber das Problem ist: kein Geld.
Kein Geld, das Mädchen 18, draußen heißer Mai, wie er nur einmal in hundert Jahren vorkommt, Prüfungszeit, die Tochter aber liegt buchstäblich hinterm Schrank (da steht ihr Bett) und heult.
Die Mama ruft ihre weise ältere Freundin Regina an, eine polnische Jüdin aus dem Stamm der Moskauer Frauen (der neuen) der Dritten Internationale, die gesamte Kommunistische Internationale floh nämlich in den dreißiger Jahren heimlich aus ihren Ländern, aus der Illegalität, über Berge und Meere in die UdSSR, heiratete noch einmal in Moskau in der Emigration, um dann mit dem Staub der Stalinschen Lager im Himmel zu verschwinden. Regina kehrte, als sie die Verbannung im kasachischen Karaganda hinter sich hatte, siegreich heim, erhielt ihre frühere Wohnung in der Gorkistraße zurück, und die Mutter der Studentin, die in ihrem Leben auch schon einiges erlebt hatte, schloß sich, um bei ihr Lebensweisheit zu lernen, an Regina als die ehemalige Freundin ihrer eigenen Mutter an, die in diesem Frühling ebenfalls aus fernen Gegenden zurückerwartet wird.
Reginas Kleider haben Warschauer Schick, mit ihren sechzig Jahren hat sie noch Kavaliere, und sie hört der ratlosen Mama der Studentin verständnisvoll zu. Regina hat eine Frau, die ihr hilft, Riwa Milgrom, Regina ist eine europäische Dame, weiche, weiße Hände wie bei einer Zarin, im Haus herrscht Ordnung, und Milgrom kommt helfen.
So nennt man sie, Milgrom, nach Parteisitte nur mit dem Nachnamen.

Also, Milgrom besitzt eine Singer-Nähmaschine, und das Mädchen geht durch die brütende Hitze zu ihr, im braunen Wollrock bekannter Herkunft (Mama hatte ein Kleid, das sie trug, bis es gelbe Halbmonde unter den Achseln hatte, die Tochter mußte das Ganze in der Schule abtragen und konnte sich nie melden, die Hände immer an der Hosennaht, Höllenqualen, schließlich wurde das Oberteil mit den verschwitzten Achselhöhlen abgeschnitten und weggeworfen, obwohl die Mutter protestierte – man hätte noch eine Weste draus schneidern können, aber das Kind rannte zum Müllschlucker und warf das Oberteil hinein, dafür blieb ein unförmiger Rock zurück, in dem sie nun schief und krumm durch die Maihitze geht) und mit einem Bündel.

Um den ungeschickt abgeschnittenen, schlecht zusammengenähten Bund zu verdecken – die Stiche sind schief, und die Ärmel ragen an der falschen Stelle heraus –, trägt sie überm Rock einen Pulli der Mutter, wieder mit dunklen Stellen unter den Achseln, also erneut Hände an die Hosennaht.

So läuft die Studentin wie ein frisch einberufener Soldat, mit gesenktem Kopf auf die grünen Winterschuhe mit den dicken Absätzen blickend, die Hände an der Hosennaht, dabei ist sie schon mitten im Zentrum, an den Patriarchenteichen, das heißt an den Häusern am Teich, es riecht nach zartem Maigrün, an ihr vorbei schlendern junge Leute und gehen stolze Mädchen in Sommerkleidern.

Milgrom empfängt die Kundin in ihrem Zimmerchen ganz oben, unter dem brennenden Moskauer Himmel, beinahe schon auf dem Dachboden, die stille Milgrom, große, feuchte Augen, sehr weiße Haut und kein einziger Zahn mehr, die Nase hängt herunter, dafür ragt das Kinn wie ein kleiner Korb nach vorn, Milgrom sieht schon wie eine alte Frau aus.

Die Nähmaschine ist hochgeklappt, das Zentimetermaß leuchtet, und die stille Milgrom beginnt mit einer langen Erzählung (wobei sie den berüchtigten Brustumfang notiert) über ihr Söhnchen, den hübschen Sascha.

Sascha war so hübsch, daß die Leute auf der Straße stehenblieben, einmal wurde er sogar für eine Pralinenschachtel fotografiert.

Das Mädchen entdeckt an der Wand das Foto, auf das Milgrom mit dem Finger zeigt, nichts Besonderes, ein kleiner Junge im Matrosenanzug, große, schwarze Augen, eine schmale, elegante Nase, die Oberlippe ragt ein bißchen über die Unterlippe. Ein rührender Lockenkopf, aber mehr nicht. Für einen Engel sind die Lippen zu schmal, er hat den Mund von Milgrom.

Im besagten Zeitraum denkt das Mädchen noch nicht an ein Kind, ja, sie hat noch nicht einmal einen Freund, einen Verehrer, Kavalier, ungeachtet ihrer soliden 18 Jahre.

Nur Wissenschaft, Wissenschaft, Prüfungen, Bibliothek, Mensa, plumpe grüne Schuhe, der braune Wollrock und der Pulli mit den verschwitzten Achseln der Mutter, schrecklich, es auszusprechen.

Das Mädchen schaut gelangweilt zur Wand und erblickt noch ein weiteres Porträt, offenbar die Vergrößerung eines Paßfotos, denn es hat einen Stempel, das Porträt eines schwächlichen Offiziers mit großer Schirmmütze.

Hier ist Sascha bereits erwachsen geworden, während sie den Taillenumfang gemessen, alle Maße notiert und kritisch die schief und krumm geschnittenen Stoffstücke für 3 Rubel 20 betrachtet haben, und er hat geheiratet, und es ist die Enkeltochter Assja Milgrom geboren worden.

Weiter, die alte Milgrom beruhigt die Studentin, nicht sie

allein sei so ungeschickt, Milgrom selbst sei in ihrer Jugend ein Trottel gewesen, habe nichts fertiggebracht, weder Spiegeleier, noch Suppe, noch Windeln wechseln, dann habe sie es gelernt: das Leben hat es ihr beigebracht.

An einer bestimmten Stelle der langen und stolzen Erzählung über Sascha muß das Mädchen gehen, das Kleid aber bleibt und wird morgen fertig sein.

Drei Tage später macht sich die Studentin, die Angst hat, in ihrem entsetzlichen Aufzug auf die Straße zu gehen, und weder richtig waschen noch bügeln, noch nähen kann, endlich mit verheulten Augen zu Milgrom auf und sagt zur Mutter: »Ich gehe zu Milgrom.«

»Sie ist unglücklich«, entgegnet ihr die Mutter, »sie hat so ein unglückliches Leben gehabt, diese Milgrom! Ihr Mann hat sie buchstäblich rausgeschmissen, als sie jung war, hat ihr das Kind weggenommen, das kleine Kindchen, und ihr nicht erlaubt, es zu sehen, das heißt, wie rausgeschmissen: erst hat er Milgrom aus einem litauischen Dorf geholt, sie war eine unglaubliche Schönheit, sechzehn Jahre, konnte aber kein Wort Russisch, nur Jiddisch oder Polnisch, und dann hat er sich scheiden lassen, damals ging das, ganz frei, bist hin und hast dich scheiden lassen. Er hat eine andere in sein Zimmer mitgebracht, zu Milgrom hat er gesagt, sie soll gehen, und sie ging. Sie war 18. Milgrom hat fast den Verstand verloren, tags und sogar nachts hat sie auf der Straße gestanden, gegenüber ihrem früheren Fenster, um das Kind zu sehen, und Regina hat sie gefunden, Milgrom hat auf dem Boulevard gelegen und war schon ganz schwarz, Regina ist doch immer für alle Unterdrückten eingetreten. Sie hat sie im Krankenhaus untergebracht und dann als Hausangestellte zu sich genommen, Milgrom hat bei ihr auf dem Korridor geschlafen. Als Regina

dann verhaftet wurde, ist Milgrom in eine Nähmaschinenfabrik in die Lehre gegangen und hat sich ein paar Kopeken für die Rente verdient, und das Zimmer haben sie ihr gegeben.«
Das Mädchen hört zerstreut zu, dann geht sie zu Milgrom, ohne die Information verinnerlicht zu haben, sie sieht wieder die Kammer unterm Dach, in der man bei dieser Hitze von dem süßlichen Geruch alter Wollsachen förmlich erstickt.
Alles schmilzt in den Strahlen des heißen Sonnenuntergangs, Milgrom holt die Tassen raus, trägt den Wasserkessel aus der Küche ins Zimmer, und sie trinken Tee und essen schwarzes, gesalzenes Dörrbrot dazu, der Luxus armer Leute.
Milgrom erzählt wieder stolz von ihrem Söhnchen Sascha, ihr strahlendes Gesicht ist zur Wand gerichtet, wo die beiden Fotos hängen, und das Mädchen überlegt, wenn Mama recht hat, woher hat Milgrom dann die Fotos?
Der erwachsene Sascha schaut von der Wand herab, verschlossen, kalt, da für den Offiziersausweis, die Schirmmütze hängt wie ein Sattel über seinen großen schwarzen Augen, hier sieht er seiner Mutter schon sehr ähnlich.
Mit welchen Tränen, welchen Worten hat Milgrom ihren Sascha dazu gebracht, ihr die Fotos zu schenken?
Milgrom seufzt vor ihrer Klagewand glücklich auf und teilt dann freudig mit, daß Assja bereits ihren ersten Zahn verloren hat: bei Milgroms ist es wie bei anderen Leuten.
Das Mädchen zieht das Kleid an, betrachtet sich im Spiegel, flieht vor dem süßlich-muffigen Geruch an die Luft, in den Sonnenuntergang, geht an vielen Fenstern und Hauseingängen vorbei, wo, wie ihr scheint, lauter Milgroms wohnen, sie trägt ihr neues, kühles, schwarzes Kleid, und Glück überwältigt sie. Sie ist voller Freude, und Milgrom ist voller Freude für ihren Sascha.

Das Mädchen steht am Anfang ihres Weges, sie geht ihn in ihrem neuen Kleid, die Leute schauen ihr nach usw., in fünf Jahren wird ein junger Mann mit einem Rosenstrauch vor ihrer Tür stehen, den hat er nachts irgendwo rausgerissen – wogegen Milgrom am Ende steht, aber es kann die Zeit kommen, da das Mädchen in einer gänzlich anderen Gestalt am Ende der Malaja Bronnaja auftaucht, sie wird in der Tasche die Fotos ihres erwachsenen Sohnes mit sich tragen und auf einer Bank an den Patriarchenteichen stolz von ihr erzählen, ihn noch einmal anzurufen, wagt sie nicht, und er selbst hat keine Zeit.

Das schwarze Kleid schimmert auf der maihellen Malaja Bronnaja im leuchtenden Abendrot, vorbei, der Tag verlischt. Milgrom, die ewige Milgrom, sitzt inmitten der alten Wollsachen in ihrem Altfrauenzimmer wie die Hüterin im Museum ihres Lebens, wo es nichts gibt außer schüchterner Liebe.

ZWEI SEELEN

Zwei hochgewachsene Seelen begegnen einander manchmal im Sommer vor dem Verkaufstisch des Gemüseladens in der Warteschlange – ein Mann und eine Frau.

Im Winter zeigen sie sich aus bestimmten Gründen fast nie, weder er noch sie. Aber während er noch manchmal mit dem stolzen Blick seiner entzündeten Augen auftaucht, ist sie, sobald es kalt wird, wie vom Erdboden verschluckt, als sei sie in wärmere Gefilde geflogen. Allerdings ist anzunehmen, daß auch sie im Winter auf Nahrungssuche geht, daß sie irgendwo mit ihrer Tasche über der Schulter unterwegs ist, immer einen tragischen Ausdruck im Gesicht. Aber zu sehen bekommt man sie nie, keiner weiß, welchen Pelzmantel sie trägt, obwohl zu vermuten ist, daß es sich nur um einen äußerst teuren Pelz handeln kann. Aber sie führt ihn nicht vor, und daraus können wir schließen, daß ihr Eitelkeit gegenüber unserem Kiez fremd ist, gegenüber jenem Viertel, in dem sie nach dem Tod ihres Mannes eine einsame Existenz führen muß.

Nicht etwa aus Gefallsucht trägt sie im Sommer all diese verrückten schwarzgoldenen Kleider, dieses schwarzgoldene Tuch und die riesige Tasche über der Schulter, mit der sie aussieht wie jemand, der verreisen will.

Mit einem Wort, es ist anzunehmen, daß sie unser Viertel gar nicht wahrnimmt, es existiert einfach nicht für sie als reale Kategorie, nicht mal als abstrakte Größe, in der sie sich in den Minuten des notwendigen Einkaufs von Brot, Gemüse oder Wurst bewegen muß.

Es fragt sich, wie sie dann im Winter ihre Existenz fristet, wie sie zu ihrem Brot kommt, zu ihrem Gemüse und ihrer Wurst. Sie wird schließlich nicht hungrig in ihrer Höhle sitzen und traurig nach draußen auf die Winterlandschaft blicken? Ganz bestimmt nicht, offensichtlich stirbt sie nicht vor Hunger, denn kaum beginnen die warmen Tage, ist sie wieder da, in ihrer schwarzen Seide, mit nackten, sehnigen Armen und nackten Beinen, immer noch dieselbe, als habe es den langen Winter nicht gegeben und als sei seit dem Tod ihres Mannes nicht ein weiteres Jahr vergangen.

Übrigens hat gerade die Geschichte mit dem Tod ihres Mannes ihr Geheimnis gelüftet, sie legalisiert und als absolut verständliches Wesen entblößt, obwohl schon seit langem eine ganze Reihe von Details aus ihrem Leben bekannt waren, denn den Leuten bleibt nichts verborgen, alles dringt so oder so durch die Häuserwände, ja sogar durch die Poren und den Schädel eines einzelnen Menschen, obwohl gerade Häuserwände oder ein Schädel den Eindruck völliger Undurchdringlichkeit erwecken können. Dennoch war sie früher geborgen und beschirmt gewesen, ungeachtet der Tatsache, daß die Leute alles über sie wußten, beispielsweise daß ihr Mann, ein berühmter Mensch, sie verachtete und eine eigene, ihr in keiner Weise nahe Existenz führte. Aber auch in dieser Eigenschaft war sie geborgen und beschirmt. Sie verließen beispielsweise manchmal gemeinsam das Haus und setzten sich ins Auto, um irgendwohin zu fahren, oder ihr gemeinsamer junger Sohn kam mit seiner Frau zu ihnen zu Besuch. In solchen Fällen war sie hundertprozentig geborgen und beschirmt. Ihre Hilflosigkeit war damals eigentlich mehr ein Mythos, ein märchenhaft schöner Umstand, der nicht sichtbar war und sie wie ein Nimbus umgab.

Ihre Hilflosigkeit existierte irgendwie außerhalb, losgelöst von ihr. Urteilte man nach ihrer äußeren Erscheinung, konnte man damals auf keinen Fall sagen, daß sie unbehütet war. Allerdings hieß es von ihr, sie habe einen besonders tragischen Blick und trüge entsetzlich geschmacklose Kleider, sie stünde vor ihrem Kleiderschrank und wisse nicht, was sie sich noch umhängen könne, um die früheren Zeiten zurückzuholen. Sie hatte sich liften lassen, überhaupt tat sie äußerlich alles, um in das verbreitete Bild von der allein gelassenen Frau zu passen. Aber möglicherweise hing das überhaupt nicht mit ihrem inneren Zustand zusammen, und dann wären all die Versuche der Leute, sie nach äußeren Merkmalen zu beurteilen, für die Katz gewesen. Zum Beispiel wäre es falsch gewesen, zu sagen, sie wolle deshalb so schön wie früher sein, weil sie alles zurückholen wollte. Es hätte sich leicht herausstellen können, daß sie sich gar nicht um diese Dinge kümmerte und gar nicht glaubte, daß ihre äußere Erscheinung irgend etwas ändern könnte. Vielleicht hatte sie sich aus ganz anderen, uns unbekannten Gründen liften lassen.

Wie auch immer, sie hatte es getan und lebte so, daß tatsächlich alles ins allgemein verbreitete Bild vom inneren Zustand ihrer Seele paßte – bis zum Tod ihres Mannes, der unerwartet, infolge eines Schlaganfalls starb.

In diesem Moment verhielt sie sich das einzige Mal so, als sei sie tatsächlich ohne Schutz: Sie bat inständig darum, man solle ihr die geräumige staatliche Wohnung nicht wegnehmen.

Der Leichnam ihres Mannes war noch nicht kalt, als sie schon losrannte, um ihr Recht auf diese Wohnung nachzuweisen, obwohl zu diesem Zeitpunkt noch kein Mensch daran dachte, daß die Wohnung für die Witwe zu groß sein könnte. Eine Bemerkung in dieser Richtung hätte zu diesem Zeitpunkt wie eine Lästerung aussehen müssen, doch sie rannte los, um alle darauf aufmerksam zu machen, und stieß mit ihrer Besessenheit und verrückten Hartnäckigkeit viele Menschen vor den Kopf, die sie nicht kannten; außerdem hinterließ sie einen ungünstigen Eindruck bei den Freunden ihres Mannes. Sie zeigte sich also in ihrer vollen Pracht und war nun tatsächlich einsam, ohne die ihr zweifellos zustehende Unterstützung, die Frauen normalerweise bekommen, wenn sie nach dem Tod ihres Mannes allein zurückbleiben.

Doch wie sich herausstellte, kümmerte sie das wenig, nach langen Bittgängen und Beweisen hatte sie schließlich erreicht, daß sie die Dienstwohnung behalten durfte, und da begann ihre nächste Existenz, als sie nämlich Schritt für Schritt an die Öffentlichkeit trat und sich mit all ihren Geschmacksverirrungen und Gewohnheiten den Leuten klar zu erkennen gab, mit ihren ewigen schwarzseidenen Kleidern und dem Anstehen in Warteschlangen, was gar nicht zu ihr paßt, auch deshalb nicht paßt, weil sie durch ihre Größe aus der Masse der anderen Hausfrauen herausragt, die morgens die Läden bevölkern. Sie steht ungeschickt und mit kerzengeradem Rücken da, eingezwängt in die Schlange, und wahrt selbst in dieser merkwürdigen Position ihr hochmütig-trauriges Gesicht.

Und da ist es passiert. In einer dieser Warteschlangen, aus der sie melancholisch herausragte mit ihrem Seidenturban und den Locken, die, nicht ihrem Alter entsprechend, unter dem

Tuch hervorquollen – in einer dieser Schlangen ist er, der zweite Held unserer Erzählung, ihrem Blick begegnet.

Es sei angemerkt, daß sein Blick unverhohlen gierig ist, immer auf andere gerichtet. Der Ausdruck »jemanden mit den Augen verschlingen« trifft auf ihn haargenau zu, wenn er sich dem Laden nähert in seinem vergilbten Leinenanzug und den Segeltuchschuhen, hochsommerlich gekleidet. Er betrachtet die anderen nicht mit feierlicher Neugier, nein, mit unbändiger Ungeduld verschlingt er jeden, der ihm begegnet. Auch Kinder bleiben nicht ungeschoren, vor allem Kinder nicht.

Er kann einen ausgelassenen Knirps, der ihm beim wilden Spiel zwischen die Beine gelaufen ist, am Kragen packen. Aber er hält ihn nicht so fest, wie es reife Erwachsene tun: Nein, wütend packt er das Kind und fängt mit ihm ein Streitgespräch an, das er von Anfang bis Ende selbst führt, da der Unglückswurm oft genug nicht in der Lage ist, ihm etwas zu entgegnen.

Es sei hinzugefügt, daß dieser zänkische Alte – und dieser Alte ist zänkisch – nicht einmal mit dem zartesten Knaben Mitleid hat, einmal ist er sogar dabei beobachtet worden, wie er einem Zweijährigen, der noch nicht einmal drei zusammenhängende Worte formulieren konnte, eine Standpauke gehalten hat.

Dieser immer wachsame Alte nun näherte sich eines Tages langsam und unabwendbar der Warteschlange, die nach Frühkirschen anstand. Selbstredend verwickelte er die Verkäuferin sofort in ein unerfreuliches Gespräch, die gesamte Warteschlange kam in Bewegung und reagierte ebenfalls aufgeregt. Er hielt es nicht aus und wandte sich mit einer Rede an die Menge, in der wie ein Mast unsere Witwe herausragte, in ihrem schwarzgoldenen Gewand, dem Turban und den Locken, die ihr über die Augen fielen.

Da unterbrach er plötzlich seine Anklagerede und rief ihr zu: »Ihr Name?«

Sie zuckte mit den Achseln und antwortete laut und stolz.

Die Leute unterhielten sich, als ob nichts passiert sei, die Verkäuferin wog die Kirschen ab, die beiden aber standen da wie vom Blitz getroffen. Er rief der Witwe zu: »Ich weiß. Hab's gelesen. Ein schrecklicher Tod. War nichts mehr zu machen.« Sie neigte ihren Lockenkopf, und er zog mit stolz erhobenem Kinn in seinem vergilbten Anzug unsagbar glücklich davon, die Warteschlange hinter sich lassend, in der sich Schritt für Schritt die Witwe mit dem schwarzen Turban den Frühkirschen näherte und möglicherweise gerade den Höhepunkt ihres Daseins erlebte, denn dieser Augenblick schloß ihr gesamtes vergangenes Leben ein, das nun seine Rechtfertigung gefunden hatte.

VATER UND MUTTER

Wo lebst du, fröhliche, unbeschwerte Tanja, die du keine Zweifel und Unschlüssigkeiten kennst, die du nicht weißt, was nächtliche Ängste sind und der Horror davor, was alles passieren kann? Wo bist du jetzt, in welcher Wohnung mit duftigen Vorhängen hast du dir dein Nest gebaut, so daß du umringt bist von Kindern und gewandt und unbeschwert alles bewältigst und noch mehr? Aber in welcher schwarzen Verzweiflung ist eigentlich diese Morgenröte ans Licht gekommen und aufgewachsen, dieses flinke Mädchen, flink, wie die ältesten Töchter in kinderreichen Familien gewöhnlich sind? Denn in genau so einer Familie war sie die Älteste, diese Tanja, von der hier die Rede ist. Jünger als sie waren eine Reihe von Mädchen und, als letzter, ein Junge, den die Mutter immer an der Brust herumschleppte in der Endzeit ihres Ehelebens, in der sie ihrem Mann mit dem Kind auf dem Arm hinterherrannte, wenn er zur Arbeit ging – hinterherrannte, damit er nicht zu diesem verfluchten Dienst ging, wo er ausschließlich Unzucht trieb. Beinahe jeden Morgen rannte die Mutter ihm hinterher, beinahe jeden Morgen wurde sie von Verzweiflung gepackt, weil sie ihrem Ehemann erneut die Chance gab fortzugehen, fort zu dem verhaßten, freien und unbeschwerten Zeitvertreib, und sie rannte mit letzter Kraft und dem Jungen auf dem Arm über die Straße, um ihren Mann einzuholen und ihm, dem Hals über Kopf Davongehenden, mit der freien Hand wenigstens die Mütze herunterzuschlagen – solche Szenen waren nichts Neues für ihre Straße, in der ausschließlich Armeeangehörige wohnten. Tanjas Mutter war krank vor blindem Haß auf ihren Mann. Es war der Haß der rastlosen Arbeiterin und Märtyrerin auf den Schmarotzer, den Prasser und Verräter der Familieninteressen, obwohl der Vater jeden Abend in den Schoß dieser Familie zurückkehrte und das jeweils kleinste Kind auf den Arm nahm, aber die Mutter betrachtete auch diese Geste als Trick, als gemeines Spiel des Rüden, der etwas auf dem Kerbholz hat, und sie rissen das Kleine beinahe in zwei Hälften – der Vater, um es nicht der verrückten Mutter zu überlassen, und die Mutter, um dem Vater nicht die Chance zu geben, seine Show abzuziehen und weiter sein unehrliches Spiel, den Familienvater, zu spielen, ohne daß es dafür eine Berechtigung gab. Man konnte sogar den Eindruck gewinnen, daß die Mutter in ihren Kindern nur materielle Beweisstücke ihrer Lebensmühe sah, ihrer unmenschlichen Anstrengungen und ihres unbestrittenen, doch täglich neu erkämpften Wertes angesichts des Rüden. Des Mannes, der jedesmal zitterte und wie ein Pudding wackelte, wenn sie die Stimme erhob – aus Angst vor den Nachbarn, die alles hören könnten, aber die wußten ohnehin schon genug, denn wo sie ging und stand, erzählte die Mutter allen alles, und die Weiber trösteten sie, nannten sie bei ihrem Vatersnamen Petrowna und rieten ihr, bei so viel Gemeinheit zum Chef ihres Mannes zu gehen.

Der Vater wahrte trotz allem irgendwie das Gleichgewicht in der Familie, und es ist schwer zu sagen, warum er sich solche Mühe gab, jeden Abend in einem friedlichen Seelenzustand nach Hause zu kommen, mit verlegenem oder absichtlich gleichgültigem Gesicht, nie mit seinem eigentlichen, sondern immer mit einem aufgesetzten, kurz zuvor präparierten, nicht mit dem finsteren und haßerfüllten, das man in dieser Situation eigentlich von ihm hätte erwarten müssen – nein, er hatte nicht die Kraft, böse nach Hause zu kommen, jedesmal überlegte er, mit welchem Ausdruck er heute am besten erscheinen sollte, wenn er um 23 Uhr heimkehrte. Zeitiger wollte er nicht kommen, um nichts auf der Welt, das war das A und O, und jedesmal kehrte er mit dem einen oder anderen aufgesetzten Gesicht heim, und jedesmal fand er folgendes Bild vor: Keines der Kinder schlief, und seine Frau saß tränenüberströmt mit dem Kleinsten auf dem Bett. Wenn der Vater dann versuchte, die Mädchen mit der ihm eigenen sanften Art schlafen zu legen, riß ihm die Mutter die Kinder aus der Hand und schrie, niemand soll schlafen, alle sollen ihren Vater sehen, der sich herumtreibt und gerade mit roten Wangen aus einem anderen Bett gestiegen ist, der gerade eben noch mit seinem widerlichen Mund, mit diesem Trichter, Gott weiß wen geküßt hat und jetzt, mit noch feuchten Lippen, die reinen Mädchen berührt, mit denen er am liebsten auch schon schlafen möchte – und so weiter.

Die Armut der Familie war unbeschreiblich, da die Mutter nicht arbeiten ging und in Erwartung der elften, später dann der zwölften und so weiter Abendstunde alles hängen ließ, so daß die Kinder, die auf den wichtigsten Augenblick, den Kulminationspunkt, lauerten, oft spät einschliefen und morgens nicht wachzukriegen waren. Die Mutter ging immer weiter in ihrem gerechten Zorn, es konnte passieren, daß sie ihren Mann an der Tür der Offiziersmensa abpaßte und ihn, den Kleinen auf dem Arm, mit Füßen trat; als ob sie der allgemein vorherrschenden Meinung trotzen wollte, daß man auf diese Weise nichts erreicht bei einem Mann, sondern ihn nur abschreckt und für immer vertreibt – als ob sie jedesmal das Schicksal und die Leute herausfordern wollte, wenn sie die Kinder hungrig zu Hause ließ und mit dem Jungen in die Steppe ging oder die schrecklichen Sätze schrie, Tanja hat eine Fehlgeburt vom eigenen Vater gehabt – sie, die Mutter, habe im Schrank blutige Lappen gefunden.

Allerdings konnte sich keiner erklären, was Tanjas Mutter eigentlich erreichen wollte, möglicherweise war es das Bedürfnis, das verlogene Bild zu zerstören, das der Vater mit seinem sanften Gesicht vor allem den Kindern vorgaukeln wollte, vor allem vor ihnen war es ihm wichtig, den Eindruck eines friedlichen Familienlebens zu erwecken. Die Mutter fühlte sich wie in einer Falle, umgeben von allgemeiner Nichtachtung, während ihr Mann bemitleidet und beschützt wurde – wie einmal zum Frauentag am 8. März, als sie zu dem Laden kam, wo ihr Mann gerade – das hatte sie ausspioniert – für sie und die Töchter kleine Geschenke kaufte. Da war jemand vor ihr ins Geschäft gerannt und hatte ihren Mann durch den Diensteingang hinausgelotst, bevor sie sich durch die dichte Menschenmenge zum Ladentisch vorarbeiten konnte.

Aber trotz all dieser abscheulichen Zwischenfälle kam fast jedes Jahr ein neues Mädchen zur Welt und der Junge, der Jüngste, nur ein halbes Jahr vor dem Tag, an dem der Vater die Familie für immer verließ. Wie das möglich war, worauf sich diese eheliche Kopulation stützte, wie die beiden sich darauf vorbereiteten und auf welchem Boden die Umarmungen möglich wurden – das wußte niemand, auch Tanja selbst, der hellste Kopf der Familie, hat es nie gesehen, obwohl sie Mutter und Vater aufmerksam beobachtete.

Die Mutter versackte mit jedem Schritt tiefer in Schmach und Schande, wobei sie sich Mühe gab, ihren Mann zu blamieren, und es war kein Ende abzusehen, da der Mann hartnäckig sein Bestes tat, um den guten Ruf der Familie zu retten und keinen Anlaß zu bieten, so hingestellt zu werden, wie es seine Frau gerne sehen wollte – aber schließlich brachten die beiden Dickköpfe die Sache bis zu einer Grenze, wo zumindest dem einen Partner alles egal und nichts mehr heilig war, wo er auf alles spuckte – und gerade auf diesen Augenblick hatte der hartnäckigere, ausdauerndere der beiden gewartet, und er stieß als Reaktion auf die Gleichgültigkeit des anderen einen Siegesschrei aus, der von dem fliehenden Partner ebenfalls gleichgültig aufgenommen wurde – er geht, aber der Siegesschrei ist überall in der Gegend zu hören, so daß die Leute, ob sie wollen oder nicht, mit einem Echo antworten müssen.

All das trat ein, und Tanjas Vater verließ die Familie, er verließ auch seine Garnison; er wurde in eine andere Einheit versetzt, aber dieser Schritt kam ihn teuer zu stehen, er hatte anschließend allen Grund, sich nicht mehr in seiner leidgeprüften Familie sehen zu lassen, er lebte still und leise mit seiner neuen Frau, von der erzählt wurde, sie sei wesentlich unkomplizierter als die Petrowna.

Nach dem Weggang des Vaters wohnte Tanja übrigens auch nicht mehr lange bei ihren Leuten, noch genau ein Jahr, bis sie siebzehn war, da wurde der Elektriker Viktor auf sie aufmerksam. Viktor war wesentlich älter und erfahrener als Tanja und begriff sofort, welcher Schatz in Person dieses zarten, umsichtigen Mädchens ihm in der Disko in den Schoß gefallen war, er nahm die Sache gleich in seine erfahrenen vierundzwanzigjährigen Hände. Tanja erklärte sich noch am selben Abend auf dem Nachhauseweg bereit, mit ihm zu gehen, und sie fuhren gleich am nächsten Morgen weg, obwohl die Mutter ganz unverhohlen sagte, daß sie ohne Tanja nicht zurechtkommt und es den Kindern schlecht ergehen wird. »Mir reicht's«, soll Tanja gesagt haben und »ich habe genug« und wie ein Fisch mit dem Schwanz geschlagen haben. Im weiteren Leben war sie mit ihrem anhänglichen und erfahrenen Viktor glücklich, nichts konnte sie aus der Bahn werfen: nicht, daß sie kein Dach überm Kopf hatte, nicht, daß die alte Wirtin sich jeden März aufhängen wollte, denn jeden März kam ihr Sohn auf Urlaub und versteckte jedesmal den Strick; es brachte sie auch nicht aus der Ruhe, daß sie nur einen Löffel und zwei Gabeln besaß und das Messer ein Taschenmesser war, denn der Haushalt der Wirtin war kärglich, sie ernährte sich das ganze Jahr nur von Kefir. Alles, alles, was Tanja im weiteren erlebte – alles nahm sie gelassen hin, alles war ihr recht, überall sah man sie mit ihrem leichten Gang, und niemals suchten sie Verzweiflung oder Zweifel heim, nicht einmal ein Schatten davon – niemals.

JUGEND

Wohin geht das alles, wohin verschwindet der legendäre Zauber der Jugend mit seiner berühmten Frische und den weichen, noch nicht fest ausgeprägten Zügen, die sich bis zu einer bestimmten Zeit unter einer geschmeidigen, alles kaschierenden Haut verbergen? Eben noch hat es diese Weichheit und Unbestimmtheit gegeben, plötzlich ist alles verschwunden, so, wie alles zu seiner Zeit verschwindet, auch das Leben selbst, und die Klarheit und Eindeutigkeit beginnen, alles liegt bloß, alles geht seinen Gang, bis die letzten Bausteine ihre Hülle verlieren, bis zum Verfall, zur vollständigen Reinigung alles von allem.

Plötzlich hat man den Eindruck, daß nur die Jugend Leben ist, das verkörperte Leben, das heißt jener sich seiner selbst nicht bewußte Zustand des Erblühens, der Entwicklung und des unaufhörlichen Wachstums, während alles andere, all dieses Grübeln und Zurückblicken und Erkennen dessen, was war und was sein wird, schon etwas ganz anderes ist.

In solch einem Zustand, in dem man alles verzeiht und alle erlebten Abenteuer optimistisch deutet, befand sich zum Beispiel eine gewisse Nina, jetzt bereits reife Frau, aber noch genauso mollig wie in ihren Jugendjahren, allerdings hat sie ihre langen, üppigen Haare gegen einen bescheideneren

Kurzhaarschnitt getauscht, der niemandes besondere Aufmerksamkeit erregt.

Dabei gab es eine Zeit, eine tolle Zeit, da Nina mit ihrer rauhen, heiseren Stimme, ganz unnatürlich für solch ein junges Geschöpf, das sie damals war, die Blicke aller auf sich lenkte, und sie rechtfertigte dieses Interesse, dieses Sich-nach-ihr-Umdrehen vor allem mit ihrem üppigen, wilden und widerspenstigen Haar, mit ihren Angewohnheiten eines faulen Tieres, mit ihrem Auf-der-Erde-Liegen während der Spaziergänge im Grünen und ihrem Recken und Strecken, den schläfrigen Bewegungen und dem völligen Vergessen von Ort, Zeit und Umständen, was recht häufig geschah und bei ihr außerordentlich natürlich aussah. Als sie zum Beispiel mit einer Gruppe von Kollegen vor die Stadt fuhr, um das Gelände der Betriebsferienhäuser zu reinigen, lag sie gleich nach Arbeitsbeginn auf dem gerade erst sprießenden Gras und war ganz betäubt von Sonne und Luft und verkörperte mit ihrem Aussehen die stürmische, blühende Jugend, die nur auf den Moment wartet, wo sie explodieren kann und bis zu diesem Zeitpunkt im wahrsten Sinne des Wortes auf der Lauer liegt. Und dieser Moment kam, als alle ihre Rechen und Besen wegwarfen und sich in die Büsche setzten, um zu essen und zu trinken, da kam es zu den Hauptexplosionen, als Nina nämlich mit ihrer unglaublich heiseren Stimme anfing, Gassenhauer zu singen, und sich alle bogen vor Lachen und mit ihr anstoßen wollten, und dann lag Nina schon mit dem Kopf auf den Knien eines anderen; aber das ganze Unterfangen nahm schließlich eine unerwartete Wendung, und Nina beendete nach ihrer Explosion, nach diesen Arbeitsbacchanalien, ihren Tag im städtischen Autobus mit einer leeren Tasche für die belegten Brote auf den Knien.

Auf diese Weise machte Nina hemmungslos von den Gaben ihrer Jugend Gebrauch und plünderte sie, ohne auch nur im geringsten an die Zukunft zu denken. Sie fing sogar an, etwas in der Demonstration ihrer Gaben zu übertreiben, und erzählte übermäßig laut von ihren Heldentaten und toupierte ihr Haar zu einer regelrechten Löwenmähne, so daß langsam, aber sicher ihre Ungeduld zum Vorschein kam, ein heftiges Verlangen nach unerklärlichen Belohnungen und sogar eine direkte Forderung an ihre Umwelt, als ob diese Welt an etwas schuld sei und ihr nichts Gutes wünsche, wo doch die Welt sich gar nicht verändert hatte und genauso war wie eh und je und willig auf die üblichen Ausbrüche der hemmungslosen, stürmischen Ausgelassenheit von Nina reagierte. Nina selbst war es, die sich verändert hatte und ihre üblichen Späße jetzt mit einem gewissen Anteil an Bitterkeit und Hysterie machte. Sie trachtete danach, etwas zu zerschlagen und zu zerstören und sich in einem höllischen Geschimpfe und unverhohlenen Raubüberfällen bei Tisch auszudrücken, wo es passieren konnte, daß sie die Decke runterzog oder einem wildfremden Menschen eine Backpfeife gab.

Aber merkwürdigerweise ging auch die Phase der schlechten Launen vorbei, obwohl man im Gegenteil erwarten mußte, daß sie mit der Zeit, mit den neuen Verlusten und Mißerfolgen, immer größer werden würde. Aber nein, das geschah nicht. Augenscheinlich war das damit verbunden, daß Nina selbst sich äußerlich veränderte und damit auch die äußeren Umstände, in denen sie lebte. So durch die Straßen gehen wie früher konnte sie nicht mehr, und sie konnte auch nicht mehr so reden und singen, wenn sie sich an ihr völlig verändertes Aussehen erinnerte, sie konnte nicht mehr wie früher durch Skandale die Aufmerksamkeit auf sich lenken. So lebte sie, ohne sonderlich beachtet zu werden; und eingedenk dieses neuen Zustands ließ sie sich die Haare abschneiden und verwandelte sich allmählich in eine ganz normale Frau mit dem Alltag einer Alleinstehenden, die heisere Stimme mochte sogar von einer festen Haltung und einer gewissen Charakterstärke zeugen – und nichts an ihr erinnerte mehr an das frühere junge Mädchen, so daß viele, die an die vergangenen Zeiten zurückdachten, unwillkürlich Bedauern empfanden und bedenklich den Kopf wiegten, ohne zu ahnen, wie unkompliziert und gereinigt Nina jetzt war und was für eine Zeit für sie begonnen hatte.

DAS ALIBI

Es gibt zwei Arten, jemanden auf die Schippe zu nehmen: die kollektive, wenn sich mehrere Menschen zusammentun und einen anderen foppen, und die individuelle, wenn eine Person eine andere auf den Arm nimmt. Die zweite Art, und dieser Aussage kann man ohne weiteres zustimmen, ist weitaus gefährlicher als die erste. Und zwar hängt im zweiten Fall alles, der gesamte Charakter des Streichs, allein davon ab, wie ihn derjenige aufnimmt, der gefoppt wird. Eine Menschen*gruppe* dagegen (bei der ersten Art des Foppens) hat ein beinahe unbestrittenes Recht gegenüber dem Gefoppten, das heißt, während die Menschengruppe das Foppen als Spaß betrachtet, kann der einzelne damit oft überhaupt nichts anfangen.

Anders im zweiten Fall, wenn der Mensch, der auf die Schippe genommen wird, den Streich wohl durchschaut als etwas Inhumanes, Gemeines, Grausames, Unverschämtes usw.

Als Valentina Iwanowna den Plan ausheckte, Sharkow einen Streich zu spielen, dachte sie an nichts Schlimmes. Offenbar war sie an diesem Abend allein und saß gelangweilt zu Hause, wie hätte sie sonst auf diese kitzlige Idee kommen können? Außerdem ist es durchaus möglich, daß Valentina Iwanowna beim Wählen von Sharkows Nummer überhaupt nicht plante, ihre Stimme zu verstellen und jene komplizierte Geschichte zu erfinden, die sie sich schließlich ausdachte, daß also alles ohne die geringste böse Absicht passiert ist, ganz von selbst. Außerdem muß man bedenken, daß Sharkow, den sie an diesem Abend anrief, ein, ehrlich gesagt, schlechtes Objekt zum Foppen war. Sharkow und Valentina Iwanowna kannten sich relativ gut, um so mehr war dieser Streich fehl am Platz. Eine andere Beziehung als eine rein dienstliche konnte es zwischen Valentina Iwanowna und Sharkow nicht geben, und deshalb war es um so verwunderlicher, warum Valentina Iwanowna ausgerechnet Sharkow auswählte, dem gegenüber sie nach vielen Jahren gemeinsamer Arbeit ein Gefühl der völligen Vergebung empfand, wenn man sich so ausdrücken kann. So verhielten sich alle zu Sharkow, die mit ihm dienstlich zu tun hatten. Und Valentina Iwanowna spürte genau wie alle anderen die gewisse Aura, die von Sharkow ausging, doch sie hatte sich bald wieder in der Hand und unterdrückte ihre eigenen persönlichen Empfindungen zugunsten der Allgemeinheit, indem sie Sharkows Zielstrebigkeit anerkannte, ungeachtet seiner sonstigen Eigenschaften.

Angesichts dieser Tatsachen war es doppelt merkwürdig, warum Valentina Iwanowna beschloß, ausgerechnet Sharkow zu foppen, und es überhaupt fertigbrachte, ihn anzurufen – obwohl sie im letzten, entscheidenden Augenblick, als sie hätte sprechen müssen, gänzlich ihre Stimme veränderte und damit, wenigstens für den Anfang, Peinlichkeiten aus dem Weg ging. Möglicherweise wollte Valentina Iwanowna mit Sharkow über ein konkretes Problem reden, sagte aber, als sie seine Stimme im Hörer vernahm, mit völlig veränderter Stimme: »Sie kennen mich nicht, und … es fällt mir sehr schwer, mit Ihnen zu sprechen … aber ich habe mich überwunden.«

Valentina Iwanowna bekannte, daß sie eine Dummheit begehe, aber nicht anders könne, und Sharkow entgegnete: »Mit wem spreche ich?«

Von diesem Moment an entwickelte sich ein sprunghaftes, äußerst ungereimtes Gespräch, da Valentina Iwanowna ihrerseits den Eindruck einer absolut unschuldigen, bis in die tiefsten Tiefen offenherzigen Frau erweckte, die in völliger Vertrauensseligkeit schnell ihr Herz öffnet und so weiter. Sharkow seinerseits interessierte sich aber nicht im geringsten für die Frau, die Valentina Iwanowna zu sein vorgab und die er sofort als tatsächlich existierende Realität nahm, er interessierte sich nur dafür, woher die Fremde seine Telefonnummer wußte und wer sie an ihn verwiesen hatte. Und Valentina Iwanowna sagte schließlich ganz unschuldig, sie hätte die Telefonnummer über die Auskunft erfahren.

Dann fragte Sharkow, schön und gut, aber weswegen rufen Sie mich eigentlich an, worauf Valentina Iwanowna gleich entgegnete, ohne Grund, einfach so ... sie habe letzten Sommer ihren Urlaub am selben Ort verbracht wie Sharkow, nur im benachbarten Erholungsheim und so weiter ... und daß alles sehr kompliziert sei und sie nicht alles gleich erklären könne. Nicht am Telefon, fügte Valentina Iwanowna hinzu.

Erst da fragte Sharkow Valentina Iwanowna, wer sie sei. Valentina Iwanowna sagte, ihren Namen verrate sie nicht, er sei auch belanglos bei der jetzigen Lage der Dinge. Dann fügte sie hinzu, sie könne nur sagen, daß sie einen sehr guten Mann und ein Kind habe und die beiden gerade im Ferienheim seien.

Das hätte, so dachte Valentina Iwanowna, und ihr Gedanke gründete sich auf langjährige Lebenserfahrung, Sharkow eigentlich beruhigen müssen, daß sie Mann und Kind erwähnte und daß sie, Valentina Iwanowna, sich zur Zeit in einer prosaischen Lebenslage befand, eine Frau, deren Familie vorübergehend abwesend ist.

Sharkow jedoch fuhr mit seinen Fragen fort, und Valentina Iwanowna war gezwungen, sich immer mehr Einzelheiten über ihre Heldin auszudenken, zum Beispiel, was das Jahr betraf, in dem sie ihr Fachhochschulstudium abgeschlossen hatte, an der Fachhochschule für »holzverarbeitende Industrie, als Technologin, ich arbeite in einem Kombinat«.

»Und in welchem Erholungsheim waren Sie?« fragte Sharkow.

»In der ›Möwe‹«, entgegnete Valentina Iwanowna, und Sharkow verstummte, offenbar, um sich ins Gedächtnis zu rufen, welche »Möwe« in seiner Nähe war.

»Und Sie waren in der ›Blauen Brandung‹« (Valentina Iwanowna wußte von einigen Details aus Sharkows Leben, von denen er ab und an erzählte).

»Frappierend«, sagte Sharkow nachdenklich, »Sie sind ja bestens informiert, woher wissen Sie das alles?«

»Wer hat sie dazu angestachelt, wer ist der Urheber dieses bösen Spiels, wer braucht so was?« dachte Sharkow laut, und Valentina Iwanowna, von peinigender Angst überwältigt, war drauf und dran, den Hörer aufzulegen, konnte aber nicht, da sie fürchtete, Sharkow in seinen Verdächtigungen noch zu bestärken.

»Hören Sie«, zwitscherte Valentina Iwanowna mit verstellter Stimme, »schämen Sie sich nicht, ich habe Ihnen doch gesagt, über die Auskunft!« Auf diese Auskunft stützte sich ihre gesamte Konstruktion.

»Gut«, fuhr Sharkow fort, »aber wer hat Ihnen mein Geburtsjahr genannt? Und meinen Wohnbezirk?«

»Na, Sie haben doch bestimmt selbst schon mal über die Auskunft Ihre Liebe ausfindig gemacht!«

In Valentina Iwanownas Kopf war ein Gedanke aufgeblitzt: Auf die Idee mit dem Auskunftsbüro war sie nicht zufällig gekommen, Sharkow selbst hatte irgendwann einmal jemanden über die Auskunft gesucht, und diese Suche hatte demjenigen, den Sharkow unbedingt finden wollte, nichts Gutes gebracht, von dieser Geschichte wußten alle im Büro.

»So, so«, sagte Sharkow. »Und nun legen Sie schön den Hörer auf, ich werde von einem anderen Apparat die Zentrale anrufen, um zu erfahren, mit welcher Nummer ich verbunden war.«

Die schockierte Valentina Iwanowna legte vorsichtig den Hörer aufs Tischchen, nicht auf die Gabel, wie befohlen, sondern aufs Tischchen, um das Unheil abzuwenden, warum sollte sie seinen Befehl befolgen, sich damit ins eigene Fleisch schneiden? Doch dann griff sie sich an den Kopf: Sharkow hatte ja seinen Hörer ebenfalls nicht aufgelegt, und so waren ihre beiden Apparate weiterhin verbunden, und sie legte schnell den Hörer auf die Gabel, hob ihn dann aber gleich wieder hoch – im Hörer war es still.

Fast die ganze Nacht befand sich Valentina Iwanowna in einem panischen Zustand. Jede Stunde ging sie den Hörer hochheben, aber ihr Telefon blieb stumm, unwiderruflich mit Sharkows Apparat verbunden. Gegen Morgen schlummerte Valentina Iwanowna nach einem entsetzlichen Heulanfall doch noch ein bißchen ein, und als sie erwachte, geschah das ausgerechnet vom Klingeln des Telefons, sie steckte den Kopf unters Kissen, um dieses Klingeln nicht zu hören. Dann dachte Valentina Iwanowna darüber nach, welches Alibi sie sich ausdenken könne, um zu beweisen, daß sie nicht zu Hause gewesen war. Und sie legte sich zurecht, daß in der Zeit, wo sie nicht zu Hause war, ihr Sohn Mädchenbesuch hatte, und dieses Mädchen hatte ihr, Valentina Iwanownas, Telefonbüchlein gefunden, das auf der Seite »S« aufgeschlagen gewesen war. Doch woher wußte das Mädchen so genau über Sharkows Leben Bescheid, über die »Blaue Brandung«?

Valentina Iwanowna wollte sich noch etwas zu diesem Thema ausdenken, daß sie dem Mädchen selbst irgendwas von Sharkow erzählt habe, weswegen dieses nicht irgend jemanden aus dem Telefonbüchlein, sondern ausgerechnet Sharkow angerufen hatte.

Wie dem auch sei, als Valentina Iwanowna am Morgen den Hörer abnahm, ertönte das normale Freizeichen.

Sie seufzte erleichtert auf, vorläufig, ging zur Arbeit und dachte sich unterwegs immer mehr logische Geschichten zu ihrer Rechtfertigung aus, wovon sich ihr Verstand im wahrsten Sinne des Wortes etwas trübte. Am Abend, kurz vor Arbeitsschluß, rief Sharkow Valentina Iwanowna zu sich und bat sie, eine Erklärung zu schreiben.

»Eine Erklärung wozu«, fragte Valentina Iwanowna.

»Wo waren Sie am 17. des Monats nach der Mittagspause, das erklären Sie bitte schriftlich«, entgegnete Sharkow.

Von diesem Augenblick an arbeitete Valentina Iwanownas Gehirn rückwärts, um ein anderes Alibi für den gestrigen Abend zu finden, an dem sie den Hörer in die Hand genommen hatte, um Sharkow anzurufen und ihm alles zu erklären, als sie jedoch seine Stimme vernahm, sagte: »Sie kennen mich nicht ...«

BITTERE TRÄNEN

Warum mußte sie weinen damals, als sie zwanzig war, warum, fragt sich, mußte sie so weinen und sogar vors Auto springen und, ohne nach links und rechts zu sehen, auf den Fahrdamm rennen? Das Auto konnte gerade noch ausweichen, und er, ihre große Liebe, sie in letzter Sekunde einholen, er schleppte sie dann mit Gewalt zu ihrem Haus, wo er sie endgültig stehenließ.

Sie weinte mit ihren zwanzig Jahren wie nie zuvor und niemals mehr danach. Offenbar war es die Zeit, in der sie sich fürs ganze Leben ausheulen mußte, sie weinte tagelang allein zu Hause; sie schmiß ihren Schreibmaschinenkurs, aß nichts, saß nur herum, wie es gerade kam, auf dem Sofa oder auf dem Fußboden, und vergoß Tränen. Nein, einmal ist sie zum Friseur gegangen und hat sich die Haare abschneiden lassen, und zum Weinen kam nun noch hinzu, daß sie sich tagelang völlig sinnlos die Haare bürstete.

Allerdings muß gesagt werden, daß sie sich gründlich auf diese blutige Schlacht vorbereitet hatte, auf ihren Zusammenbruch, den sie dann nicht weniger als zwei Jahre hatte, auch ihre dauernden Versuche, etwas in sich wiederzubeleben, gehörten zu dem lang anhaltenden Zusammenbruch, nur daß sie dabei ein fröhliches Gesicht machte und mit ihrem neuen

Geliebten zu irgendwelchen grauenvollen Besuchen bei ihren Verwandten ging, mit ihm durch den herbstlichen Park schlenderte und sogar einmal daran dachte, eine kleine Flasche zu kaufen, wie in alten Zeiten, nur daß sie jetzt mit einem anderen trank, auf der Erde sitzend, im Laub, zu zweit, genau wie damals – aber ihr neuer Geliebter, an dem sie sich krampfhaft festklammerte, war fremd und hoffnungslos, und er war bemitleidenswert, todunglücklich verliebt und resigniert, so daß nicht er es war, der auf den ausgelassenen Gedanken kommen konnte, eine Flasche zu kaufen. In diesem Moment dachte er gerade an schreckliche Dinge und schmiß zu allem Überfluß sein Studium.

Auch er lief auf Grund, so, wie sie auf Grund gelaufen war, aber er sank gottgefälliger und würdiger als sie, er sank allein, in erhabener und völliger Einsamkeit, er kam sehr selten zu seiner Auserwählten und forderte nichts von ihr, und es war sein Glück, daß sie, Jekaterina, kein Telefon hatte – denn in jener vergangenen Zeit, als Jekaterina sich gerade erst vorbereitete, gründlich vorbereitete auf ihr langjähriges Weinen, konnte sie besinnungslos von einer Telefonzelle zur anderen rennen und im Zustand völliger Raserei anrufen, wobei sie jedesmal dieselbe Antwort erhielt: »Er ist nicht zu Hause, wer möchte ihn sprechen?«

Schon damals schien ihr, als wollten ihn alle vor ihr verstecken und seinen großartigen Frohsinn beschützen, der ihm seinerzeit die Fähigkeit verliehen hatte, so charmant mit seinem Mädchen eine Dampferfahrt auf dem Fluß zu machen, ins Kino zu gehen oder im Schoße der Natur aus einem Flachmann Wodka zu trinken – dieser Frohsinn wurde streng behütet, genau wie sein weißes Hemd mit dem legeren Kragen.

Und sie, Jekaterina, rannte in der vergangenen Zeit immer weiter durch die Straßen auf der Suche nach der nächsten Telefonzelle, und all das mußte unwillkürlich zum Zusammenbruch führen, zu Dunkelheit und zu der Trostlosigkeit, die die folgenden Jahre über sie kam.

Dieser neue Junge aber, ein sympathischer Mensch, sann ebenfalls über etwas nach, während sie durch den herbstlichen Park schlenderten, und sagte schließlich: »Ich liebe dich«, und Jekaterina antwortete: »Ich liebe dich auch, wirklich«, doch plötzlich weinte er, sein Gesicht war augenblicklich naß von Tränen, sonst hatte sich nichts verändert, sie gingen nach wie vor durch den Park, und er brauchte niemanden auf der Welt, niemand konnte sein Leid lindern.

DAS GOLDENE TUCH

Ein Reisender erforschte das Leben von Bergvölkern in fernen Ländern.

Er hoffte, ihre Sprache zu erlernen, vorläufig aber benutzte er wie alle Ausländer Gesten und Portemonnaie und wurde relativ gut verstanden.

Auf diese Weise mietete er sich einen Bergführer mit Esel.

Zwei Tage später wanderten sie bereits auf einem schmalen, steinernen Pfad, links Felsen, rechts eine tiefe Schlucht, wie immer in den Bergen.

Plötzlich gab es ein Erdbeben.

Von oben fielen Steine herab, der Pfad wankte, die gegenüberliegende Schluchtwand schwankte hin und her und stand dann wieder gerade.

Der Bergführer hieß den Esel sich hinlegen und ließ sich neben ihm nieder.

Das gleiche tat auch der Reisende und bedeckte den Kopf mit den Armen, die Erde unter ihm rutschte zur Seite und nach vorn, sie bewegte sich in alle Richtungen. Zu allem Unglück brach auch noch die Nacht herein.

Anderntags, im Morgengrauen, trat Stille ein, und der Reisende sah, daß Führer samt Esel nicht mehr da waren und der Pfad weggebrochen war.

Das heißt, der Reisende lag auf einem steinernen Vorsprung, unter ihm der Abgrund, über ihm der Felsen. Das Ende.
Allerdings flatterte oben, ungefähr drei Meter über ihm, im Wind ein Stoffetzen.
Der Wissenschaftler hatte keine Wahl, er mußte nach oben zu diesem Stoffetzen klettern, er überlegte, vielleicht ist mein Führer diesen Weg gegangen und hat mir diese Zeichen zurückgelassen, gestern hing der Stoffetzen noch nicht dort.
Bergauf geht es immer leichter als bergab, das ist ein Gesetz der Berge, die Rückkehr gelingt nicht jedem. Der Wissenschaftler dachte darüber nach und verabschiedete sich von seinem bequemen Vorsprung wie vom heimatlichen Herd.
Aber diese kleine Heimat hatte keinen Sinn, in Erwartung einer Rettung oder eines Hubschraubers konnte man hier nur langsam verrecken.
In diesem wilden Land jedoch hatte allein der König einen Hubschrauber, und der König lebte in einer ganz anderen Ecke der Berge und hütete ihn für den Fall eines Umsturzes wie seinen Augapfel, er gab ihn niemals aus den Händen.
Davon wußte der Reisende von erfahrenen Leuten.
Der Wissenschaftler kletterte also nach oben in der Hoffnung, den Bergführer zu finden, er klammerte sich mit Fingernägeln und Schuhen an den Felsen und schaffte es irgendwie, zum Stoffetzen zu kommen.
Da gewahrte er einen schmalen Spalt im Stein, er stopfte den Fetzen unters Hemd und schob seinen Körper hinein.
Wieder war es leichter, nach oben zu klettern als zurückzukehren, der Weg nach unten war versperrt, und der Wissenschaftler zwängte sich immer weiter nach vorn, wobei er auf jedem Vorsprung eine Pause machte, er preßte sich durch den engen Spalt in die Tiefe des Felsens.

Er kletterte und kletterte, und plötzlich sah er, daß das kein Spalt mehr war, sondern eine Straße in einer Bergsiedlung, zu beiden Seiten von Steinhäusern und Mauern gesäumt.

Der Wissenschaftler schaute in die Häuser, konnte aber niemanden finden.

Es gab buchstäblich nicht eine einzige menschliche Spur, weder Geschirr noch Scherben, weder Decken noch Kissen – nur nackte Wände.

Dennoch beschloß der Wissenschaftler, ein wenig zu rasten, er legte sich in einem Haus nieder und deckte sich mit dem Stoffetzen zu.

Dabei schaute er sich ihn genauer an. Es war so etwas wie eine alte Tischdecke oder Fahne, ausgeblichener Stoff, mit schwarz gewordenem Gold bestickt.

Jedes beliebige Museum der Erde hätte dafür viel Geld bezahlt, aber daran dachte der Wissenschaftler jetzt nicht.

Er deckte sich mit dem Tischtuch zu, und Friede und Ruhe senkten sich über sein armes Haupt, seine geschundenen und blutigen Arme und Knie hörten auf zu schmerzen.

Kurz darauf weckte ihn ein merkwürdiger Lärm, er sprang auf und rannte ins Freie.

Es war bereits Nacht, auf der Straße hatten sich kleine, magere Menschen versammelt, die sehr aufgeregt waren.

Sie sagten etwas und zeigten in die Ferne, der Wissenschaftler legte sein Tuch zusammen, stopfte es unters Hemd und ging in die gewiesene Richtung.

Die Menschen folgten ihm.

Sie liefen die ganze Nacht – erst auf der Straße, dann auf Pfaden, über Abgründe hinweg, durch Felsspalten, über Hängebrücken, Gebirgspässe, der Himmel war pechschwarz, ohne Sterne – offenbar hingen die Wolken sehr tief.

Aber trotz allem fand der Wissenschaftler an der Spitze der Expedition, die sich so unerwartet gebildet hatte, den Weg und wunderte sich selbst, warum ihm das Laufen in dieser undurchdringlichen Finsternis so leicht fiel.

Schließlich erblickten sie vor sich eine hohe Bergspitze, deren Umrisse in den Strahlen der noch unsichtbaren Sonne wie rosa Kristall leuchteten und blitzten.

Bei genauer Betrachtung erwies sich der Fels als Haus mit vielen Stockwerken, obwohl nur die obersten Fenster zu sehen waren, die unerträglich hell leuchteten, als wäre drinnen die Sonne versteckt.

Weiter unten sahen sie gewöhnlichen grauen Stein mit roter Maserung.

Allerdings entdeckte der Wissenschaftler an einer Stelle etwas, das wie ein kleines schiefes Fenster aussah, es kam ihm verstaubt vor und sogar regenbogenfarbig vom Alter.

Ohne zu überlegen, zog er das Tuch unterm Hemd hervor und wollte das Fensterchen blank reiben.

Da sah er, wie sich eine riesige Tür im Fels auftat, ähnlich einer Flugzeugtür, und er ging an der Spitze seiner kläglichen Truppe durch sie hindurch.

Im Innern öffnete sich ein großer Saal, der aussah wie ein Bahnhof, überall saßen oder lagen Menschen, müde und zerschlagen, wie Flüchtlinge.

In der Nähe der Tür stand der Bergführer des Professors, beide freuten sich über das Wiedersehen, taten aus irgendeinem Grunde aber so, als kennten sie sich nicht.

Der Wissenschaftler hielt immer noch sein Tuch in der Hand und merkte plötzlich, daß es golden leuchtete.

Die Menschen wurden von diesem Tuch angezogen, auch der Bergführer kam näher.

Das Tuch leuchtete jetzt wie flüssiges Glas, es funkelte bei jeder Bewegung in allen Farben.

Die Leute scharten sich um den Wissenschaftler, das Licht erhellte ihre Gesichter.

Der Professor hielt ihnen das alte Fahnentuch hin, er wollte ihnen sagen, sie können beruhigt sein, er wird das Tuch nicht behalten.

Zufällig berührte er mit dem funkelnden Stoff einige Menschen, und im nächsten Augenblick waren sie verschwunden.

So, wie auf dem Computer ein Buchstabe verschwindet, wenn man auf eine bestimmte Taste drückt, dachte der Wissenschaftler

Er erschrak sogar, aber es schien, als ob alle Menschen um ihn herum darauf warteten, daß er auch sie berühre.

So ließ er die anderen das Tuch ebenfalls anfassen.

Als letzter trat der Bergführer zu ihm, neigte den Kopf und verschwand nach der Berührung.

Auf diese Weise blieb der Professor als einziger zurück.

Aber er hatte keine Furcht, er stopfte das funkelnde Tuch an seinen alten Platz unters Hemd, und auf der Stelle verschwand die riesige Höhle vor seinen Augen.

Wie ein auf dem Computer verschwundener Buchstabe tauchte er plötzlich an einer völlig anderen Stelle auf, nämlich auf dem Bergpfad neben seinem Führer – nur der Esel fehlte.

Der Bergführer erzählte in einer wissenschaftlichen Sprache, die der Professor sehr gut verstand, er sei in den Abgrund gestürzt und habe das Bewußtsein verloren, dann sei er wieder zu sich gekommen und habe recht schnell den Pfad nach oben gefunden.

Das Eselchen war offenbar krepiert.

Mit ihm waren die gesamte Ausrüstung und die Lebensmittel

verlorengegangen, aber unser Reisender und der Bergführer bewältigten den Rückweg relativ leicht, und der Professor flog am selben Tag mit dem Flugzeug in seine Heimat.
Zu Hause las er alle Zeitungen, die sich in dem einen Monat angesammelt hatten, er erfuhr, daß in dem Land, aus dem er gerade gekommen war, tatsächlich ein starkes Erdbeben stattgefunden hatte und eine ganze Stadt, die zweitgrößte, von einer Steinlawine verschüttet worden war.
Aber die Menschen hatten Glück im Unglück – noch in derselben Nacht war es zu einem erneuten Bergrutsch gekommen, die Steinlawine war in eine tiefe Schlucht weitergerutscht, und die in ihren Häusern begrabenen Menschen konnten sich retten.
Allerdings beunruhigte die Journalisten eine andere Sache – bis auf den letzten Mann waren alle diese geretteten Menschen stumm geworden, außer einem professionellen Bergführer, der aus einer anderen Stadt stammte und den Zeitungsleuten vom Unglück berichtete.
Jedoch weinte dieser Bergführer ununterbrochen und behauptete, er könne sich nicht mehr an seine Vorfahren erinnern.
Das heißt, er erinnerte sich weder an seinen Vater noch an seinen Großvater.
Also hatte dieses Erdbeben für ihn ebenfalls Folgen.
Dem Professor dagegen ging es gut – er bereitete für das Fernsehen eine Filmserie über dieses Bergland vor –, zu seinem Glück war das Land wegen der zwei geheimnisvollen Erdbeben und der wundersamen Errettung einer ganzen Stadt (und des Verstummens der Einwohner) in aller Munde.
Außerdem hatte der Professor ebenfalls am Erdbeben teilgenommen!

Und er hatte einen schlagenden Beweis – das alte Fahnentuch (oder Tischtuch), sein wissenschaftliches Beutestück.
Für dieses Tuch bot ihm das Britische Museum ein lebenslanges Stipendium und eine Stelle als Kustos in der Abteilung für Bergvölker.
Kein Museum der Welt besaß ein vergleichbares Exponat, und der Professor überlegte sogar eine Weile, ob er das Tuch (oder die Fahne) nicht noch an anderer Stelle zeigen sollte und ob man ihm nicht auf einer Auktion von Sotheby's mehr bieten würde.
Er führte sein Tuch, das er als magische Fahne der Berge bezeichnete, einigen Spezialisten vor, die Wissenschaftler wiegten die Köpfe und meinten, so etwas hätten sie noch nie im Leben gesehen.
Der Professor erzählte, in den Bergen habe das Tuch die Eigenschaft, in den Strahlen der Morgensonne wie flüssiges Glas zu leuchten.
Darüber wurde auch im Fernsehen berichtet, und man beschloß, diese Lichterscheinung an Ort und Stelle zu filmen, zu welchem Zweck eine neue Expedition zusammengestellt und viel Geld beschafft wurde, dem Professor bot man ein hohes Honorar an, doch sollte er dem Filmteam nicht hineinpfuschen und zu Hause bleiben, sie meinten, sie würden den Ort allein, ohne ihn, finden. Offenbar wollten sie bei der Expedition nicht auch noch Geld für den Professor ausgeben.
Aber der blieb hartnäckig – sein sehnlichster Wunsch war, wieder in die Berge zu fahren und mit weiter Brust die reine Höhenluft zu atmen, Geld besaß er keins, er hatte sich immer noch nicht entschieden, wohin mit dem alten Tuch.
Aus irgendeinem Grund widerstrebte es ihm, es in fremde Hände zu geben, selbst für viel Geld.

Hier machte sich der Charakter eines Sammlers bemerkbar, ein echter Sammler stirbt lieber Hungers, als daß er eines seiner geliebten Stücke verkauft.

Also wurde der Professor Mitglied des Fernsehteams, flog in das kleine Grenzdorf und fand sehr schnell seinen Bergführer. Dieser lag in seinem Haus auf dem Fußboden, er weigerte sich strikt mitzukommen und zeigte dem Professor sogar wütend die Faust.

Sofort mischten sich die Fernsehleute ein, sie redeten mit den Eltern des Bergführers, schenkten ihnen einen japanischen Fernsehapparat, der ohne Antenne und Strom (mit Sonnenenergie) lief, die Alten rüttelten ihren Sohn, gaben ihm Fladen und einen Kürbis mit Wasser und schickten ihn aus dem Haus, selbst aber setzten sie sich vor die Kiste.

Der Bergführer jammerte, er habe keinen Esel mehr, er wisse nicht mehr, wer seine Vorfahren seien, doch anstelle des Esels mietete das Team den königlichen Hubschrauber und flog in die Berge.

Was die Vorfahren des Bergführers anbelangt, hat jeder welche und weiß herzlich wenig von ihnen, als ob das etwas Besonderes wäre.

Nach einer Wegstunde entdeckten der Bergführer und sein ehemaliger Kunde, der Wissenschaftler, den alten Pfad, zuerst seilte sich der Kameramann ab und fing sofort an, die Gegend zu filmen, ihm folgte der Bergführer und zuletzt der Professor. Als dieser wieder auf vertrautem Boden stand, blickte er mit Tränen in den Augen in die Gegend, ohne sich auch nur im geringsten um den Kameramann zu scheren.

Die Morgensonne schien, und die Berge ringsum leuchteten.

Der Bergführer stand mürrisch am Abgrund und schaute nach unten.

Nun hatten sich auch die übrigen auf den Bergpfad heruntergelassen, und der Hubschrauber flog davon.
Auf dem engen Pfad war buchstäblich kein Durchkommen mehr.
Dem Professor wurde übel, und er sagte, er würde sofort die Stelle finden, wo er das letzte Mal das Tuch entdeckt hatte.
In Wirklichkeit wollte er einfach nur allein sein.
Er kletterte direkt nach oben.
Die Kamera verfolgte ihn.
Als er auf dem bekannten Vorsprung angekommen war, merkte er, daß der Kameramann ihn nicht mehr sehen konnte, er freute sich sehr und schaute sich um.
Ganz unten schimmerte durch das Gestrüpp die Grenzsiedlung, wo die Eltern des Bergführers vorm Fernseher saßen und sich eine amerikanische Serie anschauten.
Weit in der Ferne erblickte er den rosa Felsen, das Bergschloß, das wie Kristall funkelte, und den Turm der Toten, vor dessen Eingang er gestanden hatte, wie er erst jetzt begriff.
Als er so in unbequemer Haltung, sich mit den Fingernägeln am Felsen festhaltend, über dem Abgrund stand, überlegte er, warum wohl die geretteten Menschen alle bis auf den letzten Mann verstummt waren.
Der Turm der Toten leuchtete in der Ferne wie ein kleiner angespitzter Bleistift aus Glas.
Er leuchtete so stark, daß dem Professor Tränen in die Augen traten – und als er sich für eine Sekunde abwandte, erblickte er unter sich das Aufnahmeobjektiv und den unglücklichen Kameramann, der ihm hinterhergeklettert war und sich mit einer Hand krampfhaft am Felsen festklammerte.
Da kletterte der Professor noch höher und verschwand aus dem Blickfeld des Kameramanns.

Gegen Abend kam der Hubschrauber angeflogen, und es gab große Unannehmlichkeiten, weil der Kameramann nichts gefilmt hatte, der Hubschrauber rettete den Zornesbleichen vom Felsen.
Auch den Professor holten sie von seinem Vorsprung, er antwortete auf keinerlei Fragen, und das alte Tuch war verschwunden. (Der Professor zeigte sein leeres Hemd und seine leeren Hosentaschen vor und wies nach, daß es auch nicht um seinen Körper gewickelt war.)
Dafür strahlte der Bergführer wie eine Bronzeschale, blickte den Wissenschaftler liebevoll an und sagte ihm etwas sehr Fröhliches – doch diesmal begriff der Professor nicht, was er meinte. In dem Augenblick, als er das alte, zerschlissene Tuch unter seinem Hemd hervorgezogen und an den spitzen Felsvorsprung gehängt hatte und die alte Fahne zum Abschied aufleuchtete und verschwand, hatte er die Fähigkeit verloren, die Sprache des Bergvolks zu verstehen.
Auch der Turm der Toten funkelte in dieser Minute zum letzten Mal in der Ferne auf und verschwand im Nebel.
Für den Wissenschaftler nahm alles ein sehr trauriges Ende, das Fernsehen erlitt große finanzielle Verluste, denn ohne das alte Tuch hatte die Sendung keinen Sinn – Berge sind Berge, sie sind überall gleich, und ein vom Kameramann gefilmter Professor, der ungeschickt eine Felswand hinaufklettert und für mehrere Stunden verschwindet, ist keine Sensation.
Alle möglichen Idioten kraxeln eine Wand hoch!
Kurzum, die Sendung wurde abgesetzt, das Team kehrte nach Hause zurück, den Professor aber nahmen sie nicht mit, zur Strafe ließen sie ihn mittellos in den Bergen zurück.
Erst ein Jahr später kehrte er heim, das Geld für das Flugticket hatte er sich als königlicher Bibliothekar erarbeitet.

Aber jemand hatte ihm dabei geholfen, hatte ihn durch die Berge geführt, direkt in den Palast.
Alles ist möglich, in solch einem wilden Land kann sich auch ein Bergführer als Verwandter des Königs entpuppen, dort sind alle miteinander versippt.
So daß für den Professor noch einmal alles glimpflich abgegangen war. Obwohl er sein Lehramt verlor.
Aber in Wirklichkeit beneideten ihn alle Wissenschaftler der Welt aus Museen und Universitäten schrecklich.
Ihm war es geglückt, ein ganzes Jahr in den wilden Bergen zu leben, wo normalerweise niemand aufgenommen wird, wo niemand sich auch nur einen Tag länger als einen Monat aufhalten darf – und damit nicht genug, er war sogar bis in die königliche Bibliothek vorgelassen worden, wovon buchstäblich jeder träumt!
Allerdings zog er auch daraus keinerlei Vorteil, kein einziges Buch hatte er mitgebracht, mehr noch, er schrieb nicht einen einzigen Artikel über diese Bibliothek.
Er teilte lediglich einem Bekannten mit (und das kam sofort in die Zeitung), daß die Geschichte mit dem Verstummen der Bergstadt nichts als ein Hirngespinst gewesen war.
»Alle können hervorragend reden, besser als Sie und ich«, sagte der Professor zu dem Mann.
Es sei angemerkt, daß er doch noch eine Arbeit fand, nämlich als Wächter in einem Museumssaal, die Leute jedoch, die diesen Saal besuchen, betrachten nicht Krüge und verrostete Äxte, sondern den Professor, der still an der Wand steht.
An den Tagen, an denen er nicht da ist, erzählt seine Kollegin den Besuchern hinter vorgehaltener Hand, der Professor arbeite heute an anderer Stelle, nämlich in der königlichen Bibliothek in den Bergen.

»Und wäre nicht seine alte Mutter, die er versorgen muß, er wäre schon längst für immer weggeflogen. Ich habe ihn hier untergebracht. Ich bin mit seiner Mutter befreundet, sie hat mich darum gebeten. Er muß schließlich Geld verdienen. Ein Glück, daß er für die Reise nichts bezahlen muß, er fliegt einfach so, kostenlos. Sie mögen ihn dort.«

Die Besucher hätten gern noch mehr Fragen gestellt, wie man zum Beispiel kostenlos fliegen kann, »einfach so«, aber da sie wohlerzogene Leute sind, tun sie so, als verstünden sie.

SCHWACHE KNOCHEN

Ich bitte Sie, Rawschan, was soll ich mit ihr anfangen?«
»Ich hab's versprochen, noch fünf Minuten.«
»Jetzt hab ich sie auf dem Hals. Was wollen Sie bloß von ihr?«
»Warten wir noch fünf Minuten, bitte.«
»Irgend so eine Hochstaplerin. Bestimmt Journalistin.«
Endlich erscheint sie, wie sich später zeigte, wirklich Journalistin, in weiten, viel zu kurzen Hosen, »reine Baumwolle«, wie sie bescheiden preisgibt, und diese ihre reine Baumwolle ist bedruckt mit fliederfarbenen Blümchen auf grauem Grund. Das sind eher Fußlappen, die Hosen reichen kaum bis zu den Knöcheln, dann noch weiße Stoffschuhe wie bei einer Leiche! Aber eine Selbstsicherheit hat die! Sie hüpft auf Zehenspitzen wie ein Zicklein umher, als sie aus dem Hotel »Intourist« tritt, ihrem Schicksal und ihrem Tod entgegen, das heißt, Rawschan und mir.
»Ich habe zu Rawschan gesagt«, sage ich ihr, »welcher Teufel hat Sie uns auf den Hals gehetzt? Sind Sie Journalistin?«
»Was für ein scharfes Auge Sie haben!« sagt sie verwirrt. »Wie haben Sie das so schnell rausgekriegt?«
Völlige Begeisterung auf ihrer Seite. Ich: »Von welcher Zeitung sind Sie denn?«

»Nicht Zeitung, Zeitschrift, ›Ihre Meinung‹. Zufrieden?«
»Kenne ich, Polewaja Straße.«
»Mensch, Sie haben vielleicht ein scharfes Auge! Sie haben gleich alles rausgekriegt.«
»Journalisten erkennt man gleich! Welche Abteilung?«
»Ausland.«
»Aha«, sage ich und denke bei mir, daß ich niemanden in dieser Abteilung kenne und was das denn für eine Abteilung sei, aber nun wird mir alles klar, sie macht Interviews und begleitet Gäste, daher ihr ausländisches Aussehen, das heißt, das Aussehen, das ausländische Frauen sich geben, wenn sie sich mal loseisen und hinter den eisernen Vorhang fahren und goldene Jugend spielen, laut lachen, plappern, ohne BH rumlaufen und empört sind über die Schieber, die sie abends vor dem Hotel abfangen und mit versumpfter Stimme hinter vorgehaltener Hand nach Sachen fragen, die man nicht erwartet: »Hei, haben Sie Jeans? Hei, Jeans?«
»No, no, nein.«
»Nein?« wiederholt der Schieber. »Keine Jeans?«
Genau so eine ist sie. Am Arm, ad eins, ein Dutzend Reifen aus Emaille. Rote Haare, an manchen Stellen sehr hellrot (unter dem Henna offensichtlich grau), locker zu Zöpfen geflochten, strubbelig, nur mit einem roten Fädchen zusammengefaßt der eine Zopf, der andere mit was anderem. Die Brille schillert regenbogenfarben, winzige Augen hinter riesigen Gläsern, und wenn sie den Kopf dreht, schlägt der Hals Falten. Aber das Gesicht übersät mit kindlichen Sommersprossen.
»Bei Rothaarigen«, sagt sie, »bei Rothaarigen ist das immer so, wissen Sie das denn nicht mit Ihrem scharfen Auge?«
»Woher soll ich wissen, daß Sie rothaarig sind.«
Sie kichert, offenbar ist sie schockiert, daß ich sie durchschaute.

Alles an dir liegt offen da, mein Täubchen, alles ist sichtbar.
»Warum haben Sie sich denn so schick gemacht?«
»Das ist reine Baumwolle«, erklärt sie, »nicht von hier. Ich trage immer ausländische Sachen.«
Völlig klar, daß sie die Hose irgendwo billig ergattert hat.
Pause.
»Mein Traum ist, eine Schneiderin zu finden!« ruft sie aus. »Ein Mädchen, das alles macht, was ich sage.«
Eine komische Journalistin, Brille übers halbe Gesicht, Sommersprossen, Zöpfe, rothaarig, lila Pantalons, weiße Stoffschuhe, 25 Jahre könnte man ihr geben, höchstens dreißig, aber die Falten!
Äußerste Erschöpfung, Abnutzung, es gibt so eine Krankheit, Muskelatrophie, offenbar lag bei ihr so was vor. Was soll man machen? Jemand hatte mir mal von so einer Atrophie bei einem Mann erzählt, der mit vierzig schon ein Greis war, im blühenden Mannesalter.
Aber weiter, ich belehre sie: »Na, das ist dann aber alles keine Qualität, irgendeine Schneiderin. Da entsteht nur Marke Eigenbau.«
»Was?«
»Na, Selbstgenähtes trägt man heutzutage nicht mehr.«
»Oh, ich würde mir was Tolles ausdenken, und ich würde es tragen. Überhaupt finde ich es gut, wenn man nur ein paar Sachen besitzt, ich habe eine Freundin, die nimmt zwar gepfefferte Preise, aber Dior ja auch.«
»Sie haben was von Dior?«
»Ein paar Sachen.«
Die schwindelt. Ich habe den Eindruck, als ob überhaupt alles geschwindelt ist. Die hat nichts von Dior, das paßt nicht zu diesen komischen Hosen.

Rawschan schweigt. Rawschan schaltet sich ein, als wir die Gewölbe der antiken Stadt Chasa betreten. Die Brücke aus Edelstein, Kindergeschrei, von Haus zu Haus kann man sich die Hand reichen, überall Rohre, Zivilisation in Gestalt von Gasleitungen ist hier vorherrschend.

Aber die listige Bestie zieht Rawschan ins Gespräch, sie zwitschert: »Was würden Sie tun, würden Sie Ihre Frau umbringen, wenn sie Sie betrügt?«

»Ich? Ich würde sie umbringen!« sagt Rawschan entschlossen, und ich glaube ihm. Er lügt nie, das liegt ihm nicht, das sieht man ihm an.

Vier Stunden sind wir durch die Stadt gelaufen, er ist mir zugeteilt worden, er sollte mich nach der Vorlesung ins Hotel bringen. Er hat meine Blumen durch die ganze Stadt geschleppt, und alle Bekannten haben ihm auf seine traditionellen Worte: »Wie steht's, wie geht's der Mama?« zugerufen: »Gratulieren!«

Und haben mich gemeint, weil er mich mit Blumen begleitet hat. Und laut gelacht. Rawschan hat es mit einem Scherz abgetan, er ist sehr taktvoll.

Er lieferte mich im Hotel ab und wollte mich später durch die Stadt führen, und im Vestibül hängte sich dann diese Journalistin an uns, Lionelle mit Namen, nicht irgendwie, der Name ist sicher auch geschwindelt. Da hat sie wie eine typische Ausländerin ausgesehen, sie hatte was anderes an, nicht diese komischen Hosen, ich kann mich nicht mehr erinnern, auch keine weißen Stoffschuhe. Ob es Jeans waren? Ich trage auch Jeans, toll. Sie hat Rawschan und mir so freundlich zugezwinkert und immer dazwischengeredet, als wir besprochen haben, wie ich am nächsten Morgen am besten nach Klytsch komme.

»Klytsch. Ich will auch nach Klytsch. Safi, ja? Die Stadt Safi?«

»Safi, Safi«, habe ich freundlich gesagt, weil ich sie für einen ausländischen Gast hielt und besonders achtungsvoll zu ihr sein wollte, das heißt, nicht so wie zu den eigenen Leuten, nicht unterwürfig. Dabei rede ich sowenig wie möglich, das passiert automatisch, das habe ich mir angewöhnt in den vielen Hotels, wenn ich auf Reisen bin – je weniger man spricht, desto achtungsvoller begegnen dir die Leute, weil sie dich für eine Ausländerin halten. Dann bedienen dich auch die Kellner morgens bis elf, zusammen mit den Ausländern, dann betrachtet es ein Autofahrer als Ehre, dich kostenlos wohin zu fahren, und auf dem Basar kannst du dir ein Stück Melone abschneiden mit ihrem Messer.

»Safi«, sage ich also und öffne die Lippen nicht mehr automatisch.

Sie ihrerseits freut sich schrecklich. Es hat geklappt, sie hat eine Ausländerin gefunden als Begleiterin und redet mit mir frei von der Leber weg russisch (da ich ja Ausländerin bin), wann das Flugzeug fliegt, wann wir aufstehen müssen, und Rawschan verspricht gleich, für sechs Uhr früh ein Auto zu bestellen, das uns zum Flughafen bringt. Kurz gesagt, ich hatte nicht mal zwei Worte von mir gegeben, da hatte sie sich schon an mich gehängt, um mit mir nach Safi zu fahren. Über Klytsch. Na gut. Rawschan wartete auf uns, ich rannte in mein Zimmer, auf die Toilette, duschte, zog mich um – und finde, als ich runterkomme, Rawschan vor, der stur wie ein Esel unbedingt noch fünf Minuten auf diese Adelina lauern will.

»Ich bitte Sie, Rawschan, was soll ich mit ihr anfangen?« sage ich. »Jetzt habe ich sie auf dem Hals. Die macht mich krank. Wie heißt sie? Adrenalina? Solche Leute kann ich nicht länger als fünf Minuten ertragen.«

»Noch fünf Minuten«, sagt Rawschan und lacht beharrlich. »Ich hab es versprochen.«

»Verdammte Journalistin. Sie werden sehen, sie ist Journalistin.«

Rawschan schüttelt den Kopf. Auf seinen Lippen liegt ein undurchdringliches Lächeln. Er wartet hartnäckig. Ich warte ebenfalls. Sie kommt herausgeflattert, die Schuhe hat sie gewechselt, und geht wegen der fehlenden Absätze auf Zehenspitzen, spielt uns was vor. Offenbar hat sie lange nachgedacht, was sie anziehen soll, und hat sich für diese entsetzliche reine Baumwolle entschieden. Es folgt das bereits bekannte Gespräch über mein scharfes Auge und über ihre, Iraidas, Auslandsabteilung. Wir gehen in die Stadt, die Dämmerung senkt sich auf die Lehmwürfel, Kuppeln, Gemäuer, auf die steinerne Brücke, unter der ein metertiefer Leerraum zu ahnen ist. Wir unterhalten uns über die Beerdigungsbräuche der Muslime. Rawschan erklärt uns alles, er erzählt in allen Einzelheiten vom Klagegeschrei der Verwandten, wie der Leichnam eingewickelt, wie er ins Grab gelassen und in eine speziell ausgehobene Öffnung geschoben wird, seitlich, wie in eine kleine Höhle, wo der Verblichene einen freien Raum über seinem Kopf hat. Nachdem er uns das alles erzählt hat, kritisiert er ein bißchen das Klagegeschrei der Alten, er sagt, es sei nicht zum Aushalten, wenn im Haus geheult wird. Mir fällt plötzlich ein, daß Rawschans Vater vor zwei Jahren gestorben ist, er hat es mir erzählt, und der Vater ist für sie das größte Heiligtum. Der Vater und die Kinder. Vor allem Jungen.

»Rawschan, mal ehrlich, Sie würden doch nicht Ihre Frau umbringen, wenn Sie wüßten, daß Sie dafür viele Jahre kriegen oder erschossen werden?«

»Doch. Ich würde es tun«, sagt Rawschan, der noch unverheiratet ist, aber seine Braut und sein zukünftiges Leben schon kennt. »Wenn ich nach Hause komme«, erklärt er, »hau ich mich gleich aufs Ohr und schlafe sofort ein.«

Abrupt wechselt er das Thema, möchte von sich erzählen, wenn er schon so umgarnt wird. Er faßt Vertrauen.

»Und essen nicht mal Abendbrot?« frage ich.

»Nein, zuerst esse ich Abendbrot, und dann hau ich mich sofort aufs Ohr.«

»Und ziehen sich nicht mal aus?«

»Nein, ich esse Abendbrot, ziehe mich aus und haue mich aufs Ohr.«

»Und was ist Besonderes daran?«

»Ich bin gleich weg. Ich schlafe sofort ein. Ich träume nichts, keinen einzigen Traum. Das ist sehr schlecht. Den ganzen Tag bin ich unterwegs, ohne müde zu werden, und dann bin ich gleich weg und träume nichts.«

»Sie müssen mal jemanden bitten, daß er Sie beobachtet«, sage ich. »Ob Ihre Augäpfel sich im Schlaf bewegen. Wenn sie sich bewegen, ist es keine Neurose, Sie erinnern sich einfach nicht an die Träume.«

»Wahrscheinlich«, sagt Rawschan, Mitarbeiter der Gesellschaft »Wissen«.

Schluß. Unser Thema ist erschöpft. Adelheid leuchtet mit ihrer schlaffen Haut in der nächtlichen Dunkelheit für Rawschan, sie möchte gern fliegen oder tanzen. Sie balanciert auf dem Geländer über den Kanal.

»Ich wollte immer Ballerina werden«, sagt sie, während sie auf dem Geländer tanzt. Rawschan ist schon bei ihr und hält ihre Hand. »Wenn ich Ballerina wäre«, teilt sie mit, »würde ich im Harem Bauchtanz machen. Rawschan, würde ich in einen Harem passen?«

Rawschan öffnet schon den Mund, aber ich komme ihm zuvor: »Ich habe über eine junge Frau von vierundzwanzig Jahren gelesen, die hier lebt, die soll den höchsten IQ, den höchsten Intelligenzquotienten, der Welt haben, irgendwas mit 186. Einstein hatte 175. Und sie 186. Sie ist Doktor für Physik und Philosophie, hat alles hingeschmissen und ist in die Kneipe gegangen, um Bauchtanz zu machen.«

»Das bin ich«, sagt diese Semiramis, und Rawschan hält ihre Hand. Dann führt er uns in die Stadt, wir klettern auf das Dach der Tschor-Minor-Moschee, vier Minarette, wir beleuchten den Weg, indem wir Zeitungen anzünden, wir klettern die dunkle Treppe hoch, sind ausgelassen wie Kinder. Rawschan stützt uns, mal die eine, mal die andere, für mich ist er der offizielle Begleiter, für Adelina einfach Kavalier, jetzt hält er mich am Ellenbogen fest, er ist in Hochstimmung, seine Augen leuchten, er kauft für uns Melone auf dem Basar, wo sich schon alle zur Ruhe legen, wir sind wie Geschwister. Die Verkäufer machen es sich auf ihren Ladentischen bequem, über den Basar erhebt sich der Turm des Todes, dessen eine Hälfte von einer Glühbirne beleuchtet ist, die andere Hälfte ist dunkel. Das Licht der Sterne und die dunkle Silhouette der nach oben strebenden Turmspitze. Es rieselt einem kalt über den Rücken.

»Mir bleibt das Herz stehen«, sagt diese Aminosäure, die alles verschlingt, was mir gehört. »Bin ich's, oder bin ich's nicht, ich begreife es nicht. Was für eine warme Nacht!«

»Sie verfluchte Journalistin! Sie Schwätzerin!« sage ich. Sie lachen beide milde.

Da gibt uns unsere Salmonelle eine tolle Vorstellung, sie hat schmale Ärmchen, weiße Schuhe, ausgeleierte Hüften, sie ist ganz Flug und Inspiration, sie lacht und plappert, mich hat er

ganz vergessen, er bedrängt Salome, ob wir nicht in die Hotelnachtbar gehen wollen. Und sie antwortet plötzlich ganz sachlich: »Wenn Sie Dollars hätten, dann … Dort kriegt man alles nur für Dollars.«
Rawschan wird wieder nüchtern, man kann nicht alles haben, er versteht.
Wir sind bereits auf dem Nachhauseweg.
»Los, los, wir fahren zum letzten Stock hoch, aufs Dach, betrachten uns die Lichter des nächtlichen Chasa«, sagt sie zu uns. Ich gehe nicht hoch, sie haben genug mit sich zu tun, sie hat ein Einzelzimmer, sie bezahlt für zwei, um ein Einzelzimmer zu kriegen. Die sollen allein miteinander zurechtkommen.
Wer ist sie? Bei einer Zeitschrift arbeitet sie todsicher nicht. Sie ist aus anderem Holz geschnitzt. Die Weiber in einer Zeitschrift sind anders, nicht solche Hochstaplerinnen wie sie. Wahrscheinlich ist sie keine Freiberufliche, ist irgendwo Mädchen für alles, hier lebt sie wie eine Touristin, die zu Hause spart und spart und dann die Ketten sprengt und die Leute an allen nur möglichen öffentlichen Plätzen mit Shorts und T-Shirts ohne BH in Staunen versetzt.
Alles geschwindelt, sie vergnügt sich auf Reisen mit solchen Jungen wie Rawschan, ihre Wohnung ist leer, nichts da, wie ausgekehrt, keine Klamotten, keine Kinder, kein Mann, sie hat all ihre Sachen in zwei großen Koffern verstaut und sich aus lauter Trauer römische Ferien gegönnt. Was hat sie gesagt, bis wann kann sie bleiben? Am 18. muß sie wieder zu Hause sein? Wer braucht die schon? Sie hat gesagt, daß sie ursprünglich nicht allein fahren wollte, deshalb zwei Koffer, jemand soll sein Versprechen nicht gehalten haben und nicht mitgefahren sein. Die nicht zu belügen wäre eine Sünde, die

ist direkt prädestiniert dazu. Leichte Beute, schlaffe Haut, schwache Knochen, saugt alles mit den Augen auf, nimmt alles und sagt: »Solange es auf Erden brünette Männer gibt, ist das Leben erträglich.« In Wirklichkeit ist sie gar nicht so einfältig, sie spielt uns was vor. Das einzig Echte an ihr ist ihre Krankheit. Wo hat sie die nur aufgegabelt, diese Schwäche, diese Atrophie? Dreißig wird sie sein, nicht älter, und dreißig auch nur wegen der schwachen Knochen, in Wirklichkeit ist sie 25, nicht älter. Schrecklich, so eine Krankheit. Wenn sie elegant ihr Köpfchen neigt, legt sich das Kinn in lauter kleine Falten. Völlig ausgelaugt und hüpft noch rum!

»Ich brauche nachts meinen Schlaf, ich bin wie gerädert, Rawschan hat plötzlich solche Gefühle entwickelt«, erzählt sie mir, als wir bereits in Klytsch sind, wohin wir, die wir zum Glück nicht verschlafen haben, ohne Rawschan geflogen sind. Wir stehen auf dem Hauptplatz und wissen nicht, wohin, ein Hotelzimmer ist nirgendwo zu kriegen. Hier habe ich keinen Vortrag und keinen Begleiter, nach Safi bin ich einfach so gefahren. In Chasa sein und nicht nach Safi fahren! Wir versuchen beide, die Empfangschefin rumzukriegen, uns ein Zimmer zu geben, wobei meine Iraida ihr, als ich im Korridor stehe, zuflüstert: »KGB, KGB«, und die Empfangschefin schreit zurück, sie solle sofort das Dienstzimmer verlassen, dreißig Touristen stünden vor der Tür, die sie nicht unterbringen könne.

»Sie machen das falsch«, sage ich zu dieser Iraida. »Empfangschefs entscheiden gar nichts. Wir müssen's über den Direktor versuchen.«

»Den hab ich schon angerufen, der hat gerade Mittagspause. Gehen wir noch ein bißchen spazieren und warten.«

Wir gehen durch die Straßen des kalten Klytsch und erörtern

im Freien die Frage, wer denn meine Adelina nun tatsächlich ist. Ich will ihr auf die Schliche kommen, sie windet sich raus.

»Irgendwas ist da faul. Sie arbeiten gar nicht bei einer Zeitschrift.«

»Ich bin freiberuflich. Ich habe Ihnen einfach die Zeitschrift genannt, die mich am meisten druckt. Das ist alles.«

So wird es sein. Wir gehen weiter.

»Und was haben Sie mit dem KGB zu tun? Sind Sie dort Mitarbeiterin?«

»Man kriegt die Leute nur über Beziehungen. Der Freund meines Freundes arbeitet hier beim KGB.«

»Beim KGB?«

»Ja, hier. Sie reichen mich immer weiter, von Abteilung zu Abteilung. Von Kasmanda nach Chasa, von Chasa hierher.«

»Aber warum der KGB?«

»Ich sag doch, man muß mit den unterschiedlichsten Leuten befreundet sein. Ich habe keine feste Anstellung. Ich kann Fremdsprachen, eine Fremdsprache. Ich bin noch eine junge Journalistin.«

»Hören Sie mal, aber eine Wohnung haben Sie?«

»Unsere Eigentumswohnung ist gerade fertig geworden. Aber sie ist klein, 27 Quadratmeter.«

»Wohnen Sie allein?«

»Nein, mit meinem Mann.«

Sie läßt das Verhör gehorsam über sich ergehen. Fragt sich, warum. Nicht der geringste Widerstand.

»Für zwei reicht's«, sage ich.

»Aber man hat ja schließlich Bücher, Sachen. Und außerdem, was ist, wenn wir uns ein Baby anschaffen wollen?«

»Na dann …«

Sie läßt mich vor dem Gebäude der hiesigen Zeitung stehen

und kommt mit einem Zimmer wieder, allerdings in einer erbärmlichen Filiale, die einem hohen Pferdestall nicht unähnlich ist. Jede Box 40 Quadratmeter, die Laken riechen nach Lehm, sind schmuddelig und zerkrumpelt.
Sie sagt: »Die Laken sind schmutzig!«
»Sauber«, antwortet ihr eine Alte mit Schlüssel, die Putzfrau.
»Na, gucken Sie doch, schmutzig. Wechseln Sie es bitte.«
»Nach dem Mittagessen, da kommt der Wäscheverwalter.«
Na gut, unsere Kaiserin Saba kann wenigstens handeln, obwohl das alles Seifenblasen sind, ich werde hier nicht übernachten, in diesem Zimmer.
Nun versuchen wir per Anhalter, nach Safi zu kommen. Sie klemmt schwarze Brillengläser auf die regenbogenfarbigen, stellt ein Bein auf die Straße, schnipst mit dem Finger direkt vor den Autokühlern.
Keinerlei Reaktion.
»Komisch«, sagt sie.
Die Autos rasen vorbei. Ich spiele die Rolle des Beobachters. Mehr nicht. Die Fahrer nehmen uns nicht wahr, sie schauen nicht mal in unsere Richtung. So eine Sehenswürdigkeit: rote Zöpfe, Sonnenbrille, und die gucken nicht mal hin. Schaut doch her! Sie streckt ihren Arm aus und schnipst.
»Komisch.«
Schließlich bringt uns doch noch einer nach Safi. Wir haben so lange mit dem Hotelzimmer rumgetrödelt, daß es bereits drei Uhr ist, als wir in Safi ankommen. Die Stadt ist schon leer, vor dem Tor zur Festung steht kein einziger Bus mehr. Die Gassen verwinkelt. Wo anfangen? Ich möchte zum Basar, mir die Teller, Tongefäße und Vasen anschauen und was es sonst noch gibt. Sie belehrt mich: »Ich ziehe das Geistige dem Materiellen vor. Verstehen Sie, das Gei-sti-ge. Das ist

meine Lebensdevise. Lassen Sie uns wenigstens ins Museum gehen.«

Sie zu begleiten ist eine einzige Qual. Allein, allein mußt du dir alles anschauen, dann gehört alles dir, du redest mit den Dingen, sinnst nach, deine Seele fliegt hoch in die Lüfte, aber mit ihr – da hat man keine Lust, sich was anzusehen, das macht keinen Spaß. Sie erklärt gewichtig, wie eine Moschee aufgebaut ist, benutzt viele Fachbegriffe, aber mir wird übel von diesen Termini, von Spezialisten, alles gehört ihnen und mir was ganz anderes. Ich bin eine Besitzernatur. Ich bin auf alles eifersüchtig. Und auf alle.

Wir schleppen uns also ins Museum, betrachten alles, das Modell einer Klosterzelle in Originalgröße, in der Zelle sitzt ein Schüler aus Pappmaché, kleine Kaufläden als Modell – der Verkäufer wieder aus Pappmaché, mit eingedrückter Stirn.

Schluß, mir reicht's.

»So ein Kindergarten«, sage ich und gehe heimlich, still und leise weg. Ich laufe durch Safi, gehe einmal um die Ecke, ein zweites Mal.

Das Gretchen habe ich nicht wiedergesehen. In Safi wurde es schnell dunkel, die Wolken hingen tief. Ich verließ die Festung und kam auf die Chaussee, in der nächsten Sekunde hielt ein Taxi, und der Fahrer riß die Tür auf. Und wollte mich kostenlos mitfahren lassen. Ich setzte mich in sein vollgedrecktes Auto, wir fuhren los. Da kam er mit dem nächsten Angebot – für ein Stündchen von der Chaussee abzufahren. Um sich zu amüsieren, wie er sich ausdrückte. Dann fahre er mich kostenlos nach Klytsch. »Ich war schon mal bei euch in Moskau, tolle Frauen, so offen«, sagte er genießerisch, wäh-

rend das Taxi über die Chaussee fuhr. »Die machen alles. Amüsieren wir uns ein bißchen!«
Ich entgegnete ihm, für sechs Rubel sei das ein ziemlich billiges Amüsement, und bat ihn anzuhalten. Er schaltete den Zähler aus, wollte kein Geld, und ich sprang auf die Chaussee. Dann kam der Bus um die Ecke, ich war allein und frei, unterwegs diskutierten alle leidenschaftlich über irgendwas, alle fünf Passagiere. Zwei schöne Zigeunerinnen aus der Wüste, bettelarm, mit Glasperlen, die magische Eigenschaften besaßen, angesteckte Zöpfe aus schwarzer Wolle, mit Hilfe einer russischen Frau antworteten sie auf meine Frage, wieviel Kinder sie hätten, sie gaben mir, wiederum über die in Stimmung gekommene Dolmetscherin, alles in allem 25 Jahre. Dann zeigten sie auf meine kurzen Haare und sagten, ich soll sie wachsen lassen – mit einem Wort, die Zeit ohne Gretchen verging relativ fröhlich. Meine Seele war offen für die Wüste, für den winzigen Zigeunerjungen, für seine Mutter, die so schön war wie Sophia Loren in ihrer Jugend, eine ruhige braune Zigeunerin, die unermüdlich auf einem Fladenbrot herumkaute, das sie nicht mit den Fingerspitzen zum Mund führte, sondern wie ein Kind mit der hohlen Hand. Mir ging es so gut wie Käpt'n Cook, als er allein mit den Eingeborenen war. Meine Zigeunerinnen waren sehr arm und fuhren schwarz. Ihre Kopftücher waren voller trockener Fladenbrote. Die Jüngere aß schweigend, und die andere lächelte freundlich, wobei sie ihre dunklen Zähne und das Zahnfleisch entblößte, manchmal antwortete sie mir. Was für ein Paradies! Alle liebten und schätzten mich, und ich selbst liebte alle und hatte Achtung vor jedem Grashalm.
Ich erreichte Klytsch und unsere Karawanserei, als es schon dunkel wurde, sie war nicht da, es hieß, sie sei noch nicht ge-

kommen. Lange packte ich meine Sachen, ich wollte mit dem Nachtflieger weg. Ich schnürte und wickelte Bronzekrüge, Tongefäße, Bücher und allen möglichen Plunder zusammen, irgendwelche Kacheln, die keiner brauchte. Es war schrecklich viel Gepäck, und während ich packte, war es Nacht geworden. Sie war immer noch nicht da. Auf der Straße brannte keine einzige Laterne, zum Glück half mir ein Passant, meine Sachen zum Bus zu schleppen, und sagte, ich solle mich nicht in ein Taxi setzen, schon gar nicht in ein Privatauto. Man erzähle sich Schauergeschichten. Leute verschwänden.

Ringsum tiefe, stille Nacht. Ich hoffte, daß Aida mich noch irgendwie einholt. Aber ob sie das schafft? Ich hatte ihren Paß gesehen. Der Portier hatte ihn mir aus Versehen statt meines ausgehändigt. Ich hatte reingeschaut und war fast vom Stuhl gefallen, so alt war sie, sogar älter als ich, ihre schlaffe Haut kam also vom Alter, auch ihre Reise kam vom Alter, und die beiden schweren Koffer, offenbar schleppte sie ihr gesamtes Hab und Gut mit sich rum, und nicht grundlos sprach sie von einem Baby, das sie gar nicht mehr kriegen konnte. Und alle ihre Darbietungen und Tricks, und die schlaflose Nacht mit Rawschan, nach der alle Autobesitzer Reißaus nahmen vor ihr – das alles kam vom Alter. Vielleicht aber auch nicht, es gibt genug Gründe, warum der Mensch durch die Welt zieht und sich an alles klammert, von allen Freundschaft und Liebe verlangt und auf etwas hofft. Aber: Solange es brünette Männer gibt, wird auch mein Gretchen am Leben bleiben, daran glaube ich fest, sie kann schließlich nicht einfach umgekommen sein, nur weil ich sie allein gelassen habe in dieser schrecklichen Stadt. Sie hat bestimmt einen Ausweg gefunden, allerdings hat ihre verzückte Seele, die Seele einer Hochstaplerin und Rauschgiftsüchtigen, sie in Schwierigkeiten bringen können, vor allem aber ihre schwachen Knochen. Es kann also gut möglich sein, daß ich jener letzte Stein auf ihrem Weg war, von dem aus sie in die Ewigkeit gegangen ist. Doch was heißt ich, jeder konnte es sein, buchstäblich jeder …

WIR KOMMEN SCHON ÜBER DEN WINTER

Er war es gewohnt, zu erzählen und sich mitzuteilen und daß sie gern zuhörte und Verwunderung zeigte. Zu diesem Zweck gingen sie sogar gemeinsam Mittagessen, sie machten es sich in der Piroggenbäckerei oder der Kantine der Schuhfabrik bequem, er holte die Teller, und sie wischte mit ihren Papiertaschentüchern Gabeln und Löffel ab: sie war sehr ordentlich.

Er spielte die Rolle des Hausherrn (schwere Lasten empfangen und tragen), sie stellte die Hausherrin dar, die für Reinheit und Behaglichkeit sorgt.

Und er begann zu erzählen.

Er hatte sich sehr an ihre bereitwillige Verwunderung und ihr nicht gerade ausdrucksstarkes Gesicht mit den grauen Augen gewöhnt – keine Klassefrau, aber gutherzig, anspruchslos, eine pflichtbewußte Kollegin, geschieden, eine Tochter in der letzten Klasse schwirrte irgendwo herum und rief sie immer auf der Arbeit an (er aber hatte Frau und Tochter und Sohn – die komplette Palette fürs Glück, plus Auto, Wohnung und Sommerhäuschen mit Garten, erbaut unter größten Qualen und beinahe eigenhändig).

Also genug Stoff.

Sie erzählte ebenfalls gern, aber immer nur Nichtigkeiten –

für die Tochter hat sie eine Repetitorin gefunden, eine wundervolle Engländerin, zufällig Institutsleiterin jener Fakultät, an die ihre Tochter will (oh, diese kleinen Tricks), sie braucht Geld und hat auch welches gefunden, sie unterrichtet ebenfalls, Ikebana, ein teures Vergnügen, wo hat sie es nur gelernt (sanft: im vergangenen Jahr schon hat sie Samstagskurse besucht).

Sie hat keinen Mann, vielmehr, er existiert, aber er kriegt gerade ein neues Kind von seiner Aspirantin und hat deshalb per Gerichtsbeschluß die Hälfte von Irina Petrownas Wohnung erkämpft. Irina Petrowna hatte das einmal beiläufig erzählt, am besten drauf spucken und vergessen, es gab einen Prozeß, na gut, hat er eins von den drei Zimmern gekriegt, na gut, zum Teufel mit ihm, aber da verkauft doch dieser Schuft einen Monat später das Zimmer an eine widerliche Tussi, eine Nachbarin, das heißt also, diese Kellnerin, Diebin und Alkoholikerin geht nun durch ihrer beider Flur in ihr Zimmer, wäscht sich in ihrer beider Badezimmer und hockt in ihrer beider Küche, für die sie gerade die hübschen karierten Vorhänge genäht haben, und diese Diebin hat nur ein Ziel – sie zu zwingen, in die häßliche Zweizimmerwohnung auf derselben Etage zu ziehen, die eigene Wohnung dieser ehemaligen Essenausgeberin und Köchin, die Fenster zur Straße, auf Bushaltestelle und Ampel, das heißt Tag und Nacht Motorengeheul und eine tropfende Hauswand.

Am besten drauf spucken und vergessen, flötet Irina Petrowna erregt am Mittagstisch, mit kranken Augen.

Aber, sagt sie einen Monat später mit abgemagertem Gesicht, es gibt ein Gesetz, daß ich als erste das Zimmer in der eigenen Wohnung kaufen kann, und zwar für den tatsächlichen Preis und nicht für diese tausend Dollar, es gibt ein Gesetz!

Gesetz ist Gesetz, dafür wird die Tochter in diesem Jahr keinen Repetitor haben, wir stecken bis zum Hals in Schulden, aber macht nichts, wir kommen schon über den Winter!

Und was bezeichnend ist, sie hat ihn kein einziges Mal um Geld gebeten, sie wurde nur schmaler und schmaler, und die Augen wandte sie zur Seite, als habe sie ihn schon mal gefragt und er habe abgelehnt.

Das hätte er auch getan, er ließ gerade sein Auto reparieren und kaufte für seine Terrasse im Sommerhaus Baumaterial, sie konnten sich selbst kaum über Wasser halten.

Sie fragte nicht, es ging auch so.

Wir kommen auch so über den Winter, ich habe alles verkauft, dafür das Geld in die Wohnung investiert und meinem ehemaligen Mann, dessen Kind schon da ist, und seiner krummbeinigen, dicken, wenn auch jungen Frau gezeigt, was eine Harke ist, die haben sich auch eine Wohnung gekauft, ales bestens, sie gehen mit dem Kinderwagen in unseren alten Supermarkt.

Irina Petrownas Gesprächspartner nimmt ihre Angelegenheiten sehr ernst, gibt Ratschläge, hat einen Rechtsanwalt gefunden (allerdings konnte Irina Petrowna ihn nicht erreichen und nahm einen anderen, ebenfalls guten, ach, am besten drauf spucken und vergessen) – aber seine wichtigste, seine Solopartie liegt noch vor ihm.

Er erzählt und beschwert sich über seine Kinder, sie wollen nicht arbeiten und nicht mal ins Sommerhaus fahren, nicht mal einen Nagel reinhauen oder Blumen (im Sommer) gießen oder mit dem Fahrrad Brot holen, ihr könnt uns gestohlen bleiben mit eurer Arbeit, sagen sie, aber er und seine Frau haben alles für die Kinder getan, alles für sie, für wen sonst?

Der Sohn ist siebzehn, die Tochter immerhin neunzehn,

hocken pausenlos vorm Fernseher und streiten sich ums Telefon, etwa so, hör auf zu sülzen, ich warte auf einen Anruf.

Das Häuschen aber, das Sommerhaus, so ein zweigeschossiges kleines Häuschen, jeder Stamm erträumt, erkauft, angefahren, geschält, jedes Brett gehobelt und angenagelt, es leuchtete von oben bis unten im Sonnenuntergang, wie ein Ei, dieses Haus.

Die Kinder aber kommen widerwillig, schlafen beide wie hingemäht in zwei Stockwerken, Frühstück ist bei denen um zwölf.

Und das Frühstück: eigener Salat, Frühgurken aus dem Treibhaus, ebenfalls zweigeschossig, die Tomaten hängen wie Weintrauben am Strauch, ganz süß!

Die ganze Siedlung kommt gucken.

Irina Petrowna lauscht hingerissen und kaut dabei in der Schuhmacherkantine ihren winterlichen Krautsalat.

Die Kinderchen reiben sich die Augen, stochern mit der Gabel im Essen rum, und Schluß mit der Diskussion, sie werfen sich die Wurst in den Rachen, lassen sich mit Kaffee vollaufen und starren in die Glotze.

Sie sind keine Kühe, die unser Grünzeug fressen, hör, hör!

Das einzige, worum man sie bittet: Kinder, geht doch mal in den Wald, es gibt Pilze noch und noch, Oma könnte welche sauer einlegen, die könnt ihr selbst im Winter essen!

Die ganze Siedlung macht sich früh um vier in Wattejacken und Stiefeln freiwillig in den Wald auf, können's kaum erwarten.

Ihr kotzt uns an mit euren Freiwilligen, entgegnen sie.

Die Nachbarn gefallen ihnen nicht, das sind genausolche Großbauern wie Papa und Mama, sagen sie.

Und erklärten, warum Großbauern: Sie erlauben ihnen nicht,

Freunde ins Sommerhaus mitzubringen (ein ganzer Wagen voll Besoffener und qualmender Mädels, die das ganze Haus volldrecken und die Hütte anzünden, und die Kerle fressen ruck-zuck alles auf).

Jetzt sind sie auf folgenden Dreh gekommen, die Kinder: Gut, wir fahren in euer Sommerhaus, aber nur, wenn ihr abhaut, und Oma auch.

Irina Petrowna lauscht mitfühlend, sie hat nichts hinzuzufügen, sie räumt scheu ein, daß Valetschka und auch Wolodja doch gute Kinder sind, Studenten, fleißig lernen, sollen sie doch nach ihrer Façon leben, was will man mehr.

Jawohl, sie studieren da, wo Papa sie untergebracht hat, entgegnet ihr Gesprächspartner, jedesmal wenn Prüfungen sind, herrscht bei uns Kriegszustand, sitzen Mutter und ich im Schlafzimmer wie im Schützengraben und halten uns die Ohren zu.

Aber so geht es doch allen, widerspricht Irina Petrowna mit ihrem Blick.

Ihre Tochter sitzt (ohne Repetitor) Tag und Nacht und büffelt neben dem Abi, sie bereitet sich für diese dämliche pädagogische Fachschule vor, an der Uni braucht sie es gar nicht erst zu versuchen, da sind schon alle Plätze vergeben, wie jedesmal vor den Aufnahmeprüfungen.

Irina Petrowna selbst leitet ihren Ikebana-Kurs, auch wenn sie einigermaßen verdient: kein Geld der Welt reicht aus, um das zu bezahlen, was sie sich geborgt haben.

Kein freier Abend, kein einziger freier Tag, und jetzt kommt der Frühling, die Prüfungen der Tochter, die Wege sind weit von einem Ende der Stadt zum anderen, Metro und Bus.

Darauf er: Gut, daß ich ein Auto habe, und dann folgt ein ganzes Poem über die Reparatur und daß der Sohn die Karre gleich nachdem sie sie gekauft hatten, kaputtgefahren hat, ein Glück, daß er sich nicht selbst kaputtgefahren hat: Dieser Scheißkerl ist an meine Tasche, hat abends den Schlüssel geklaut, wollte angeblich zu seinem Freund wegen Vorlesungsmitschriften, das nächste war ein Anruf aus dem Krankenhaus von der Krankenschwester, wir sollen uns nicht aufregen, er ist schon wieder zusammengeflickt, wieso zusammengeflickt? Er und seine Frau hatten zu diesem Zeitpunkt der Miliz schon den Verlust eines Neuwagens gemeldet, wir waren fertig mit den Nerven und haben in der Hektik nicht geguckt, wo der Schlüssel ist: Auto weg, wozu Schlüssel?

Was Wolodja betrifft, der hat sich schon schlimmer aus dem Staub gemacht, Mutter ist schon dran gewöhnt und hat ihn nicht mal mehr angeschrien, wenn er mitten in der Nacht nach Hause gekommen ist, im Kühlschrank rumgewühlt hat, Gläser fallen gelassen hat und dann für eine halbe Stunde unter die Dusche gekrochen ist und alle aufgeweckt hat.

Ihn anzuschreien kam teuer zu stehen, er fing dann nämlich selbst mit schrecklicher Stimme zu schreien an.

Aber Gott sei Dank ist es kein Totalschaden, die Scheinwerfer und die Tür, und Gott sei Dank lebt der Sohn, seine Schwester hat ihm am nächsten Morgen auf den Verband gespuckt, als er aus dem Krankenhaus kam.

Tolles Verhältnis, seit der Kindheit nur Zank und Eifersucht wie bei wilden Tieren, was der eine kriegt, muß der andere auch haben.

Und wie haben sie sich seinerzeit gefreut, daß die Frau nach der Tochter ein Söhnchen aus der Klinik gebracht hat, ein lebendiges Püppchen für dich, haben sie zur Tochter gesagt, zwei Jahre war sie alt und wollte immer, daß sie ihn ins Krankenhaus zurückbringen: Kinder sind eben Kinder.

Ach je, seufzt Viktor Iwanowitsch und gießt sich in der Piroggenbäckerei den restlichen Kaffee ein, was soll man sagen.
Und Irina Petrowna lächelt ihn mitfühlend an, eine unauffällige Frau, wie eine graue Ente, aber die Augen gutmütig und das Lächeln sympathisch.
Seine Frau ist viel attraktiver, wenn auch giftiger, aber die Ehefrau ist was Heiliges.
Und die Praktikantin Marinotschka hat er zur Sekretärin gemacht, die die Anrufe entgegennimmt.
Alles paletti.
Viktor Iwanowitsch bringt den Damen aus dem Ausland jedesmal eine Kleinigkeit mit, Irina Petrowna kriegt auch was ab, bunte Tücher mit Stadtansichten, Parfüm, billigen Schmuck.
Einmal hat er ihr sogar eine Extrabestellung erfüllt – schöne Wolle für eine Mütze, Irinas Tochter strickt.
Aber auch Irina Petrowna hat dem Chef nicht nur einmal aus der Patsche geholfen, als die Amerikaner kamen, das heißt nur John, da hat das Institut buchstäblich nicht gewußt, wo sie ihn hinstecken sollten, das Hotel war erst für den nächsten Tag bestellt, der Chef wollte ihn sogar zu sich mitnehmen, aber dort herrschte mal wieder Kriegszustand, der Sohn heiratete, als er 18 wurde!
Hat nur darauf gewartet und geheiratet, denn er kriegt ein Kind.
Jeden abend Streit, der hätte doch glatt die Anwesenheit der amerikanischen Seite ausgenutzt und seine Frau mit dem dicken Bauch angeschleppt, zumal die ein Jahr älter ist als er, sie braucht einen zum Zusammenleben, ein erfahrenes Weib, etwas über 19.
Und der Amerikaner John wurde mit dem reparierten Auto

des Chefs zu Irina Petrowna gebracht, wohnte zwei Tage bei ihr und wurde dann ins Akademiehotel verfrachtet.

Irina Petrowna sagte beim Essen in der Schuhmacherkantine: »John ist wieder zu uns gezogen, im Hotel sind Schaben, nachts hat ihn was gebissen.«

Nun gut, ist er halt wieder da, und weiter: Er möchte, daß jemand mit ihm am Wochenende ins Kloster nach Sagorsk fährt.

Schaff ich nicht, entgegnet der Chef fast heulend, überhaupt hat diesen John ihm ein Kerl von der UNESCO auf den Hals gehetzt, er lenkt unser Sanierungsprojekt vom Jenissej, das ist sein John, nicht unser, und dieser Kerl von der UNESCO ist zu sich nach Genf abgehauen und das war's.

Zumal sie sich in zwei Lager gespalten haben – die Schwiegermutter bewacht das Sommerhaus, er und seine Frau die Stadtwohnung, sonst nistet sich noch das junge Paar ein, der Sohn hat seine Sachen abgeholt und geschrien, seine Mascha hat Platz, ein Siebenquadratmeterzimmer bei ihrem Papa und ihrer Mama, er und Mascha werden dort wohnen und das Kind großziehen, und Mascha wird seine Eltern nicht über die Schwelle ihrer sieben Quadratmeter lassen, falls sie den Enkel sehen wollen, so!

Aber das sind nur Worte.

Die Tochter läuft finster rum, so was, sie haben ihren geliebten Wolodja beleidigt, plötzlich schlägt ihr Herz für ihn.

Da schimmert doch eine Absicht durch, vielleicht will sie auch jemanden ins Haus bringen, irgendeinen sibirischen Jungen, es lungert immer so einer rum, er war sogar zum Geburtstag seiner Frau da, alle sind hellhörig geworden.

Johnuschka aber ist in Sagorsk gewesen, die abgemagerte Irina hat ihn mit öffentlichen Verkehrsmitteln dorthin gebracht

(die Tochter macht nun doch noch die Aufnahmeprüfung für die Uni), Irina hat für einen Tag ihre Ikebana sausen lassen, nur ihr Englisch ist schwach, ihre Sprache ist Französisch.
»Da hast du wenigstens Sprachpraxis«, entgegnet der Chef. »Und deine Tochter auch.«
Die Tochter ist doch noch an die Uni gekommen, fast, ein halber Punkt fehlt, Irina Petrowna klappert mit einer Mannschaft genau solcher Eltern wie sie alle Ministerbüros ab, jedes Jahr, heißt es, werden zehn aufgenommen.
Und Viktor Iwanowitsch fragt beim Mittagessen (es ist schon Herbst, Irina ist aus dem Urlaub zurück, braungebrannt, sie hat mit dem Mädchen in einer Pension gewohnt), wie's steht, Irina Petrowna aber sagt: Zuerst Sie, was gibt's bei Ihnen?
Viktor Iwanowitsch erzählt, das Leben stagniere irgendwie, der Sohn sei Hals über Kopf aus dem Haus zu seiner Frau gezogen, obwohl sie dagegen waren und seinen Paß versteckt haben, so; jetzt hocken die jungen Leute zu dritt auf sieben Quadratmetern, ein Sohn ist angekommen, und die Frau (19) läßt Oma und Opa (das heißt den Chef und seine Frau) schon das zweite Mal nicht zu dem Kleinen rein.
Das erste Mal, als sie sie mit dem Auto aus dem Krankenhaus abholen wollten, hat der Sohn ein Taxi genommen und seinen Schatz selbst nach Hause gefahren, aber die Frau von V. I. hat das Kindchen flüchtig sehen können und ist buchstäblich an ihm hängengeblieben, jetzt weint sie und ruft ihren Sohn *dort* an, doch die geben nicht nach, sitzen da mit nacktem Hintern, Mama und Papa, was essen die dort bloß?
Sie haben schon die Schwiegermutter abkommandiert mit sauer eingelegten Pilzen und Auberginenchutney, die Mutter hat das ganze Auto voll Äpfel geladen (keine eigenen allerdings, die eigenen Äpfel sind noch zu klein), und das Ergeb

nis, sie ist mit der Oma hin, beide Frauen haben alles in die Küche zu den anderen Eltern geschleppt, die jungen Leute haben sich nicht mal gezeigt und auch den Jungen nicht vorgezeigt, das war das zweite Mal.

V. I.s Frau hat sogar bei denen in der Küche geweint, weil sie aus fremdem Mund hören mußte, daß Wolodja die Uni geschmissen hat und bei einer ausländischen Firma als Fahrer arbeitet.

Das heißt, sie holen ihn jetzt zur Armee, da müssen Maßnahmen ergriffen werden.

Zwei Monate etwa vergehen, und Irina Petrowna teilt beiläufig mit, John sei wieder in Moskau und lasse Viktor viele Grüße ausrichten.

Und wohne traditionsgemäß bei ihnen.

»Na, der läßt sich ja verwöhnen«, antwortet Viktor Iwanowitsch fröhlich, »als ehrlicher Mensch muß er jetzt heiraten.«

»Oh«, antwortet Irina Petrowna, »das ist so kompliziert, so viele Formalitäten, Papiere besorgen, die Botschaft, weiß Gott, was noch alles.«

V. I. erstarrt und schaut seine Gesprächspartnerin an, schaut sie an wie zum ersten Mal.

Und sieht ein typisch russisches Weib, pummelig, mit grauen Augen, jetzt sind sie blau, weil sie einen blauen Schal um den Hals trägt; er sieht eine ruhige, gutherzige russische Frau, auf ihre Weise sogar klug, geduldig und mitfühlend.

In gewissem Maße unbeugsam.

Er sieht ihre schlichte Frisur, farblose, sogenannte blonde Haare, aber ihm kommt es so vor, als habe er eine Blondine mit blauen Augen vor sich, eine russische Schönheit überhaupt.

Plötzlich fühlt er einen Stich im Herzen, vor Kummer oder

Kränkung, in der Art »Immer wollen *die* alles von uns haben«, und dann das Tschechowsche »Am besten leben und arbeiten«.

Und V. I. sagt:

»Bei unserem Mitja, unserem Enkelkind, klappert schon der Löffel im Mund: ein Zahn stößt durch. Sie waren am Sonntag da, haben bei uns übernachtet. Halb so schlimm, er hat die ganze Nacht durchgeschlafen. Sie stillt ihn, nicht so wie all die modernen Frauen.«

Irina Petrowna seufzt:

»Oh, meine ist gestern um elf nach Hause gekommen und sagt, sie hat mit Sascha durchs Teleskop geguckt. Irgend so ein Sascha von ihrer Fakultät. Und ich glaube ihr auch.«

»Wir kommen schon über den Winter«, sagt Viktor Iwanowitsch.

TOTENLIEDER

DIE DAME MIT DEN HÜNDCHEN

Sie ist schon tot, und er ist schon tot, vorbei ihre abscheuliche Affäre, und was das Interessante daran ist, sie war lange vor dem Tod der beiden zu Ende. Zehn Jahre davor, sie hatten sich längst getrennt, er lebte irgendwo, und sie war angereist gekommen und hatte sich im Künstlererholungsheim einquartiert, wie zur Besichtigung, allein, mit einem Hündchen. Hier war die alte Erinnerung an die beiden noch wach, an ihre Eskapaden und Skandale, an ihre Trinkgelage, die jeder mitkriegte, und daran, daß sie die Frau eines mächtigen Kunstbeamten war, nicht ist, sondern war. Außerdem erinnerte man sich daran, daß sie die Tochter eines ehemals hohen Staatsbeamten war. Und man kam nicht umhin, ihr ein Appartement zu geben, dort zog sie mit ihrem Hündchen ein und lebte still vor sich hin, laut sprach sie nur mit ihrem Hund. »Bist du verrückt geworden«, sagte sie auf dem Balkon zu ihm. (Die Leute auf den Nachbarbalkons hörten ihre ungewöhnlich laute Stimme, es gibt solche Menschen mit angeborener lauter Beamtenstimme, sie enden als Führer, Armeegeneräle oder Redner, zumeist jedoch als Schreihälse.)

Früher hörte man auf den Nachbarbalkons schmatzende Begrüßungsküsse, das Klappern von Stöckelschuhen, die (ebenfalls) lauten Stimmen der Gäste, Stuhlrücken und das Klirren von Gläsern, auf die Nerven waren allen besonders die weitklingenden, manierierten Schauspielerstimmen gegangen, die schrecklichen Radau machten. Es heißt, Bügeleisen seien durchs Zimmer geflogen, aber alles sei heil geblieben, Arme und Köpfe. Eines schönen Tages war die Neuigkeit verbreitet worden, daß sie sich getrennt hatten, daß er alles stehen- und liegengelassen hatte und zu einer anderen gegangen war. Und da saß sie nun, die Dame mit dem Hündchen, richtiger, mit den Hündchen, denn mehrmals wurde sie mit einem primitiven, schmutzigen, fremden und verwirrten Hündchen gesehen, das sich offensichtlich unwohl fühlte in seiner Haut, so um die Schultern dieser Dame gewickelt wie ein zerzauster, von Motten zerfressener Fuchspelz. Die Dame ermahnte ihren Pudel, das Aas, er habe nicht das Recht, nach diesem unglücklichen Hündchen zu schnappen, wenn man es füttern wolle, jeder habe Anspruch auf einen Platz im Leben, schrie (ermahnte leise, wie ihr schien) diese Brigitte Bardot! Niemand soll fortgejagt werden! Vertreibe niemanden, und du wirst nicht vertrieben werden!

In dieser Aufmachung lief sie durch den Ort, und alle Menschen wichen vor ihr zurück, so verblüffend ähnlich sah sie selbst einem zerzausten und räudigen Tier, das überall vertrieben wird und trotz des guten Essens im Speisesaal am Verhungern ist. Um die Schultern trug sie den schmutzigen Pelz in Form des peinlich berührten Straßenköters mit bis zum Bauch verdreckten Beinen, und daneben lief ihr eigener, gepflegter, nicht weniger begossener Pudel, alle Leute schauten betreten zur Seite, nur die Kinder starrten sie an. Kinder haßte sie übrigens, mit ihrem eigenen, bereits erwachsenen Kind hatte sie sich verstritten und betonte, wie laut zu vernehmen war, immer wieder, daß Tiere die einzigen Lebewesen seien, die sie nie beschimpft habe.

Ihr Aussehen hatte sich nach der Scheidung sehr verändert, der einstmals üppige Busen war eingetrocknet, die Arme verwelkt wie Kartoffelkraut, die Haare, die sie früher stolz und mit geradem Rücken getragen hatte, versteckte sie jetzt unter einem Tuch, das einzige, was ihr geblieben war, war die Vorliebe für Hängeschmuck aus Metall, der in der Tat überall an ihr herumhing und -klapperte – an den Ohren, am Hals, an den knochigen Handgelenken. Das Hündchen liebte diesen Schmuck, und etwas anderes hatte sie nicht.

Nur einmal geriet sie in Zorn, was sonst nie vorkam, und zeigte ihr neues Wesen, nämlich das einer scheinheiligen alten Vettel: Als auf dem Balkon über ihr eine Party gefeiert wurde und Stöckelschuhe klapperten und mit lauten, sonoren Stimmen gesprochen wurde, als Geschirr klirrte, ausgeschenkt wurde und der Wein gluckerte, wartete sie in stiller Entrüstung Mitternacht ab, um dann lauttönend, nüchtern und jede Silbe betonend auf ihrem Balkon einen Satz zu sagen, den keiner verstand und den die einen als »Ihr laßt meinen Hund nicht schlafen« und die anderen als »Auch ein Hund braucht seine Ruhe« interpretierten. Kurz, etwas Ungereimtes, in seiner Scheinheiligkeit Unsinniges, aber die Absicht war eindeutig. Mit dem Feiern war jetzt die nächste Generation dran, zu der sie keinerlei Verbindung hatte, wie auch zu allem übrigen nicht. Jeder wußte, daß sie keine finanziellen Mittel mehr besaß, daß der Mann ihr zwar die Wohnung und alles übrige überlassen hatte, sie aber in ihr Amt, wo sie gearbeitet hatte, nicht mehr zurück konnte nach der psychiatrischen Anstalt, in die sie nach der Schlinge gekommen war. In diesem Amt war sie sowieso kaum noch geduldet worden mit ihrer auffälligen Kleidung, dem Schmuck, der wilden Schminke, den ewigen Verspätungen und unentschuldigten Fehltagen, mit ihren hochtrabenden Versprechungen, die eine oder andere Sache mit Hilfe einflußreicher Bekannter über die Bühne zu bringen, und auch mit diesem seltsamen Vorfall, als in ihrem Zimmer Geld verschwand. Niemand hatte unsere Dame am Ort des Vergehens ertappt, aber das Gerücht war nicht mehr aus der Welt zu schaffen, man begann sie zu meiden, obwohl es niemand offen zeigte, man fürchtete, das tief verwundete Tier endgültig zu töten. Es kam noch besser, sie rief mitten in der Nacht drei verheiratete und sehr beschäftigte Frauen an und sagte ihnen, sie hänge sich jetzt auf und die Tür sei nicht abgeschlossen, sie sollten kommen und sie aus der Schlinge nehmen. Die Frauen redeten auf sie ein, doch als sie die dritte anrief, hatten die beiden ersten schon Kontakt aufgenommen und den Irrentransport bestellt, der kam, stieß die Tür auf, und unsere Dame sprang vor Schreck mit der Schlinge um den Hals und dem Telefonhörer in der Hand vom Stuhl – aus keinem anderen Grund war sie heruntergesprungen als vor Überraschung angesichts der weißen Kittel. Sonst wäre möglicherweise gar nichts passiert, mutmaßten die Kolleginnen. Aber der Krankenpfleger fing die Selbstmörderin auf, die Wirbel ihres zarten Schwanenhalses waren nicht gebrochen, sie hatte auch noch nicht in die Hosen gemacht und sich nicht auf die Zunge gebissen – nichts von diesen scheußlichen Sachen war passiert.

Niemand jedoch weiß, wie sie wirklich endete, auf welchem Lager sie verlosch, es heißt, sie sei qualvoll an Krebs gestorben. Irgendwie mußte das alles ja mal zu Ende gehen, dieses abscheuliche, von Gott weiß wem vergiftete Leben, das für unsere Verhältnisse allerdings recht laut und stürmisch war.

Kein Hund hat ihr eine Träne nachgeweint, wie es so schön heißt, alle haben nur leise aufgeseufzt, als sie von dem fernen Gerücht hörten, wo aber ist ihr eigenes altes Hündchen geblieben, ihr Pudel, der letzte seines Geschlechts? Hat er geheult neben dem Leichnam, hat er an ihrem Grab gesessen? All diese Märchen über Tiere kann man getrost vergessen, so was läßt keiner mehr zu in unserer heutigen Zeit, klar ist nur eins: daß es dem Hund schlecht erging nach dem Tod seiner Dame, seiner einzigen.

DIE SCHÖNE NJURA

So schön, wie Njura im Sarg lag, war sie zu Lebzeiten nie gewesen – höchstens wenn man sich den Abiturball und ihre 16 Jahre von früher vorstellt, aber der tragische Stempel auf dem Gesicht!

Die Menschen drängten sich bestürzt um ihren Sarg, und es gab einen Grund dafür – dort lag ein richtiges Schneewittchen, dazu ein trauriges, junges, hoffnungslos krankes, was heißt krankes, totes: was man nicht glauben konnte.

Geschwungene Brauen, ein zarter, geschwollener Mund (als ob es von den Tränen käme, sie lag ja sieben Tage im Sterben), mein Gott!

Aber es gab auch etwas anderes, was die Menschen quälte: das war die Arbeit des Leichenvisagisten, des Visagisten in dem Sinne, daß er, als er Njura sah, durch die Zähne pfiff (in Gedanken) und sagte, laßt uns allein.

Das Material war göttlich, trotz der, ich wiederhole, sieben Tage Folter nach der Operation, der völligen Lähmung, der Tränen und Schmerzen – all das hatte Njura ausgehalten und war, zum Kind abgemagert, gestorben.

So daß der Visagist mit seiner Leichenkosmetik offensichtlich ein Kunstwerk geschaffen hatte, das sich allen bis zum Lebensende ins Gedächtnis grub.

Die Absicht der Auftraggeber war, das Publikum nicht mit dem Anblick des leidgeprägten, schrecklichen Gesichts der jungen Njura in Verlegenheit zu bringen, aber dafür verwirrten sie es mit etwas anderem: Wie konnte man so etwas in die feuchte Erde legen?

Die Erde war an diesem Tag tatsächlich feucht, Gott sei Dank regnete es nicht, sonst wäre das Werk des meisterhaften Maskenbildners zerflossen. Die Menschenmenge schaute verwundert und entsetzt in den Sarg, Njuras Mann, kopflos und halb wahnsinnig, sagte so etwas wie »Da liegt meine Njura«, hielt sogar eine kleine Abschiedsrede, leb wohl, meine Schöne, und verlor die Fassung.

Njuras Mutter war einfach am Boden zerstört, sie ging in der Menge unter, dabei war sie mit ihren fünfzig Jahren eine stattliche, hochgewachsene, ebenfalls schöne Frau, aber ausgezehrt, das Gesicht in Tränen aufgelöst, das war irgendein Mischmasch, kein Gesicht.

Das Gesicht des Mannes war rot, ihres grau wie Kalk, Njura im Sarg dagegen war zart gebräunt, der Teufel soll ihn holen, diesen Visagisten mit seinem Farbkasten. Die Menge war auch deshalb geschockt, weil alle genau wußten, wie schwarzbraun Njura an ihrem Ende aussah, als sei sie feriengebräunt (sie war gerade mit ihrem Mann aus dem Süden gekommen), allerdings eher einem verkohlten Holzstück ähnlich, unruhige, brennende, trockene Augen, ein trockener, verkrusteter Mund, Schwermut hatte die junge Schönheit ausgezehrt, Schwermut und Trauer, denn ihr Mann lebte schon lange mit einer anderen, und es gab ein Kind, Njura aber konnte keine Kinder kriegen und hatte überall ihren Hund dabei.

Nach dem Unfall übrigens, nachdem Njura mit aufgerissenem Rücken ins Krankenhaus gebracht worden war (der betrunkene Fahrer war von hinten auf den Rücksitz geprallt, wo Njura mit dem Hund saß), starb sie, der kleine Hund aber, der auf ihren Knien gesessen hatte, in ihrer Obhut, blieb am Leben, und nach der Beerdigung, während des Leichenschmauses, wurde er zu den Nachbarn gebracht, er begriff nichts, er suchte und suchte, offenbar war er durchgedreht. Njuras armer Körper hatte ihn beschützt.

Njura ging also als eine Schönheit aus der Welt, als die sie sich selbst wahrscheinlich nie gesehen hat – ruhige, geschwungene Brauen, sogenannte Schwalbenflügel, und zornesfeurige Augen, für ewig unter schweren Lidern verborgen.

Die Leute waren auch deshalb so bestürzt, weil nun ein ziemlich einfaches, ja sogar primitives Sujet folgen würde: das Unnötige, Überflüssige und Unbrauchbare, Peinliche und Weinende war unter Qualen umgekommen, und das Ruhige, geduldig mit dem Kind auf dem Arm Wartende lebte, und bald würde Hochzeit sein.

In diesem Sinne hatte der Leichenkünstler der Welt gezeigt, was für ein Schatz gegangen war, und was haben wir davon, dachten alle ärgerlich.

Einige waren (offensichtlich) verwirrt, weil sie das Unangenehme vorausgesehen hatten, daß nämlich das Schicksal den Träumen des unverheirateten Paares entgegenkommen würde, obwohl sie sich eine solch schreckliche Wendung der Ereignisse, den aufgerissenen Rücken, nicht einmal in ihrer schlimmsten Phantasie hatten vorstellen können, die sich bekanntlich immer in Träumen zeigt, und bitte, da haben Sie's: die Träume erfüllten sich, und zwar um ein Zehnfaches schlimmer.

Nein, nein. Doch, doch und nochmals doch.

Ein ziemlich einfaches Sujet, ziemlich einfach, und niemand

hat etwas davon, niemand lernt daraus, denn keiner, der im Traum einen überflüssigen Menschen zu Tode bringt, keiner, wiederholen wir, lernt etwas daraus, keinen schaudert's, weil er etwa einen Schreck vor sich selbst bekommt, das Leben geht weiter, und niemand bezweifelt, daß Träume keinen Sinn haben, da kannst du träumen, soviel du willst.

Aber sie sind nicht vergeblich, diese Träume, letztendlich gehen sie in Erfüllung, so oder so, wie im Fall der unglücklichen Njura, und sie ist nicht einfach so gestorben offenbar, wenn ihre traurige Gestalt über der auseinanderlaufenden Menschenmenge schwebt, das bunt angemalte, gekränkte Gesicht.

DER GAST

Ich habe diesen Tolja also doch noch zu mir nach Hause eingeladen, diesen charmanten Tolja, dessen Wangen bereits anfingen, schlaff herunterzuhängen, und habe ihm gesagt: »Tolja, warum werden Sie schon alt? Viel zu früh! Denken Sie daran, wie charmant Sie in Ihrer Jugend waren!« Alles lief prima, Musik, eine Kerze brannte, gegen Morgen war nur noch der verkohlte Docht übrig. Tolja war wie immer todlangweilig, er redete umständlich, öffnete die Flasche, ich holte die Bratkartoffeln aus der Küche, Tolja legte sich mit dem Gäbelchen ein Häppchen aufs Tellerchen, tat noch Pilze dazu, saß da mit den Händen auf den Knien, goß dann Wodka ein und Bier zum Nachtrinken.

Natürlich war das von Anfang an eine verrückte Idee – Wodka mit Bier zu trinken, aber ich habe nicht besonders darauf geachtet, mir war an diesem Abend alles egal, vielleicht aber habe ich der Einladung doch eine besondere Bedeutung beigemessen. Jedenfalls waren wir allein, am folgenden Morgen konnten meine Mitbewohner sonstwas denken, zumal alles so unglaubhaft ausging, aber das hat mich nicht im geringsten gestört und läßt mich bis heute kalt.

Kurz, Tolja beginnt mit seinen umständlichen Reden, er erzählt mit seiner zarten Stimme irgendwelchen Schnee, obwohl er ungewöhnlich feinsinnig ist und ein gutes Empfinden für alles hat. Aber er redet und redet, langweiliges Zeug, käut immer ein und denselben Gedanken wieder, daß er verloren sei, daß sein Lebensfaden gerissen sei, daß ihn nichts wirklich berühre, keine einzige Sache, daß er manchmal beschließe, etwas zu vollbringen, zu erleben, sich in etwas ganz Extremes zu stürzen, aber immer ende alles in Apathie.

»Tolja«, sage ich zu ihm, »wollen Sie wirklich niemals Freude empfinden, Glück, sind Sie wirklich kein Heide, lieben Sie nicht die Erde und den Himmel?«

»Nein, ich will leiden, ich kann mich nicht freuen, Ehrenwort, ich bin nicht fähig, Freude zu empfinden.«

»Tolja«, sage ich zu ihm, »und die ewigen Geburtstagsfeiern bei Ihren Freundinnen und Freunden, machen Ihnen die auch keinen Spaß? Ich verstehe Sie ja, aber manchmal muß man ein Heide sein, wenigstens ein bißchen, man muß sich einfach vor der Erde verneigen, vor ihren Freuden, dem Wein …«

»Nein.« Tolja lebt auf. »Wenn ich mit dem Taxi nach Hause komme, kostet es mich bloß Nerven, meine Mutter wie jede Nacht um Geld zu bitten.«

»Und das Konservatorium …«

»Konservatorium«, sagt Tolja nachdenklich »als ob man aus dem Konservatorium heiter rausgeht! Wie unsere alte Lisa! Wenn Mutter sie schlägt und beschimpft und aus der Küche scheucht, dann geht sie in die Kirche und kommt heiter wieder zurück und verzeiht meiner Mutter. Ich bin deshalb so merkwürdig, weil meine Mutter vierzig war, als sie mich geboren hat, und mein Vater fünfzig«, sagt Tolja.

»Glauben Sie, daß es eine Rolle gespielt hat, daß die beiden Sie sehr geliebt haben und zärtlich zu Ihnen waren?«

»Nein«, sagt Tolja, »daran liegt es nicht.«

Er beginnt mir auseinanderzusetzen, daß mit der Geburt eines jeden Menschen ein Geheimnis verbunden ist.
»Tolja«, sage ich zu ihm, nachdem wir uns lange und gequält darüber unterhalten haben, daß der Mensch noch vor seiner Geburt vorbestimmt ist, »Tolja, warum rufen Sie mich immer an? Immerzu. Manchmal gehe ich ans Telefon ... Sie fühlen doch sicher, wie ich mit Ihnen spreche, wie befangen ich bin? Ich kann einfach nicht begreifen, wozu Sie mich brauchen. Sogar wenn ich Sie anrufe, begreife ich nicht, warum ich das tue, und jedesmal bleibe ich vor dem Telefon stehen, und jedesmal wähle ich Ihre Nummer wie unter Zwang und führe mit Ihnen irgendwelche verkrampften, ziellosen Gespräche. Sie empfinden das doch bestimmt auch so ... Sie begreifen nicht, warum ich Sie immer wieder anrufe, und denken lange darüber nach, kapieren es aber nicht, und doch gehen Sie nach einer gewissen Zeit wieder zum Telefon und rufen mich an. Warum rufen Sie mich an? Sagen Sie es mir, Tolja! Ich bin überzeugt, Sie wissen es nicht. Aber seien Sie ganz ehrlich, wir brauchen uns nichts vorzumachen.«
»Sie gefallen mir. Und warum rufen Sie mich an?«
»Ich möchte Sie begreifen. Alle Ihre Worte, die gehen irgendwie durch mich hindurch, ich kann sie nicht mit Ihnen in Verbindung bringen, mit Ihrem lieben Charakter. Manchmal kommt es mir vor, als ob ich die Hand nach Ihnen ausstrecke und meine Hand durch Ihre Brust und durch Sie hindurchgeht. Verstehen Sie? Sie sind irgendwie körperlos, oder es scheint mir nur so, oder ich irre mich, aber jedesmal überzeuge ich mich von neuem davon, daß es so ist.«
»Sie sind doch selbst ein Paradiesvogel.«
»Wie meinen Sie das, Tolja? Wie meinen Sie das, ich bin ein Paradiesvogel? Wieso bin ich ein Paradiesvogel? Können Sie

mir das erklären? Mir kommt es wieder so vor … Wenn ich die Hand nach Ihnen ausstrecke, geht sie durch Sie hindurch. Wenn ich die Hand nach Ihnen ausstrecke, berühre ich die Stuhllehne.«

Tolja zuckt mit den Achseln und trinkt sein Bier.

»Hören Sie, Tolja, ich habe wieder dieselben Gefühle, wie wenn ich zum Telefon gehe und Sie anrufe. Wozu das alles? Das ist irgendwie unnatürlich, verkrampft, meinen Sie nicht auch? Warum rufen Sie mich an, warum besuchen Sie mich, warum habe ich Bratkartoffeln gemacht, meine Haare gekämmt, warum? Warum haben Sie Wodka gekauft und vor allem, warum Bier, warum zum Teufel Bier? Zum Nachtrinken? Geht denn das, mit Bier nachtrinken? Wozu? Was können Sie mir dazu sagen? Warum Bier?«

»Zum Nachtrinken. Das ist üblich so.«

»Und weiter?«

»Was weiter?«

»Na, wir trinken Bier, essen Bratkartoffeln, und weiter? Ich meine nicht, was wir beide zusammen tun sollen und was für eine Zukunft wir haben könnten, sondern einfach: Was weiter? Was weiter? Na gut, erzählen Sie mir, was Ihre Arbeit macht, Tolja. Ich weiß gar nichts von Ihnen. Was tun Sie auf der Arbeit? Verschließen Sie sich bitte nicht, wir haben doch keine Geheimnisse voreinander, wir sind durch nichts miteinander verbunden. Menschen, die nichts verbindet, so wie wir beide, wie Reisende im Zug, wie Kranke im Krankenhaus, die brauchen keine Geheimnisse voreinander zu haben. Wir interessieren uns doch nicht füreinander, das stimmt doch, Tolja? Oder? Sagen Sie: Ja! Wenn Sie schmollen, schicke ich Sie gleich nach Hause. Wir interessieren uns doch nicht füreinander, stimmt's? Sagen Sie was!«

»Wieso soll ich schmollen, ich höre Ihnen zu. Ich kann nur wiederholen, Sie gefallen mir. Trinken wir was, so ein Essen, so ein Wodka, solche Pilze.«

»Sie sind doch ein Genießer, geben Sie's zu, Tolja! Ich habe Sie durchschaut, obwohl ich Sie noch nicht kenne. Lieben Sie Ihre Arbeit? Wieviel verdienen Sie? Wird bei Ihnen gut bezahlt?«

»Wir werden ziemlich schlecht bezahlt.«

»Und wieviel verdienen Sie? Ich möchte das wissen!«

»Noch verdiene ich ziemlich wenig, aber ich habe zwei Tage frei. Was heißt, frei. Ich nehme einen Berg Akten mit und sage meiner Chefin, daß ich zu Hause arbeite. Am übernächsten Tag bringe ich die Akten wieder zurück.«

»Mein Gott, trinken wir. Tolja, schenken Sie mir auch Bier ein, jetzt ist mir alles egal.«

»Ich hab's gut getroffen, praktisch habe ich nur drei Tage in der Woche Anwesenheit.«

»Auf Ihre Gesundheit, Tolja! Mit 18 waren Sie bestimmt ganz süß. Noch vor einem Jahr hatten Ihre Haare eine andere Farbe, jetzt sind sie dunkler, aber damals haben Sie wundervolles Haar gehabt, eine ganz ungewöhnliche Farbe.«

»Mit 18«, antwortet Tolja, wirft den Kopf zurück und schaut von oben auf die Kerze, »ich erinnere mich an nichts mehr, es ist nichts hängengeblieben, damals war ich mit meiner Pubertät beschäftigt.«

»Das ist ja schrecklich interessant, Tolja! Das sind ja ganz neue Töne, daran ist bestimmt das Bier schuld, dem Sie so eifrig zusprechen. Na, macht nichts. Was war mit Ihnen, als Sie 18 waren? Dann waren Sie verheiratet, habe ich gehört, und jetzt sind Sie geschieden. Man soll sich nicht scheiden lassen, das tut schrecklich weh.«

»Stimmt nicht. Es war eine Heirat aus Berechnung. Meine

Frau mußte in der Stadt Fuß fassen, sie wollte, daß ihre Tochter einen Namen hat und so weiter.«

»Und Sie, welchen Nutzen haben Sie davon gehabt, Tolja? Welchen Sinn hat es für Sie gehabt, eine Frau mit Kind zu heiraten? Hat es Ihnen Ansehen gebracht? Ich verstehe Sie nicht. Verschließen Sie sich nicht, öffnen Sie sich mir als Ihrer Freundin. Sie verheimlichen mir was, das ist schlecht von Ihnen. Sie waren bestimmt wunderbar, wenn nur diese Wangen nicht wären. Trinken Sie nicht so viel, Tolja! Das macht Sie älter, Sie dürfen nicht älter werden, wie der Gott Eros!«

»Gestatten Sie, daß ich ein bißchen ruhe«, entgegnete Tolja darauf, er legte sich aufs Sofa und schlief bis 9 Uhr früh. Ich räumte alles auf und saß wie im vergangenen Jahrhundert mit Kerze da, dann zog ich meinen Schlafanzug unter Toljas Kopf vor und legte mich auf die Campingliege.

In der Nacht richtete sich Tolja einmal auf und flüsterte ganz schnell: »In diesem Zimmer hat es früher einen Ausgang gegeben, jetzt ist keiner mehr da.«

»Was ist los, Tolja«, antwortete ich ihm. »Was ist los?« Er saß angezogen auf dem Sofa, gelb angestrahlt vom Kerzenlicht, und sagte: »Gleich«, fiel dann wieder zurück und wachte erst um 9 Uhr auf, als wäre nichts geschehen.

Zu dieser Zeit habe ich schon in der Küche gesessen und Tee getrunken, irgendwie hatte ich Lust auf Tee und habe überlegt, in welch idiotische Lage mich dieser Tolja vor meinen Mitbewohnern gebracht hat. Tolja dagegen wachte quietschvergnügt auf, trank mit mir Tee, saß noch bis 12 und hat wieder lang und breit darüber geredet, daß in seinem Bewußtsein die Verbindung der Zeiten abgerissen sei, mir den Inhalt eines Films erzählt, den ich noch nicht kannte, sich zum Abschluß verabschiedet und ist dann gegangen.

Jetzt tut mir der Kopf davon weh.
Ich weiß noch nicht, daß er sich in einem Jahr aus dem Fenster stürzen wird.

DIE JÜDIN VEROTSCHKA

Wir lernten uns übers Hosennähen kennen, mir war erzählt worden, es gäbe da die großartige Hosennäherin Vera. Diese Zeiten sind lange her, Hosen waren gerade in Mode gekommen, und ein Paar hatte ich mir bereits bei einer schludrigen Schneiderin nähen lassen, der ersten selbständigen Unternehmerin in Moskau, N. mit Namen. Sie machte Schnitte für alle Größen, stellte eine Näherin ein, mietete eine Wohnung, die Kundinnen fragte sie nur nach der Größe, 46 oder 44, und ich war zweimal bei ihr. Es herrschte ein heilloses Durcheinander, die bescheidene Näherin führte im Nebenzimmer die Nadeln, und N. (Stecknadeln zwischen den Zähnen und durch die Zähne sprechend) hatte sich was Geniales ausgedacht: Sie schnitt den Stoff in einer bestimmten Größe zu, heftete ihn mit riesengroßen Stichen, zog dieses Halbfabrikat der lebendigen Klientin linksherum an, und wo was zu weit war, raffte sie den Stoff einfach mit Stecknadeln zusammen, einszweidrei – morgen kannst du dir deine Hose abholen. Aber irgendwas stimmte mit dieser Hose nicht, im Endeffekt mußte ich sie mit einem Pullover verdecken, und beim nächsten Mal, zwei Jahre später, vor meinem Urlaub, stieß ich über Bekannte auf Verotschka.

Sie empfing mich in ihrem Zimmer in einem großen Generalshaus auf irgendeinem Prospekt namens Soundso, riesige Fenster, hohe Wände, doch sie hatte nur dieses eine Zimmer, hinter der Wand lebten offenbar Mitbewohner. Das Zimmer der Hosennäherin Verotschka war wunderschön, wie das einer jungen Malerin, viele Bücher, Spiegel, Vorhänge, alles dunkel und glitzernd, Teppiche und Kissen. Verotschka selbst verblüffte mich ebenfalls: klein, elegant, das Gesicht wie ein helles Ei in einem Nest dunkler, kurzgeschnittener Haare, riesige, glänzende, sehr ruhige Augen. Sie tat alles wie eine waschechte Meisterin, sie nahm Maß und schrieb auf, einmal war ich zur Anprobe da, und beim nächsten Mal bekam ich schon die wunderbare weiße Hose, in der ich dann viele Jahre herumstolziert bin, schade, daß der Stoff so billig war und weiß, ich habe die Hose oft gewaschen, dann gestopft und dann weggeworfen, doch erst viele Jahre später.

Lange trug ich diese Hose, und wie einen lichten Traum hegte ich den Plan, Verotschka noch einmal zu besuchen, die, nebenbei gesagt, eigentlich nicht Hosennäherin, sondern Studentin und Redakteurin in einem Verlag war. Mit den Hosen verdiente sie sich ihren Lebensunterhalt, weil sie (so schloß ich) von ihren Eltern weggegangen war, wohlhabende Leute, sie hatten ihr das reiche Zimmerchen gegeben, und nun mußte sie sehen, wie sie allein zurechtkam.

Sie verdiente sich ihr Geld ehrlich und glänzend, aber besucht habe ich sie nie wieder, meine Angelegenheiten liefen alles andere als glänzend, mir stand der Sinn nicht nach Hosen.

Doch einige Jahre später kam wieder einmal der Frühling und mit ihm das schreckliche Problem, daß ich nichts zum Anziehen hatte. Im Herzen trug ich immer noch die Erinnerung an die wunderbare Verotschka, den neuen Robinson, an die schöne Insel inmitten der Lebensstürme – und an die weiße Hose, die mir im Sommer als einziges Kleidungsstück gedient hatte, du ziehst sie an – und bist ein Mensch, du ziehst sie an – und brauchst dich nicht zu schämen und so weiter, und wie wichtig ist das für eine junge Dame, sich ihres Aussehens nicht schämen, sich nicht verkrampfen, sich nicht verstecken zu müssen.

Verotschka hat's gut, dachte ich, sieht mit ihren blanken Schokoladenaugen aus wie ein Filmstar, schlicht gekleidet, eine englische Prinzessin, näht und strickt und hat sich alles selbst eingerichtet, wie sie es braucht.

Mit einem Wort, ich rief sie an.

»Wissen Sie denn nicht?« sagte eine Frau trocken. »Verotschka ist nicht mehr hier. Schon lange nicht mehr. Sind Sie eine Bekannte?«

Ich sagte, ich sei eine sehr entfernte Bekannte, Verotschka habe mir mal was genäht.

»Genäht!« rief die Frau betrübt. »Genäht! Verotschka ist gestorben, haben Sie das nicht gewußt?«

Pause.

»Verotschka ist vor drei Jahren an Brustkrebs gestorben.«

Mein Gott, die kleine Verotschka!

»Verotschka wollte so gern ein Kind haben, doch sie haben es ihr wegen des Knotens in der Brust verboten, aber sie hat sich das Kind nicht wegmachen lassen, sondern ausgetragen. Sie starb, als das Kind sieben Monate war. Sie hat sich nicht bestrahlen lassen und keinerlei Medizin genommen, um ihm in der Schwangerschaft nicht zu schaden. Verotschka! Das war eine Geschichte.«

Die Frau verstummte. Ich schwieg ebenfalls.

»Verotschka hat ihr Kind allein zur Welt gebracht«, begann

sie wieder, »ohne Mann. Sie hat einen Menschen sehr geliebt, doch der war verheiratet.«

»Und was ist jetzt mit dem Kind?«

»Wir Juden«, sagte die Nachbarin, »wir lassen unsere Kinder nicht im Stich, jawohl. Der Vater kommt es besuchen. Kauft ihm, was es braucht, und außerdem wissen die nicht, wohin mit dem Geld. Die kümmern sich um das Kind.«

Offenbar hatten Verotschkas Eltern es zu sich geholt.

»Die Eltern haben es zu sich geholt, jaja«, bestätigte die Nachbarin, »obwohl sie kein gutes Verhältnis zu ihrer Tochter hatten. Verotschka hat nie was von ihnen genommen.«

Daran erinnerte ich mich.

Die Nachbarin verabschiedete sich langsam von mir, langsam und bedeutungsvoll, Verotschka aber schaut nun vom Himmel auf ihr Kindchen herab und sorgt sich um es, sie sorgen sich dort alle um uns, alle, die uns geliebt haben. Die Jüdin Verotschka – wer weiß, in welchem Paradies.

BAZILLE

Die Geschichte von Bazilles Tod war dergestalt, daß alle im System sagten: Sie ist im vierten Stock zu Fuß aus dem Fenster gegangen, auf dem Asphalt aufgeknallt und vor Verbitterung gestorben. Das heißt, nicht alle sagten das, Kamikaze hat es gesagt, und die anderen haben es nur wiederholt. Bazille fixte, kiffte, schluckte, was sie bei den Leuten fand, das heißt ganze Hausapotheken, die sie zusammenmixte, Tabletten und Tinkturen, Shampoo und Zahnpasta, sie arbeitete an ihrer Selbstvernichtung, aber von allein kommt nicht, was schon zu vielen im System gekommen ist. Igel, Deribassowski, Kutja, eine ganze Reihe wurde in den vergangenen Monaten von ihren Eltern begraben, Schraube war verschwunden, war einfach weg und Schluß, ein Jahr später rief seine Mutter jemanden an und lud ihn zum einjährigen Todestag ein. Vielleicht hatte sie ihn gefunden und begraben, keiner hat sie gefragt, das war zu peinlich.

Wie sich einige erinnerten, war Bazille seit dem sechzehnten Lebensjahr drauf, sie war von irgendwoher gekommen, dann wieder verschwunden, um ein Kind zu kriegen, hatte das Mädchen bei der Mutter gelassen, war zurückgekommen, hatte wieder im Fußgängertunnel Flöte gespielt, bei irgendwelchen Leuten gepennt, Gedichte auf der Schreibmaschine abgetippt und so weiter.

Das System ist so organisiert, daß es alle aufnimmt, seine Kinder in Absteigen umhegt und pflegt, darunter auch echte Kinder, und sie alle sind anfangs still und harmlos wie Blumen, teilen, was sie haben, bilden riesige Familien, für jeden Neuankömmling finden sich zwei Quadratmeter, sie hören Musik, trinken, sprechen in ihrem Jargon, lernen Gitarre und Flöte spielen, bewirten sich gegenseitig mit Tabletten, brauen in aller Stille ihren Mohnsud, reichen die Spritze von Hand zu Hand, aber wie uns Bazilles Geschichte lehrt, gibt es auch innerhalb dieser engelgleichen Gesellschaft eigene Verbote, und diejenigen, die sie nicht befolgen, werden im nächsten Augenblick entrechtet und ausgestoßen; die einen Armen jagen die anderen Armen, bereits durch und durch schizophrenen Kretins, wie es so schön heißt, hinaus. Die dürfen nicht mal mehr über die Schwelle gelassen werden, die klauen todsicher was vom gemeinschaftlichen oder privaten Eigentum, nutzen das Vertrauen aus, und hast du nicht gesehen, ist der Schwarze Afghane weg oder sind die Tabletten verschwunden, die du sorgfältig in der Rucksacktasche versteckt hattest, eingewickelt in Papier. Das galt als ein sehr schweres Vergehen. Das heißt, jeder konnte kommen und in der Wohnung leben, alle wurden reingelassen, wenn sie dazugehörten, Bettelarme, Todkranke, Notleidende und Wahnsinnige, Hungrige, die sich vollknallen wollten, aber auch Reiche, gut Angezogene, das heißt Aussteiger und Verlorene, oder Gepflegte und Gehegte, die sogenannten »Girlys« (dreizehn-, vierzehnjährige frische Mädchen, gerade dem Gitterbettchen ihrer Alten entstiegen): nur klauen durfte keiner das mühsam erworbene Eigentum.

Alkis vom Bierkiosk wurden selbstverständlich nicht reingelassen, außerdem keine Rocker mit Lederkluft und Sturzhelmen, keine Diebesgesellen, aufgestachelten Faschos – die gehörten zu anderen Gruppen.
Das System hat, wie gesagt, seine eigenen Entrechteten. Das heißt, sie kommen bereits als Entrechtete dorthin, von allen verstoßen und selbst alle abstoßend. Innerhalb dieser Gemeinschaft der Ausgestoßenen gibt es wiederum Aussätzige, die nirgends Einlaß finden. Die Heruntergekommensten in dieser heruntergekommenen Gesellschaft, die ideal Freien, Skrupellosen, die Zeitlupen-Selbstmörder und Zeitlupen-Mörder. (Wie der legendäre Mann, der seinen drei Monate alten Sohn auf den Balkon trug und mit sich selbst eine Wette abschloß, ob er ihn fallen läßt oder nicht, während er ihn in der ausgestreckten Hand hielt: Bin ich eine schlotternde Niete oder was? Ihn aber doch fallen ließ, weil die Hände zitterten. Ihm habe es jemand so befohlen, sagte er später, jemand habe es ihm eingegeben – er war so einer, wurde in die Klapper gebracht, das heißt ins Irrenhaus, wurde nicht abgewiesen, als er wieder rauskam, doch bald ging auch er. Zu früh entlassen, sagten die verstörten und gedemütigten Eltern auf der Trauerfeier.) Auch die Leute aus dem System hatten demnach welche, die sie ausstießen.
Also die Zeitlupen-Selbstmörder. Bei ihnen ging der Witz um: »Gut leben und schnell oder langweilig und langsam«, du kannst wählen. Bazille war eine, die schnell lebte, ihr gingen sogar die Abgebrühtesten aus dem Weg, sie wurde über keine einzige Schwelle mehr gelassen. Moskau – die Stadt der verschlossenen Türen. Bazille war als junges Mädchen an den Gestaden dieser Stadt gestrandet, sie fand überall offene Türen, sie schlief mit dem einen, kriegte ein Kind von einem

anderen, und beim dritten holte sie sich Tb. Sie hatte sich die einfachen Regeln schnell angeeignet, hatte gelernt, sich einen Joint zu drehen, und als sie das Kind bei den Eltern abgeliefert hatte und zurückgekehrt war, begann ihr Untergang. Das Flötenspiel im Winter im Tunnel brachte nicht viel ein, die Dosis mußte ständig erhöht werden, und Geld hatte sie keins, da begann Bazille arglos fremdes Geld zu nehmen, dazu von ihrem eigenen Bruder aus dem System, der immer illiquid, das heißt abgebrannt war.

Bazille erlangte einen solchen Ruhm unter ihren Leuten, daß ihr Name in ganz Moskau bekannt war, richtiger, ihr Spitzname, niemand wußte, wie sie wirklich hieß. Ihre Gedichte wurden abgetippt und machten die Runde, gelangten in die Hände völlig fremder Leute, ihr Leben war zur Legende geworden, sie selbst jedoch wurde nirgendwo reingelassen, es war unmöglich, sich im selben Raum wie sie aufzuhalten, sogar irgendwie unheimlich. Selbst diesen tapferen Zynikern des Systems, die nicht lange leben wollten, selbst den Apologeten des schnellen Todes, den langhaarigen, hungrigen, kranken, schmutzigen, verlausten Mädchen und Jungen – selbst diesen Todeskandidaten war Bazille unheimlich, das heißt, sie sah nicht besonders schrecklich aus, aber sie wurde einfach nicht mehr reingelassen.

Vielleicht hatte ihr Gesicht wirklich was Gruseliges, die durchsichtigen, schmutzigen Hände, der vollkommen immaterielle Körper, die Augen in den tiefen Höhlen, die eingefallenen Wangen, die wie in einem Schaufenster ausgestellten, gelblich-schwarzen Zähne, eine Nase war nicht vorhanden, wie aufgelöst, nur kleine Löcher wie bei Michael Jackson. Jedenfalls begann das System Bazille auszuspucken, doch es fragt sich, wohin? Klar, wohin. Aber das konnte eigentlich nicht sein, denn gerade im System sind alle willkommen, das System nimmt alle an und stößt keinen ab, für alle gibt es ein Stück Beton und die Schulter des Nachbarn im Keller, mehr wird nicht garantiert, ein Fußboden, eine Decke und vielleicht ein Wasserhahn irgendwo.

Bazille wurde das alles verwehrt. Ihr wurde auch die Freundschaft verwehrt, die Ruhe und der Tod an der Seite der eigenen Leute.

Und plötzlich, als sie einmal im Winter durch Moskau zog auf der Suche nach einer Penne, verschwand sie, war wie vom Erdboden verschluckt, und alle, besonders Kamikaze, konstatierten befriedigt, daß sie Bazille endlich los seien. Kamikaze hatte eine winzige Wohnung von der Großmutter geerbt, kaum war die Großmutter tot, kaum hatte Kamikadse seinen Rucksack in die Wohnung gestellt, war Bazille schon zur Stelle, die das gerochen haben mußte. Bazille nistete sich bei ihm ein, als sei das die selbstverständlichste Sache von der Welt, so, wie sich die Leute vom System immer wie selbstverständlich auf jedem beliebigen Fleckchen mit einem Dach darüber einnisten, das einer vom System erworben hat. Die Tür ins System muß für alle aus dem System offenstehen, wie in einer Kathedrale die Tür zu Gott, und für jeden muß sich ein Plätzchen finden, Gott hat für alle etwas.

Aber nicht für Bazille, sie wurde verjagt. Bald tauchte sie wieder auf, noch magerer als sonst, bei Kamikaze wohnte bereits seine fünfzehnjährige Frau, die gerade entbunden hatte, und noch eine mit Kind und ein Junge namens Insekt, der als einziger manchmal Geld anbrachte.

Bazille wummerte an die Tür. Als Kamikaze die bekannte Stimme vernahm, schickte er sein Weib mit einem Schlauch raus (die Ölleitung eines Lasters, ein schweres Teil). Die fünfzehnjährige Frau war ebenfalls mager und hungrig, aber dafür stillende Mutter mit Familieninstinkt, Verteidigerin ihres Mannes und Kindes, so, wie es sich im System gehört. Bazille wich zurück. Wo sie die nächsten vier Tage verbrachte, ist unbekannt, Geld besaß sie grundsätzlich nicht, die Flöte war ebenfalls verschwunden, sie war Bazilles einziges Arbeitsmittel, ihre einzige Nahrungsquelle.

Da passierte gerade zur passenden Zeit noch eine Geschichte, ein Unglück kommt selten allein: Vier aus dem System verbrannten in einem leeren Sommerhaus, möglich, daß es niemandem gehörte, sie hatten einfach die Tür ausgehoben und waren rein, Gott hat, wie gesagt, für jeden etwas. Fünf gingen hinein und soffen, diese fünf vertrieben einen sechsten, fremden, der sich unterwegs an sie gehängt hatte. Das ist eigentlich der Standardtod im System – plötzlich vertreiben alle zusammen einen anderen, der animalische Platzinstinkt spielt eine Rolle dabei, das Gespür für die Schwäche eines anderen, der Vertriebene wird verstoßen, eine Krähe hackt der kranken das Auge aus, Wölfe zerfetzen den kranken Wolf und so weiter, im System ist es genau das gleiche. Von einem Fremden laß lieber die Finger. Ein Fremder kennt die Gesetze des Systems nicht, der verjagte (nicht aufgefressene und nicht todgehackte) Gast kam wieder auf die Beine, verrammelte die Tür zum Sommerhaus mit einem Balken, wartete, bis das Licht ausging und die Leute des Systems verstummten, und schüttete sein Feuerzeugbenzin über die Hütte, lange versuchte er sie anzuzünden und schaffte es schließlich, offenbar war er während seines Lebens in Freiheit zu einem Meister im Kokeln geworden, das Ergebnis – alle verbrannten, allein Insekt, der unter Schlaflosigkeit litt, zerschlug die Fensterscheibe und stieg aus.

Kamikaze teilte Insekt seine ewige Regel mit: Wer gefallen ist, den tritt, für Schwache, die nicht lebensfähig sind, gibt es keinen Platz auf dieser Welt. Jener Brandstifter aber war lebensfähig, das heißt nicht lebensfähig eigentlich, sondern von einer anderen Welt, denn Systemkinder morden selten, meist sterben sie selbst, treten aus dem Fenster wie Bazille, verrecken an einer Überdosis, aber bewußt und absichtlich bringen sie keine lebendige Seele um. Jener Brandstifter aber kam wahrscheinlich aus einer Welt, in der man ohne viel Federlesens mordet, aus der gewöhnlichen Welt, deshalb hat er ja den Fünfen aus dem System nicht gepaßt, vielleicht hatten sie ihn nicht an ihr Mädchen rangelassen, hatten ihn mit ihren schwachen Kräften rausgedrängt, und das hatte ihn offenbar tief gekränkt.

Bazille war keineswegs gekränkt, als Sonja Pishma ihr mit dem Schlauch entgegentrat, Bazille blieb stehen, wo sie stand, im kalten Treppenhaus, als sich die Tür für immer vor ihr schloß. Sie blieb vielleicht bis zum nächsten Morgen dort stehen, sie haben nicht nachgeschaut, sie hatten genug zu essen im Haus und mußten nicht raus, außerdem hatten sie Angst. Vier Tage später trat sie in einem anderen Treppenhaus aus dem Fenster und starb, wie Kamikaze verlauten ließ, vor Verbitterung, als sie auf den Asphalt knallte, vor Verbitterung starb sie.

DAS MÄNNLICHE UND DAS WEIBLICHE

Merkwürdige Kapriolen macht die Natur manchmal. Vielmehr – seltsame Fehler. In einer Milliarde von Fällen irrt sie sich kein einziges Mal, folgt strikt ihrer vorgegebenen Linie, um plötzlich in einem einzigen Fall fehlzugehen. Sehen Sie, da entsteht ein Leben, eins wie all die anderen, und hat angeblich die gleichen Rechte wie andere Leben auch, das Recht auf Seele, auf Gedanken, Glück, Hoffnung, das Recht auf einen kleinen Kummer, wenn die Realität nicht mit den Träumen übereinstimmt und so weiter – die bekannte Palette.

Von wegen! Es zeigt sich, daß diese fehlerhafte Seele von Geburt an dazu verurteilt ist, ihr ganzes Leben in sich selbst gefangen zu sein und gefoltert wird, von Gerechtigkeit, Glück und Träumen keine Spur, und das nur, weil sich eine sogenannte Phasenabweichung ereignet hat, ein winziges Aus-dem-Rahmen-Fallen, das darin bestand, daß ein sechzehnjähriges Mädchen – bei der gesamten Klasse beliebt und moralischer Maßstab für alle, aufrichtig, irgendwie anziehend in ihrem In-sich-Versunkensein, vor dem alle kleinen menschlichen Leidenschaften erblaßten, von einer äußeren Erscheinung, die auf den ersten Blick vermuten ließ, daß sie alles verzieh, immer lächelnd, wobei deutlich zu merken war, daß in ihrem Inneren ständig etwas arbeitete –, das Aus-dem-Rahmen-Fallen also bestand darin, daß dieses anziehende Mädchen plötzlich unbeherrscht aufflammte und das stille, stetige Lächeln ersterben ließ. Was da aufflammte, war der zornige Haß auf den Sportlehrer.

Hier müssen wir abschweifen und etwas vom inneren Wesen sagen, das einzig und allein den Zauber einer menschlichen Persönlichkeit ausmacht. Wir haben bereits das ständige In-sich-Versunkensein des Mädchens erwähnt, die (offenbar) ständige innere Arbeit, die sich nicht in Worten äußert, als sei sie ein streng gehütetes Geheimnis, aber nicht absichtlich gehütet, sondern unbewußt.

Sonderbares kommt manchmal ans Tageslicht, wenn das Geheimnis der Persönlichkeit aufgedeckt wird – in solch einer Minute der Offenheit, einem Moment des Betrunkenseins, einer Anwandlung von Vertrauensseligkeit, zu der es bei einem Menschen kommen kann, wenn jemand sehr hartnäckig um seine Zuneigung buhlt, und um Nadjas Zuneigung, das sei hier angemerkt, wurde hartnäckig gebuhlt, besonders am Ende ihres kurzen Lebens.

Und wenn schließlich jemand als erster dieses Ziel erreicht und das Vertrauen der Person erringt – was kommt dabei heraus? Dann wird das Geheimnis gelüftet, wird eine fremde Seele enträtselt, zwei, drei Sätze reichen, wie sich zeigt, und alles liegt offen da.

In der Regel sagen zwei, drei Sätze nichts aus über den Kosmos, von dem sie ausgesendet werden wie eine Nachricht aus einer anderen Zivilisation; da sie in unserer einfachen und gemeinen Sprache gesprochen werden, sind es verständliche Worte, beschränkte, bei kritischer Betrachtung grobe. Kein einziges Wort deckt sich aber mit dem Gedanken, der es geboren hat, und aus diesem Grund klingt es manchmal so platt, wenn das Problem, das uns quält und quält und quält, beim Namen genannt wird – so wie beispielsweise das Problem der Entstehung des Lebens, aber wenn wir des Nachts daran denken, auf höchstem Niveau, wenn wir uns vertiefen in das Weltgebäude und so weiter, dann bewahre uns Gott davor, am nächsten Morgen auf der Arbeit oder im Kreis der Familie mit einem Lächeln zu sagen: »Heute nacht konnte ich nicht schlafen und habe an die Entstehung des Lebens gedacht.« Gleich hat man für uns eine platte Lösung parat, man sei dumm, als ob man nichts anderes zu tun habe, als nachts über die Entstehung des Lebens nachzudenken, über so was Triviales, Pseudowissenschaftliches, was man auch noch so platt bekunde, einfach so erzähle. Meine man das tatsächlich ernst?

Ist die Sache mit dem Sportlehrer dein Ernst, Nadja, akzeptierst du im Ernst nicht sein Unterrichtssystem, diese zwei lächerlichen Stunden in der Woche, die er hat, diese schlechtbezahlte Stelle, so verachtungswürdig, in der außer dem Kleinhirn nichts gefordert wird? Quält es dich allen Ernstes, daß im Sportunterricht zuwenig vermittelt wird? Diese Purzelbäume auf der Matte und das Basketballspiel mit eurem Gehampel fünfundvierzig Minuten lang reichen dir wohl nicht? Ausgerechnet das ist es, was dich quält? Du willst was anderes, du willst mehr, und aus diesem Grunde willst du nichts mehr von ihm wissen? Hier, in der staubigen Turnhalle, liegt der Grund für deinen Zorn, daß man euch zuwenig beibringt und so schlecht ins Leben entläßt?

Richtig, genau hier bekam Nadjas rätselhafte Seele einen Riß, dem neue Scharten und Risse folgten, besonders in den letzten Monaten ihres Lebens, als sie selbst sah, wie offen ihre Seele vor den Ärzten lag – aber der erste Riß entstand während des ersten Streits mit dem Sportlehrer, einem Mann mittleren Alters, der mit seinen eigenen Sorgen befaßt war und sich den Dutzend Augenpaaren nicht öffnete, die ihn in der staubigen Turnhalle verfolgten.

Der mit seinen eigenen Problemen befaßte, nicht mehr ganz junge Mann, schlank und sehnig, der nur zur Sache sprach und abgehackt, immer in Sorge, daß eines der Mädchen sich verletze. Zu diesen Dutzend Seelen gab es für ihn nur einen Zugang: ihre Namen kennen, mehr nicht.

Nach den ersten Stunden in der zehnten Klasse bei diesem neuen Lehrer ging Nadja überhaupt nicht mehr zum Sportunterricht, was sie hitzig und mit ungewohnt vielen Worten begründete. Erstens gefielen ihr diese endlosen Purzelbaume, Weitsprung und so weiter nicht, dann beschwerte sie sich, daß sie kein Diskuswerfen oder Kugelstoßen machten. Im vergangenen Jahr hätten sie das gehabt, sagte sie fast unter Tränen.

Der Lehrer gab ihr eine Vier nach der anderen, und die Klassenleiterin war in ernsthafter Sorge, weil sich der Zensurendurchschnitt der besten Schülerin, der Hoffnung der Schule, kraß verschlechterte. Es war die Abschlußklasse, die Schüler bereiteten sich auf die Aufnahme an die Universität vor, und Nadja bekam jede Woche zwei Vieren und saß während des Sportunterrichts demonstrativ im Korridor auf dem Fensterbrett.

Das sah merkwürdig aus, und die Klassenleiterin wollte gemeinsam mit den verstimmten Eltern die Situation retten. Sie schickten Nadja zum Neurologen, damit dieser ihr ein Attest für eine Befreiung vom Sport ausstelle. Man hoffte, sich mit den Ärzten beispielsweise auf starke Kopfschmerzen einigen zu können.

Nadja mußte alle möglichen Untersuchungen bei allen möglichen Ärzten über sich ergehen lassen, und sind Endokrinologe, Psychiater und Gynäkologe zur Stelle, kommt jedes Geheimnis ans Tageslicht. Hierzu zählt als sorgsam gehütetes Geheimnis auch eines, das nicht einmal seinem Besitzer bekannt ist. Nadja wurde von den Ärzten durchschaut, dann auch von den Eltern, Lehrern und Schülern, sie selbst allerdings erfuhr nichts, lebte weiter in völliger Unkenntnis und hütete ihre Persönlichkeit und ihre Welt, in die sie niemanden einließ. Sie wußte nicht, daß ihre Individualität vorherbestimmt war und ihr Wesen vulgär und eindeutig beschrieben werden konnte.

In Nadja tobten ganze Universen und Welten, die einander abwechselten, nichts war mit Worten zu bestimmen, und ihr Geheimnis verbarg sie nach wie vor hinter einem freundlichen und bezaubernden Lächeln, das ihre blendendweißen Zähne entblößte und ihr frisches, junges und markant knabenhaftes Gesicht aufhellte – fast knabenhaftes. Es gibt solche Mädchen, die wie Jungen aussehen, die reinsten Athenen und Demeter, Jagdgöttinnen, es gibt sie; auch Nadja war so eine, und sie lachte alle und jeden mit ihrem rührenden, offenen Lachen an, mit Ausnahme des Sportlehrers, und dieser mürrische Mann (der ebenfalls eine eigene Welt und einen geheimnisvollen Kosmos hatte) mäkelte kleinlich an ihr herum und schaute, immer wenn er Nadja auf dem Korridor traf, über ihren Kopf hinweg, über die kurzgeschnittenen Locken des griechischen Knaben.

Der Sportlehrer, von der Schulleitung in seiner Autonomie gestört, mußte Nadja vom Unterricht befreien, er konnte ihr in seiner männlichen Primitivität Persönlichkeit und Protest nicht verzeihen, er konnte nicht begreifen, daß ihr Widerstand nicht unbedingt gegen ihn gerichtet war und daß es sich nicht um schlechtes Betragen handelte, sondern um ein Mißgeschick, das um so rührender, weil unbewußt war.

Wir fügen hinzu, daß Nadjas Mißgeschick bis zum Schluß von ihr selbst nicht erkannt wurde.

Nadja verstand zum Beispiel nicht den wahren Grund ihres Ärgers und Zorns auf den neuen Sportlehrer, von allen Lehrern war er der einzige, der ein Fach unterrichtete, das dem Physischen, dem Natürlichen am nächsten stand, ihn genierte nicht im geringsten, daß immer ein Teil der Mädchen nicht mitturnte. Nicht im geringsten brachten ihn die sich langsam rundenden Formen in Verlegenheit, die Turnhemden mit den Schweißflecken, die häßlichen Turnhosen, die nicht dazu da waren, schick auszusehen, sondern lediglich die Bewegungen nicht hemmen, beim Wettrennen nicht stören sollten. Der Sportlehrer bevorzugte offenbar überhaupt mehr den Schweiß, die Arbeit, die Freiheit der Bewegung und klare Situationen: Entweder du kommst zum Sportunterricht oder bleibst aus durchaus verständlichen Gründen fern, doch dann verhülle nicht die wahre Lage der Dinge und erfinde nicht zum Beispiel irgendwelche Vorwürfe, deretwegen du angeblich den Unterricht versäumst.

Seitdem der Sportlehrer in alles eingeweiht war, ging er mit unwillkürlicher Geringschätzung und sogar mit einem Gefühl von rechtmäßiger Überlegenheit an Nadja vorbei, was sie verstörte und immer blasser werden ließ. Und das sah aus wie Liebe, wie der verbissene Kampf zweier Wesen, von denen eines plötzlich zerbricht und das andere jegliches Interesse verliert.

Der Sportlehrer verlor tatsächlich jegliches Interesse an Nadja, nicht nur, daß sie nicht mehr für ihn existierte – sie war einfach für Sport nicht geeignet, da sie an keinem Wettkampf teilnehmen konnte, nicht einmal an einem Schulwettkampf, sie hätte ihrem Sportlehrer nur Unannehmlichkeiten bereitet, wenn sie ihre außergewöhnlichen sportlichen Fähigkeiten vorgeführt hätte – und sie zeigte tatsächlich ungewöhnliches leichtathletisches Talent, wie zum Beispiel im vergangenen Jahr im Kugelstoßen –, wenn sie also plötzlich erschienen wäre, alle besiegt und alle Barrieren überwunden, Pokale und Medaillen erobert hätte! Daran durfte er gar nicht denken!

Wieder in die Schule zurückgekehrt, hielt Nadja noch immer an ihrer Individualität fest, war noch immer verschlossen und rätselhaft und lächelte noch immer jeden und alle offen an, dabei wußten alle schon alles, und die Mädchen beobachteten Nadjas Verhalten mit animalischer Neugier, und die Jungen, in diesem Alter sowieso ein stumpfes und desinteressiertes Völkchen, sahen sie mit merkwürdigen, ausweichenden Blicken an, um sich ganz ihrem bescheidenen Vergnügen in Form von Diskussionen über die letzten Spielergebnisse ihrer Mannschaft hinzugeben.

Weder zu der einen noch der anderen Gruppe fühlte Nadja sich hingezogen, sie stand abseits, bekam sehr gute Zensuren, hatte aber in den Pausen keinen Zufluchtsort. Man konnte den Eindruck gewinnen, daß sich für sie niemand mehr interessierte – so, wie sich ein Hahn nicht für eine Ente interessiert und umgekehrt.

Die einzige Sphäre, in der Nadja wichtig und notwendig war und mit Ungeduld erwartet wurde, war die Medizin. Mit dem ersten Arztkontakt in der Neurologie, mit den ersten Untersuchungen und Aufzeichnungen in die Krankengeschichte ergriff die medizinische Sphäre immer mehr Besitz von

Nadja, hielt sie immer öfter in ihren Klauen – bald nicht mehr ambulant, sondern im Krankenhaus, und zwar einem psychiatrischen, in das Nadja eingewiesen wurde, weil sie sich weigerte, zur Schule zu gehen, und wo man ihr eine andere, eine besondere Schule empfahl, dort bekäme sie ebenfalls ein Zeugnis, dort seien die anderen Schüler krank und sie die Gesunde – so hieß es.

In der Psychiatrie verbrachte Nadja ihr letztes Lebensjahr, sie weigerte sich sogar nach Erhalt des Attests, das Krankenhaus zu verlassen, im Sommer in die Freiheit zu gehen, zu den Menschen, um sich zu erholen.

Auch im Sommer blieb sie in der Klinik, vergöttert von den Kranken, denen sie half, mit den alten Frauen ging sie spazieren, den Bettlägerigen las sie vor, half den Pflegerinnen beim Füttern und so weiter. Sie war dort auch in der schrecklichen Zeit, als eine andere Irrenanstalt renoviert wurde und alle – die Chronischen, die mit Anfällen, das Friedhofsgemüse und junge Mädchen nach Suizidversuchen –, als die alle zu ihnen gebracht wurden, in die patriarchalische Ruhe, in der Nadja immer noch weilte.

Nadja hatte übrigens mehr Freiheit als alle anderen, sie fuhr in die Stadt, wann sie wollte (was allerdings selten vorkam). Nadja ging mit dem kleinen Kollektiv der wissenschaftlichen Mitarbeiter wie mit ihresgleichen um, die drei Ärzte dachten (parallel zu dem allmählichen Ansammeln des wissenschaftlichen Materials über Nadjas Fall für zukünftige wissenschaftliche Arbeiten) – sie dachten über Nadjas Schicksal nach, insbesondere darüber, daß in absehbarer Zeit Nadja ein Bart wachsen würde, und darüber, in welche Richtung sie gelenkt werden solle, denn sie mit Hormonen vollzupumpen war kein Problem, und etwas annähen oder abschneiden auch keins, doch es ist nicht wichtig, was an einem Menschen herumhängt oder nicht, wichtig ist die Psyche, die Persönlichkeit, und die darf nicht zerbrochen werden. Die sexuelle Richtung, die im Innern angelegt ist, bildet sich unweigerlich heraus, und in diesem Zusammenhang brachten die Ärzte Nadja auf den Gedanken, daß es nun Zeit für sie wäre.

Es wurde eine übereilte Bekanntschaft mit einem Studenten organisiert, der zum Praktikum in die Männerabteilung gekommen war, dieser Student und Nadja gingen abends spazieren.

Allerdings ist es gut möglich, daß die Ärzte etwas nicht vorhergesehen hatten, irgendwelche Nuancen in der Psyche eines absolut reinen und unschuldigen jungen Mädchens, oder der Student selbst ziemlich aufopferungsvoll an die Idee des Experiments herangegangen war und beschlossen hatte, sich grob und schnell hinzugeben, ohne an das Ergebnis zu denken, denn er gab seinen Körper und nicht seine Seele, seine unsterbliche Seele und seine Gefühle, die nicht zum Körper gehörten, der das Experiment ausführte, sondern woanders waren in jenem verantwortungsvollen Moment. Und seine Seele blieb unberührt und unvergänglich, der Körper allerdings wurde in Mitleidenschaft gezogen, denn Nadja schlug ganz schrecklich auf den zukünftigen jungen Psychiater ein, so daß, bildhaft gesprochen, die Fetzen flogen.

Nadja aber, die das Wachsen ihres Bartes nicht mehr erlebte (und gerade diesen Bart befürchteten die Psychiater am meisten), Nadja hängte sich noch in derselben Nacht am Gürtel ihres Kittels auf. Und niemand verstand, warum das geschah, und es fand auch nicht seinen Niederschlag in Nadjas Krankengeschichte, obwohl dieses erschütternde zweihundert Seiten lange Material im Archiv aufbewahrt wird, aber es ist nur für Sie und mich erschütternd, für uns gewöhnliche Menschen, und das auch nur dann, wenn man alle Gespräche veröffentlichte, die Gedankengänge der Ärzte, ihre Zweifel, ihre Experimente mit den Beruhigungsmitteln und ihre lustigen Aktionen zu Nadjas Rettung.

Doch Krankengeschichten werden nicht veröffentlicht, sie sind Arztgeheimnis, das nicht zur Verbreitung gedacht ist, sie werden nicht geschrieben, um Wißbegier zu stillen, sondern aus wissenschaftlichen Gründen, das heißt zum Nutzen der Kranken schließlich und endlich – doch Nadja haben diese zweihundert Seiten nichts genutzt, Nadja verharrte sozusagen zwischen dem Männlichen und dem Weiblichen und konnte sich nicht entscheiden, weil sie möglicherweise viel zu klug war, viel zu unverdorben, die Natur hatte nicht genug Kraft, dieser klaren Entscheidung für die Reinheit zu widerstehen.

Allerdings sollte man aus dieser Geschichte nicht den voreiligen Schluß ziehen, daß für einen klugen Menschen das Weibliche zu niedrig, zu dumm und zu gemein sei und das Männliche zu selbstzufrieden und ebenfalls zu dumm und zu gemein und daß eine dritte Variante nicht gegeben ist, denn sie würde das Ende unserer Welt bedeuten, das Ende der Menschheit, wenn alle Leute so stehen blieben, als ob sie heilig seien.

Nein, nicht das lehrt uns die Geschichte der wundervollen, armen Nadja, und überhaupt, keine Geschichte, egal von wem, kann uns etwas lehren, uns auf etwas stoßen oder etwas umkrempeln in dieser Welt.

Denn das Hauptthema, an dem die drei Erforscher von Nadja arbeiteten, war die Vorbestimmung des Menschen durch seine Physiologie, aber nach Nadjas Tod wurde dieses Thema ad acta gelegt, es zerfiel sogar das Kollektiv dieser drei lustigen

Ärzte, Nadja war mit allen dreien befreundet gewesen, sie hatte ihnen geglaubt und sich möglicherweise in einen von ihnen verliebt und war deshalb im Krankenhaus geblieben – doch zu diesem Thema werden wir nichts weiter erfahren. Punkt.

DIE WAISE

Einigen erscheint manchmal sein totes Gesicht auf der Straße oder in der Metro. Sie betrachten es ungläubig, gehen um den wildfremden Menschen herum und ziehen erleichtert weiter, wenn ihnen der Unterschied aufgefallen ist. Niemand hat Erik im Sarg gesehen, einige hat er neulich noch angerufen, manchen zum Geburtstag gratuliert und erzählt, was er gelesen habe, und er hat gelacht und geweint, das heißt nicht direkt geweint, sondern einfach so. Dabei sind die Anrufe fast aus dem Jenseits gekommen, wenn nicht gar schon von dort, wo er jetzt liegt, aus der Erde. Er hat gelesen und geweint in den letzten Tagen, offensichtlich im Krankenhaus liegend, und wenn man ihn am Telefon ganz konkret zu sich einlud, verstummte er verwundert, es war, als habe er sich verschluckt, als ringe er nach Luft, er überhörte die Einladung und entgegnete nichts außer einem nachdenklichen »Dankeschön«. Er antwortete nicht, er schwieg und starb.

Eigentlich war er von Anfang an ein armes Leningrader Blockadekind gewesen, das nie über seine Gesundheit klagte, er lebte immer weiter und brach manchmal im Dienst auf dem Korridor in Schweiß aus und krümmte sich. Das war der Grund, warum seine Kollegen ihm einen Platz im Krankenhaus beschafften, wo sein Magengeschwür behandelt wurde. Aber sonst klagte er über nichts, trug sich mit irgendwelchen Plänen, er wollte nicht mehr und nicht weniger als Schriftsteller werden und über sein reiches Leben als Waisenkind im Heim schreiben. Aber daraus ist nichts geworden, das an Elend reiche Leben eines Waisenkindes wird nun als mündliche Erzählung im kurzen Gedächtnis seiner Kollegen aufbewahrt, vor allem seine Fahrt nach Hause, in seinen Geburtsort, wie er im Ausweis stand. Es gab solch einen Ort, ein Dorf, wohin er sich in einer plötzlichen und törichten Anwandlung aufmachte, seinen ganzen Urlaub dafür opferte und seiner Frau von dort ein seltsames Telegramm schickte: »Familie gefunden.« Seine Frau interpretierte diese Worte auf Weiberart, das heißt so, daß Erik dort eine andere Familie gefunden hatte, in Klammern, eine andere Frau, und das mußte sie ausgerechnet Alla Georgijewna am Telefon erzählen, eine bessere hätte sie sich nicht aussuchen können, Eriks Chefin, sie traf genau ins Schwarze, denn wenn Erik schon eine neue Familie gewollt hätte, dann Alla Georgijewna, eine Schönheit mit Brille, Rüschen und stets hochgekrempelten Ärmeln. Erik kehrte zurück, riß seine blauen Augen auf und teilte allen mit, seine, Eriks, Mutter lebe, seine Tanten und fünf Cousins und Cousinen ebenfalls, die Dorfverwandtschaft nicht mitgerechnet. Er berichtete, wie er durch Felder und Wiesen gestreift sei und eine Frau getroffen habe, die ihn erkannte, seine Cousine, und ihn, ohne sich selbst zu erkennen zu geben, in sein Geburtshaus geschickt habe. Und wie er geweint habe. Und daß sie ihn unter einem anderen Namen gesucht, und dann, als er achtzehn war, in der Armee und in allen möglichen Gefängnissen nach ihm gefahndet hätten, nachdem sie sich mit nüchternem Verstand ausgerechnet hatten, wohin wohl ein russischer Waisenjunge mit achtzehn kommt. Er aber, sieh mal einer an, er hatte studiert und es weit gebracht, er war Redakteur geworden und so weiter. Es stellte sich heraus, daß er als kleiner Junge zu einem reichen Onkel, einem Direktor, gebracht worden war, der ihm einen anderen Namen gegeben hatte und der später mit Blasmusik beerdigt worden war, seine Stiefmutter hatte Erik behalten, war dann aber während der Blockade ebenfalls Hungers gestorben, und unser Erik war fest davon überzeugt gewesen, er sei ein Waisenkind, und deshalb ins Heim gekommen. Das alles erzählte er mit leuchtendblauen Augen, weißem Gesicht und weißem Hemd, und jedesmal schloß er folgendermaßen: »Aber halt! Das ist mein Thema!« Wie sich zeigte, war er nach dem Krieg nach Leningrad gebracht worden, zum Vorstellen, ein ganzer Zug mit Heimkindern kam an und stand auf dem Abstellgleis, drei Tage lang wurde in der ganzen Stadt über Radio mitgeteilt, die Kinder seien wieder zurück, die dann und dann evakuiert worden waren, aber niemand kam sie holen. Offenbar waren alle Verwandten tot, und nachts, als die Stadt finster war, fuhr der Zug wieder ab und brachte unter dem Weinen der Räder alle Waisen nach Wologda zurück, in den Norden. Aber halt! Das ist Eriks Thema! Dort, wo er jetzt ist, im Dunkeln, erzählt er sie uns zu Ende, die unglaubliche Geschichte des erfolgreichen Waisenkindes, und hätte er in der Kindheit nicht so hungern müssen, dann hätte auf diesem Nährboden alles mögliche entstehen können. Aber das Verhängnis, das Schicksal, die unerbittliche Einwirkung eines Staats- und Weltkolosses auf den zarten Kinderkörper haben der Sache eine andere Wendung gegeben. Waisenkind. Waisenkind.

DAS LEBEN IST THEATER

Sascha lebte vorsichtig, das heißt – wie vorsichtig: Als Frau ohne Wohnung mischte sie sich nirgends ein, und an Orten, wo sie übernachten mußte, gab sie keinen Laut von sich, wenn sie beispielsweise bei Familienstreitigkeiten mit Geschirrzerschlagen und der Drohung, die Miliz zu rufen, dabei war: Sie hielt auf ihrer Matratze den Atem an, gab kein Lebenszeichen von sich und dachte an Gott weiß was, wahrscheinlich in der Furcht, daß alles angezettelt worden war, um zu zeigen, wer der Herr im Haus ist und wer gleich vor die Tür gesetzt werden wird – bestimmt ich, dachte Sascha (die Eheleute schämten sich vor ihr, konnten sich jedoch nicht beherrschen, diese schmachvolle Unbeherrschtheit vor Außenstehenden, o weh), aber niemand kann sich zusammenreißen, wenn zum Beispiel der Sohn einen verdächtigen Knaben zum Übernachten mitbringt – oder die Hausherrin diese Sascha über Nacht daläßt. Da muß es zum Streit kommen, weg mit dem Knaben, doch über Sascha kein Sterbenswort, du, Sascha, bleibst liegen.

Kurzum, Sascha vagabundierte durch die Stadt von einer Wohnung zur anderen, von einem Zimmer zum anderen, von der Matratze auf dem Fußboden zur Campingliege, und jeden Morgen, wenn sie sich vorsichtig aus dem fremden Nest machte, plante sie wahrscheinlich schon scharfsinnig den nächsten Haltepunkt ihres Nomadendaseins, bis sie für ewig ausvagabundiert hatte, als sie in die Schlinge schlüpfte, doch davon später.

So zog sie herum und trug alles akkurat in der Tasche bei sich, wusch wer weiß wo, bügelte wer weiß wie, sah aber ordentlich aus und lebte auch sehr ordentlich, ging niemandem auf die Nerven und mischte sich in nichts ein.

Sie lebte in Unfreiheit, so, wie die Wirklichkeit es ihr diktierte, die Ellenbogen am Körper, sie gestikulierte nur mit den Händen und selbst das mit Vorsicht und Geschmeidigkeit; der Gang geschmeidig, obwohl ein bißchen entenhaft, aber das war nicht so schlimm, es wurde ihr aus einem bestimmten Grund verziehen, Sascha war nämlich Regisseurin. Sascha war Regisseurin mit Diplom, sie inszenierte Stücke mal in dem einen Zirkel, mal in dem anderen, in kleinen Studios, niemals im Theater, zum Theater kam man nicht mit einem ordentlichen Lebenslauf und leiser Stimme, mit dieser schönen Brille, einer extra schönen, sorgfältig ausgewählten – nach nichts anderem war Sascha so hinterhergewesen wie nach einem schönen Brillengestell –, und hinter diesem schönen Brillengestell glitzerten in feuchtem Blau ihre immer etwas aufgerissenen Augen, wie sie Rothaarige manchmal haben: rosa Augenlider, rosa Augenbrauen, spärliche lange Wimpern, große bläuliche Augen, aber beileibe keine schönen, nein. Obwohl sich Sascha beim Friseur sorgfältig und akkurat Brauen und Wimpern färben ließ, ganz schmal und schwarz auf rosamattem Grund. Sascha war nämlich nicht hübsch, hatte aber eine gute Figur und war pingelig, eine vorsichtige junge Frau mit Brille, der übrigens ihre Häßlichkeit nicht im geringsten peinlich war und die wie eine freie und begehrte Frau lebte, eine wertvolle, mit Bedacht wählte sie selbst denjenigen aus, den sie wollte, manchmal liebte sie sogar zwei – aber sie ließ sich nie festnageln, irgend etwas paßte ihr immer nicht, weder beim einen noch beim anderen, kurz, sie vagabundierte offenbar mit dem Ziel durchs Leben, es zu studieren, daher das Geheimnisvolle und ewig Unausgesprochene. Sie studierte wahrscheinlich all ihre Übernachtungsquartiere, deren Besitzer, häufte es wie in einer Sparbüchse an, sammelte es still und unbemerkt mit ihren feuchten, glänzenden Augen ein: sie sammelte alle, schlief mit Männern jeden Schlages und verschmähte selbst Deputierte aus dem Volk in Hotels nicht, wenn sie ein Interview mit ihnen machen konnte (Sascha arbeitete nebenbei als Journalistin).

Ein komischer Knilch, irgend so ein Gigant aus einem sibirischen Sägewerk, diktierte ihr sogar am nächsten Morgen seine Postfachadresse, da seine Frau eifersüchtig war, das heißt, er nahm Sascha ernst. Leise lachend erzählte Sascha ihren Freundinnen von Abenteuern dieser Art, aber nur wie von einer Materialsammlung, einer Beobachtung des Lebens in all seinen Erscheinungsformen – sie war schon lang fest verheiratet. Allerdings nicht in Moskau, sondern in einer Vorstadt, am Wochenende fuhr sie immer dorthin, doch in Moskau arbeitete sie, das war des Rätsels Lösung.

Damals prägte sie zum ersten Mal den Begriff – ich studiere das Leben.

So existierte sie, ihrem Mann hatte sie allerdings einmal gesagt, sie verlasse ihn und gehe zu ihrem Geliebten (auch so einer kam vor), worauf der unglückliche Ehemann entgegnet hatte, sie brauche nicht wegzugehen (und wörtlich): »liebe uns alle beide«. Sascha blieb also an den Wochenenden bei ihrem Mann. Er hatte sie immer mit seiner Güte und Anständigkeit beeindruckt, er war Jude und Meister in einer Werkabteilung mit schmutziger Arbeit und wollte prinzipiell keine Karriere machen, die seinem Intellekt und Talent entsprochen hätte, er glaubte, schmutzige Arbeit sei die wichtigste; die Kumpel verehrten ihn, die Vorgesetzten noch mehr, ständig boten sie ihm den Posten des Chefingenieurs an, manchmal sogar den des Direktors dieser kleinen Fabrik, doch Naum ging nicht auf das Chef-Spiel ein und blieb dort, wo er war.

Schweigend unterstützte Sascha Anstand und Ausdauer ihres Mannes, bis sie in Moskau eine feste Anstellung fand, den Posten der künstlerischen Leiterin eines Theaterstudios in einem Gewerkschaftsklub, sie hatte sich trotz allem ihre kleine Karriere erkämpft, erlaufen und sich jede Woche einmal in der Leitung für Amateurkunst sehen lassen, wo eine Freundin saß, die den gewerkschaftlichen Theaterstudios vorstand. Wobei sich Sascha nicht absichtlich mit dieser nützlichen Frau angefreundet hatte, sondern zufällig, auf dem Festival der Amateurtheater. Sie wurden Kameradinnen, weil sie das Essen am selben Tisch einnahmen und auch bei den Diskussionen nebeneinander saßen und so weiter. Die Freundin lebte in schwierigen familiären Verhältnissen, sie liebte einen verheirateten Regisseur, der zu allem Unglück noch eine Geliebte hatte, seine konstante Schauspielerin, der Mann von Saschas Freundin aber schrie wie verrückt wegen jedes unabgewaschenen Tellers und überhaupt.

Als sich also die Frage erhob, was tun, und auf der neuen Stelle auch am Wochenende Proben stattfanden, in der Woche sowieso, war Sascha der Weg in ihr kleines Städtchen zu ihrem Mann versperrt.

Doch Naum wollte nicht ohne sie leben, er opferte sich wieder, opferte seine Überzeugung und nahm das Angebot an, in Moskau auf einem mittleren Leitungsposten zu arbeiten, und sie bekamen gleich ein Zimmer.

Ein Zimmer in einer kleinen Wohnung mit einer einzigen Mitbewohnerin, einer ordentlichen, stillen Frau, deren Mann und Sohn aus unterschiedlichen Gründen und zum ersten Mal im Gefängnis saßen, sie selbst arbeitete in einer Fabrik mit gesundheitsschädlicher Produktion, sie verdiente gut, emaillierte Kochtöpfe, war dünn, still und ordentlich, mager und extrem arm, denn Mann und Sohn hatten wahrscheinlich tatkräftig den gesamten Lohn der Frau versoffen und sogar die Möbel aus dem Haus getragen – doch jetzt, wo sie weg waren, begann sie vor den Augen der Nachbarn Sachen zu kaufen und von etwas zu träumen, sie schleppte Plüschteppiche als Wandbehang an und irgendwelche gebrauchten Sperrholzschränkchen mit Glastüren, hinter denen auch gleich billiges Kristall, Schnapsgläser und Väschen auftauchten.

Und jedesmal forderte sie Sascha auf, sich an der wachsenden Gemütlichkeit zu freuen, solange Mann und Sohn in ihren Lagern waren.

Auch diese Frau studierte Sascha, ihr blieb nichts anderes übrig, die Nachbarin ließ sie buchstäblich nicht an sich vorbei, sie kam, setzte sich, ihre Augen füllten sich mit Tränen, und sie zeigte Sascha mit abgewandtem Gesicht den jüngsten Brief (in Form von Schimpfwörtern) aus der Gefangenschaft, zwei Tage später schleppte sie wieder etwas an, mal ein Kissen, mal Plastikblumen, und immer direkt in Saschas Zimmer, damit diese es begutachte und billige.

Das Leben so zu studieren, war offenbar Saschas Devise, das Leben ist Theater, nur daß dieses Theater sich überhaupt nicht für die Bühne eignete, die Freundin von der Amateurkunst hätte so etwas auf keinen Fall zugelassen, der Zuschauer wäre entrüstet gewesen: Was soll das, so ein Theater sehe ich jeden Tag zu Hause. So daß Saschas Beobachtungen eigentlich für die Katz waren, aber dank ihrer Beobachterposition bewegte sie sich sicher durch dieses Leben und reagierte nie übertrieben.

Allerdings hatte auch Sascha eine Schwäche, nämlich den Traum, ein Kind zu kriegen, da konnte sie sich nicht mehr von der Seite beobachten, das quälte sie: Sascha zog es zu jedem Säugling, der Instinkt siegte ganz offensichtlich über die Beobachtermethode, und Sascha ging zu verschiedenen Ärzten, nahm Bäder und unterzog sich Prozeduren und Spritzen. Da widerfuhr ihr kurze Zeit später folgendes: In der Brust bildete sich statt der erwünschten Milch für ein Baby ein Knoten. Was Sascha übrigens gelassen aufnahm, in aller Ruhe schritt sie dem Tod entgegen, sie unternahm nichts, ließ die Behandlungen sausen und ging nicht mehr zum Arzt. Ihre Regel blieb auch aus, von Zeit zu Zeit wurde es der armen Frau speiübel, und die zweite Brust schwoll ebenfalls an. Sascha reagierte nicht und erzählte keinem etwas davon, nur ihre Augen wurden noch wäßriger und glänzten beim geringsten Anlaß, und die Brauen und Augenlider wurden noch rosiger. In dieser Zeit beobachtete Sascha sich selbst, das Verhalten ihres angeknackten Aggregats, mit eiskalter Ruhe und arbeitete wie ein Dampfhammer, ohne Pause. Das war so etwas wie ein Wettlauf mit dem Tod – wer überholt wen: Sascha inszenierte in ihrem Gewerkschaftsklub das Kinderstück »Die Abenteuer des hölzernen Hampelmanns«. Es sollte ein lebensbejahendes und fröhliches Stück werden, es spielten Amateurschauspieler mit, die auf eine Anzeige hin von der Straße gekommen waren, allerdings nur Mädchen und Frauen. Die Füchsin Alissa war (der Idee nach) eine Nutte und der Kater Basilio ein Kriegsveteran mit Krücken und Soldatenhemd, unter dem die Brüste der Schauspielerin wackelten.

Zur Generalprobe ging Sascha bereits mit großer Mühe, offenbar hatte sie schon Wasser, Beine und Bauch waren angeschwollen, die Inszenierung aber lief auf vollen Touren. Da sah der kurzsichtige und überarbeitete Naum endlich, was mit Sascha los war, angeschwollene Beine, das Gesicht mehlig und die Augen hervorgequollen.

Er nahm sich frei, heuerte den Chef-Chauffeur an und brachte Sascha in die Poliklinik des Ministeriums, dort schickte der Chirurg die Arme gleich zum Frauenarzt, und eine Viertelstunde später kam Sascha mit einem seltsamen Gesichtsausdruck wieder heraus. Ihre Wangen waren naß, die Augen halb geschlossen. Naum ging ihr düster entgegen, und Sascha sagte: Ich bin im sechsten Monat schwanger.

Da endeten für sie alle Lebensstudien, und das Leben selbst ging los, die letzten Proben, die Abnahme des Stücks einen Tag vor der Entbindung, der Sieg beim Moskauer Wettbewerb der Amateurtheater, dann wurde das Theater ins Ausland eingeladen, nach Deutschland, und dort kam ebenfalls ein Sieg heraus.

Naums Mutter, die aus Weißrußland anreiste, blieb die eine Woche beim Baby.

Die beiden Freundinnen waren in Ekstase, das kleine Theater triumphierte nach der Rückkehr, die Gewerkschaft teilte an alle eine Geldprämie aus, Sascha steuerte was bei, und die Schauspieler arrangierten für sich und ihre Freunde ein Bankett im Probenraum, hurra.

Als nächstes wurde Sascha Zusammenarbeit angeboten und eine Stelle in einem professionellen Theater, wo sie zehn Jahre später umkam, weil sie dieses Leben nicht verkraftete, wie es so schön heißt. Aber wieder erzählte sie niemandem etwas, nicht einmal ihrem Naum, sie wollte sein ehrliches Herz nicht aufreiben; vor der Tochter fühlte sie sich schuldig, aber offenbar konnte sie nicht alle Erniedrigungen der vergangenen Jahre einfach unter Lebenserscheinungen abbuchen, die man beobachten kann und für die künstlerische Arbeit einfach sammeln muß. Die künstlerische Arbeit im normalen Theater klappte bei Sascha nicht, das von ihr inszenierte Stück wurde abgesetzt, und niemand verteidigte sie. Eine zweite Inszenierung gab man ihr nicht, Sascha wurde eine kleine Regieassistentin, manchmal trat sie in Massenszenen als Schauspielerin auf, auch zu Hause war alles mittelmäßig, Naums Mutter war bei ihnen geblieben, Naum hatte eine Wohnung bekommen, das Töchterchen mußte in den Kindergarten gebracht werden und dann in die Schule; Sascha ging einkaufen, kochte und wusch und hörte sich die Vorhaltungen der Schwiegermutter an, Naum werde vom Essen nichts übriggelassen, er sei abgemagert, alles fressen in diesem Haus Fremde weg, offensichtlich meinte sie Sascha mit ihrem Hungerlohn und das Töchterchen. Naum schrie seine Mutter an, da er ihre Senilität nicht ertragen konnte, dann schrie er Sascha und die Tochter an und verschanzte sich auf seiner Arbeit wie auf einer Festung, offensichtlich liebte er sie nicht mehr.

Obwohl, wie bereits erwähnt, Sascha schwieg und schwieg, mußte sie doch irgendeine Antwort geben, sie konnte nicht widerspruchslos weiterleben.

Wem sie widersprechen wollte – dem Theater, wie Naum behauptete, oder Naum selbst, kann heute keiner mehr sagen, Feierabend, die Schnelle Medizinische Hilfe kam, der Arzt ging ins Badezimmer, das der Nachbar bereits aufgebrochen hatte, die Schwiegermutter schaute nicht mal rein.

Dabei gab es einen Ausweg, es gab ihn: Verhalte dich zu allem wie zu etwas, was an dir vorbeigeht, wie zum Theater (so wie Shakespeare), aber irgend etwas hat Sascha offenbar davon abgehalten, ihr Leben so leicht zu nehmen, etwas hat sie daran gehindert, nicht zu leiden, nicht zu weinen. Etwas hat sie dazu bewegt, ein für allemal zu antworten, mit alldem Schluß zu machen.

CHOPIN UND MENDELSSOHN

Eine Frau beschwerte sich, jeden Abend werde hinter der Wand dieselbe Musik gespielt, das heißt, nach dem Abendessen gingen die alten Leutchen aus der Nachbarwohnung, Mann und Frau, pünktlich wie ein D-Zug zum Klavier, und die Frau spiele immer wieder dasselbe, zuerst was Trauriges, dann einen Walzer. Jeden Abend dieses Schurum-burum, Tatati-tatata. Die Frau, die Nachbarin der alten Leute, erzählte schmunzelnd all ihren Bekannten und Kollegen davon, dabei war ihr gar nicht nach Lachen zumute. Schließlich war alles möglich, sie konnte Kopfschmerzen haben, oder brauchte einfach ihre Ruhe, schließlich kann man nicht jeden Abend die Ohren mit dem Krach aus dem Fernseher betäuben. Aber nein, hinter der Wand immerzu dieselbe Leier: schurum-burum, tatati-tatata.

Die beiden Alten gingen auch immer zu zweit auf die Straße, wohlgesittet und stolz trippelten sie in ihr Lädchen, ebenfalls genau nach Zeitplan, früh am Morgen, wenn die Erwachsenen, Starken und Betrunkenen auf Arbeit waren beziehungsweise schliefen und niemand den beiden weh tat.

Nach geraumer Zeit erfuhr die Nachbarin sogar das Repertoire, sie hatte die Alten einmal, als sie ihnen begegnete, mit der ihr eigenen ungehobelten Ironie gefragt (sie gingen gera-

de in ihr Lädchen, ganz in hellen und frisch gebügelten Kleidern, wie zum Ball, sie mit abgetragenem Panamahut, er mit weißer Schirmmütze, beider Augen froh, die Hände runzlig): »Was spielen Sie da eigentlich immer, guten Tag, ich begreife das nicht.« Das heißt, eigentlich wollte sie sagen: »Warum stört ihr mich immer mit eurem Geklimper«, doch die beiden verstanden genau das Gegenteil, lachten mit ihren regelmäßigen Plastikzähnen und sagten, das heißt, sie sagte es, die Alte: »Das Lied ohne Worte aus dem Zyklus von Mendelssohn und einen Walzer von Chopin, eine Phantasie.« »Großer Gott«, hatte die Nachbarin da gedacht.
Aber alles auf der Welt hat ein Ende, und auch die Musik verstummte mit einem Mal. Die Nachbarin seufzte erleichtert auf und fing zu singen und zu lachen an, sie war eine einsame Sitzende, das heißt eine sitzengelassene Ehefrau, das heißt, nicht mal Ehefrau, sondern einfach so, bei einem Wohnungstausch war ihr eine Einzimmerwohnung zugefallen, und einer zog bei ihr ein, lebte mit ihr, brachte in der Küche ein Wandbord an, kaufte sogar etwas für die Verschönerung der Toilette; er kam wie ein richtiger Hausherr mit einem verpackten Klodeckel an und montierte ihn aufs Klobecken, wobei er vor sich hin murmelte, ein komischer Deckel, man kann nicht mal richtig drauf sitzen. Doch dann war er zu seiner Mutter zurückgekehrt. Und dann kam diese Musik jeden Abend hinter der, wie sich zeigte, ziemlich dünnen Wand, der Walzer von Chopin mit einem falschen Anschlag immer an ein und derselben Stelle, als holpere ein altes Grammophon. Zum Kinderkriegen! Der Fernseher stand an der anderen Wand, an dieser das Sofa, so daß das Grammophon jeden Abend direkt am Ohr der Nachbarin dröhnte. Die Folge war, ihr Gehör wurde fein wie das einer Fledermaus, einer blinden, trotz des

Krachs, den der Fernseher machte, erkannte sie den verfluchten Mendelssohn und den verfluchten Chopin.

Kurzum, mit einem Mal war alles zu Ende, zwei Tage schwieg die Musik, und die Nachbarin konnte in aller Ruhe fernsehen, singen und tanzen, allerdings hörte sie von weitem jemanden weinen, als ob ein Kind wimmert, doch auch das hörte auf.

»Ich habe vielleicht ein Gehör!« sagte die Nachbarin der alten Leute zu ihren Kollegen, als sich alles aufgeklärt hatte, das heißt, als sich herausstellte, daß dieses Fiepen das Weinen des alten Mannes gewesen war, die Klavierspielerin wurde unter ihm auf dem Fußboden gefunden, er hatte, wie sich nachträglich herausstellte, gelähmt im Bett gelegen (»Und ich dachte immer ... Ich habe sie doch beide auf der Straße getroffen, aber das ist lange her!« sagte die junge Nachbarin zu sich selbst), er hatte also gelähmt im Bett gelegen, und seine Frau hatte ihm jeden Abend ihr Repertoire vorgespielt, direkt neben dem Ohr der Nachbarin, bestimmt um ihn aufzuheitern, dann mußte sie irgendwie hingefallen, neben seinem Bett gestorben sein, und er war aus dem Bett gekrochen, wollte wohl zum Telefon, und war schließlich auf seine Frau gefallen, und in dieser Lage hatte er es geschafft anzurufen, die Wohnungstür wurde aufgebrochen, aber beide waren schon tot, schneller Exitus.

»Ich habe vielleicht ein Gehör!« jammerte die junge Nachbarin allen der Reihe nach am Telefon vor, wenn sie an das ferne Fiepen oder Weinen dachte und die Zeit ausrechnete, die der Alte gebraucht hatte (den Abend und die ganze Nacht und den ganzen nächsten Tag), um zum Telefon zu kriechen. »Das war er gewesen, der Alte, der so gefiept hatte.«

»Ich habe ein feines Gehör!« sagte die Nachbarin besorgt, wenn sie an die nächsten Mieter dachte. Mit Liebe und Mit leid erinnerte sie sich an Chopin und Mendelssohn. »Das waren noch Menschen, gebildet, leise, haben nur eine Viertelstunde täglich ein bißchen Krach gemacht, wer würde nach ihnen kommen? Und gestorben waren sie fast an ein und demselben Tag, wie im Märchen, sie lebten lange und starben fast an ein und demselben Tag.« So ungefähr dachte die Nachbarin, taub von der Stille, Chopin, Chopin und Mendelssohn.

David Guterson

Das Land vor uns, das Land hinter uns

Erzählungen · Aus dem Amerikanischen
von Christa Krüger

In wundervollen Bildern fängt Guterson die Unsicherheiten und Zweifel der Menschen ein, die im Kontrast zu der vermeintlichen Eindeutigkeit der Natur stehen.

»*Guterson beschwört die moralischen Ungewißheiten unserer Zeit mit Wehmut und zugleich Ironie. Er schreibt mit einer Präzision, die jedem Klischee ausweicht.*« The New York Times Book Review

»*Die Erzählungen sind wunderbar gebaut, die Figuren nehmen mit ein paar Pinselstrichen Gestalt an.*«
The Boston Globe

»*Vieles bleibt ungesagt in diesen empfindsamen und illusionslosen Geschichten. Doch gerade daraus rühren Spannung und die Unruhe, die David Gutersons Erzählungen lesenswert machen.*« Süddeutsche Zeitung

Berliner Taschenbuch Verlag

Katrin Askan

Aus dem Schneider

Roman

1986, Ostberlin. Judith verbleiben nur noch wenige Stunden bis zur Flucht. In ihrem Elternhaus bewegt sie sich ein letztes Mal durch die vertrauten Räume und Zeiten ihres bisherigen Lebens.

»*Katrin Askan erzählt einen aus Short Cuts bestehenden Familienroman über entscheidende Kapitel in unserem Jahrhundert. Eine Extremsituation sprachlich zu bewältigen – das ist gekonnt.*« Die Zeit

»*Das historische Moment erwächst allein aus der eminenten Treffsicherheit, mit der Katrin Askan die Stimmungen und Lebensdetails ihrer Figuren darstellt. Ihr Stil ist packend, weil er nur wenige Worte braucht, um sehr viel zu sagen.*«
Süddeutsche Zeitung

Berliner Taschenbuch Verlag

Irina Liebmann
Berliner Mietshaus
Roman

Ostberlin, im Jahr 1980. Die Autorin Irina Liebmann klingelte an den Türen eines Berliner Mietshauses am Prenzlauer Berg und notierte, was die Menschen ihr erzählten. Aus den Erinnerungen und Kommentaren entstand ein facettenreiches Bild deutscher Wirklichkeit und deutschen Lebens, diskret und exemplarisch zugleich.

»*Es gibt eine Magie der Sprache, die den Leser oder Zuhörer mitschwingen läßt im Rhythmus des Erzählens und ein Verständnis begründet, das der Verstand hinterher nur noch bestätigen kann. Irina Liebmann ist eine solche Sprachmagierin.*«
Frankfurter Allgemeine Zeitung

»*Wie hat sie das gemacht? Keine Tonbandprotokolle, sondern alles gefiltert durch das eigene Ich. Sparsame Kommentare. Immer indirekte Rede. Kein Frageschema, sondern jeder erzählt ihr, was er mag. Was er erreicht hat, was er möchte, was ihn beschäftigt. Hoffnungen, Kummer, Erfahrungen. Da sind Beruf und Liebe, selbstverständlich Krankheit, Tod, Geburt, Lachen und Trennung. Eben Leben.*« Wochenpost

Berliner Taschenbuch Verlag

Alice Munro

Der Mond über der Eisbahn

Liebesgeschichten · Aus dem Englischen von Helga Huisgen

Liebe bedeutet nicht nur Herzflimmern, sie ist zugleich die zentrale Kraft, die alle verbindet. In elf wunderbar lakonischen, kühl aber sensibel erzählten Geschichten schreibt Alice Munro über die Verstrickungen innerhalb der Familie, über Missverständnisse und über den Kampf des Einzelnen um Anerkennung.

»*Auffällig an dieser unauffälligen Prosa sind der überaus kunstvolle Aufbau, die virtuose Behandlung verschiedener Zeitebenen, die lockere Komposition, die den Erzählungen bei aller Präzision im Detail etwas Offenes gibt. Ein außerordentliches Buch: diskret und kunstfertig, dem Leben freundlich gesinnt, dabei nichts von seinen gewöhnlichen Schrecknissen verschweigend.*« Frankfurter Allgemeine Zeitung

»*Das Leben ist herzzerreißend, doch es gewährt auch verstreute Momente der Zuneigung und der Versöhnung.*« Joyce Carol Oates

Berliner Taschenbuch Verlag